KB067178

너를 만나다!

# 너를 만나다 1

초판 1쇄 찍은 날 ㅣ 2014년 04월 15일
초판 2쇄 펴낸 날 ㅣ 2014년 04월 28일

지은이 ㅣ 박지영
펴낸이 ㅣ 서경석

편 집 장 ㅣ 권태완
편집책임 ㅣ 장미연
편    집 ㅣ 손수화
디 자 인 ㅣ 신현아

펴낸곳 ㅣ 도서출판 청어람
등록번호 ㅣ 제387-1999-000006호
등록일자 ㅣ 1999. 5. 31
어람번호 ㅣ 제11-0005호

주소 ㅣ 경기도 부천시 원미구 부일로 483번길 40 서경B/D 3F (우) 420-822
전화 ㅣ 032-656-4452 팩스 ㅣ 032-656-4453
http://www.chungeoram.com
E-mail ㅣ chungeorambook@daum.net

ISBN 979-11-5681-968-4 04810
ISBN 979-11-5681-967-7 (SET)

# ••• Contents

## 1화_ 너를 만나다

난 인간이다.

나의 허옇고 핏기가 없는 얇은 살갗을 뚫고 들어가면, 검붉은 소용돌이를 일으키는 뜨거운 혈액이 복잡하게 엉킨 핏줄을 타고 온몸에 여울지며, 위태롭게 관절이 연결된 뼛속 깊숙한 곳에는 불끈거리며 요동을 치는 장기가 숨 쉬고 있다.

그러나 나는 정해진 입모양의 틀대로 전형적인 미소를 짓는 비쩍 말라비틀어진 마론 인형과 별반 다를 바 없다. 어쩌면 마론 인형보다도 표정 없이 죽어 있는 비스크 인형을 더 닮았다.

그렇다. 나는 인간이 아니고 인형이다.

언제부터 내가 인형이 되었는지는 모르겠다. 어느 날부터 엄마의 손에 이끌려 카메라 앞에 섰고, 어느 날부터 엄마 대신이라는 낯선 사람의 손을 잡고 밴에 탔다.

처음엔, 어린 마음엔 엄마가 입혀주는 예쁜 옷을 입고, 감독이라고 불리는 사람의 지시대로 예쁘게 웃고 말하는 '예쁜 아이' 인 것에 뿌듯했었다. 재미도 있었다. 친구들과 어울리는 것보다 더 신났고, TV 화면에 비쳐지는 내 모습에 으쓱하기도 하며, 때론 의기양양도 했다.

그러나 어느 순간부터 나는 지루해졌다. 지겨워졌다. 어떠한 상황에서든 웃어야 하고, 어떠한 상황에서도 화를 내서는 안 되며, 어떠한 상황이 닥쳐도 표시도 못하는 내가 싫어졌다. 일거수일투족 감시와 관심을 받는 것도 답답했고, 자유롭지 못한 나의 삶이 갑갑해졌다. 벗어나고 싶어도, 벗어날 수 없는 투명한 사슬에 묶여 있는 것 같았다. 그렇게 13년을 살았다. 그렇게 13년의 내 삶을 잃었다.

그리고 13년이 지난 지금 난 '스타' 라 불린다.

"저년, 얼마 만에 학교 왔냐? 완전 팔자 좋아. 학교도 지 맘대로 오고?"

그리고 난 같은 반 아이들에게 '저년' 이라고 불린다.

익숙해도 너무 익숙해 이젠 친숙하기까지 한 말들이기에 나는 이 평화로운 상념에서 벗어나고 싶지 않아, 느긋하게 가방에서 이어폰을 꺼내 귀를 막았다.

"너 언제 가냐?"

거친 손길이 양해도 없이 내 귀의 이어폰을 잡아 빼며, 퉁명스럽게 물었다. 거친 손길의 주인공을 슬쩍 올려다봤다.

"보기 싫으니까, 빨리 꺼져."

입술을 모나게 일그러뜨리며 그녀가 쏘았다. 뒤에서 들리는 수
군거림도 싫고, 이렇듯 아무 이유 없이 시비 거는 아이도, 시비 당
하는 나도 싫다.

반 아이들이 악의적으로 킥킥거리며 귓속말로 숙덕거렸다. 그
동안은 숙덕거림과 무시가 전부였지, 이렇게 직접적으로 모멸감
을 느끼게 한 이는 없었다. 그런데 이 아인 뭐지?

"안정현."

턱을 들어, 그녀를 똑바로 올려다봤다.

"네가 내게 가라 마라 할 권리는 없어."

특별히 흥분하지도, 신랄하지도 않은 차분한 음성으로 그녀에
게 말했다. 그리고 의연하게 이어폰을 집어 다시 귓구멍에 꽂았
다. 안정현은 '쌍년' 하고 욕한 뒤 뒷문으로 나가 버렸다.

"유지이, 싸가지 없는 년. 근데 안정현, 완전 똘아이년. 왜 저
래?"

킥킥거리는 웃음소리가 이어졌다. 나만을 위한 숙덕거림이 안
정현에게 옮겨졌다. 잠시 동안 안정현 덕분에 숨통이 트였다.

갑갑한 수업이 끝나고 점심시간이 되자마자, 아이들은 부리나
케 교실을 빠져나갔다.

"유지이 저년은 오늘도 밥 안 먹나 봐."

"저 비쩍 마른 몸 유지하려면 밥 같은 건 입에도 못 대는 거 아냐?"

"야, 연예인도 할 거 못 된다. 그치?"

벌떼들이 배를 채우기 위해서 모두 빠져나가니 소란스러움으로 들썩거렸던 교실이 일순간 정적에 휩싸였다. 복도의 어수선함까지 잠잠해진 후에야 난 의자에서 엉덩이를 떼었다.

움찔. 오랜 시간 소변을 참은 탓에 아랫배가 금방이라도 터질 것처럼 요동을 쳤다. 괜찮아. 이 정도는 항상 겪는 거잖아. 유난이라고 배를 타박하며 교실에서 나왔다.

식당으로 향해 걸음을 옮기는 아이들의 호기심 어린 시선이 내게 꽂혔지만, 그들의 시선을 외면하고 복도 끝으로 이동했다. 그 짧은 길이 마치 천 리처럼 아득하니 멀었다. 이대로 영원히 닿지 않는 길을 향해 제자리걸음을 하는 기분이었다. 내 발 아래 거꾸로 가는 무빙워크가 있는 듯, 난 계속 한자리에만 머물러 있는 기분이었다.

복도 끝에 위치한 계단을 올라갔다.

무겁게 하나, 무겁게 둘, 무겁게 셋……

마지막 층 계단에 올랐을 때, 복도의 고요함을 느꼈다. 난 화장실로 들어가 두 시간을 참았던 숨을 토해냈다. 이대로 집에 갈까? 오늘은 촬영도 없는데…….

양변기에 앉은 채 멍하니 화장실 창문 너머 세상을 봤다.

나에겐 까마득한 세상이다. 난 언제부터 학교에서 외면당했지?

기억이 없다.

학교란, 내게 너무 어려운 곳이다. 그래도 상관없다. 이제 조금만 견디면 졸업이다. 이제 이 지긋지긋한 12년의 학교생활이 종료된다. 조금만 더 참으면 된다. 그러면 된다, 유지이.

화장실에서 나와 텅 빈 복도를 보며 갑갑함을 느꼈다. 복도 끝 계단을 내려가려다 말고, 충동적으로 위의 계단을 올려다봤다. 옥상으로 향하는 계단. 열려 있을까? 문득 하늘이 보고 싶었다.

계단을 올라가 조심스레 옥상 문을 열어보니, 마치 나를 반기듯 문이 소리 없이 열렸다.

하늘 아래 탁 트인 널따란 공간으로 나오자, 막혀 있던 숨통이 확 열리며 맑은 공기가 입과 코를 통해 마음껏 들어와 메말라 있던 폐를 자극했다. 깊은 숨을 내뱉으며, 난 천천히 옥상의 끄트머리로 이동했다. 옥상 벽에 배를 기대고 서서 아래의 세상을 내려다봤다.

벌써 급식을 먹고 운동장에서 어슬렁거리는 학생들의 모습이 보였다. 친구들과 짓궂은 장난을 치며 까르르거리는 그들의 알량스런 모습이 한없이 부럽다.

"유지이네."

흠칫. 뒤에서 들린 음성에 나의 어깨가 움츠러들었다.

"네가 와서 학교가 술렁거렸군."

고개를 돌리니 제일 먼저 눈에 들어온 것은 장신의 머리통에 붙어 있는, 밝은 햇살을 받아 금발처럼 반짝거리는 갈색의 머리카락이었다. 어째서? 라는 질문이 머릿속에 떠올랐다.

이 녀석도 연예인인가? 그래도 학교 규정상 저런 머리색을 갖고 있을 순 없다. 나도 촬영으로 인해 염색한 머리카락은 학교 오기 직전 다시 평범하게 물들인다.

녀석의 얼굴이 보이지 않았다. 아니, 정확히 말하면 눈이 보이지 않았다. 곱슬거리는 녀석의 앞머리는 다른 남학생에 비해 길어 눈동자를 거의 가리고 있었다.

녀석이 발을 움직이더니 다가왔다. 움찔 뒤로 물러나려 했지만 벽이 닿았다. 녀석이 점점 내게로 가까이 왔다. 긴장감에 얕은 숨조차 쉬지 못하고 호흡을 거의 멈춘 채 녀석을 경계하며 올려다봤다.

녀석이 바로 내 앞에 선 순간, 두려움에 다급하게 요동을 치던 심장이 정지할 것처럼 오그라들었다. 녀석은 스치듯 내 어깨를 지나 바닥에 털썩 앉아 옥상 벽에 등을 기대었다. 난 무의식중에 안도의 숨을 내뱉었다.

"유지이."

녀석이 날 불렀다. 난 바닥에 앉아 있는 녀석을 내려다봤다.

"너 그러고 있는 거 누가 보면 안 되는 거 아냐? 이러고 있는 너와 나, 오해하면 어쩌려고 그래?"

"너, 걸릴까 봐 걱정되니? 그럼 앉아줄게."

난 치마를 조심스럽게 만지며 그 자리에 쭈그려 앉았다. 그러면서도 나도 모르게 어이가 없어 웃음이 슬쩍 나왔다. 나는 이 자리에 벗어나면 그만이었다. 그런데 왜 이러고 앉는 거지? 참, 이상스러운 일이었다. 녀석의 비뚤어진 듯한, 무심한 말투가 왜 그런지 편했다. 유지이긴 했지만 저년도 아니었고, 유지이긴 했지만 자연스러운 유지이였다. 마치 지이야, 라고 부르는 것처럼.

"아니, 나야 원래 이런 놈이고. 네가 걱정되니까."

"비아냥거리지 마."

흘리듯 중얼거리는 녀석의 말에 난 딱 잘라 대꾸했다.

"뭐, 너와 스캔들이 나는 것도 나쁘진 않겠다."

녀석의 한쪽 입술이 재미있다는 듯 피식 올라갔다. 난 흘낏 그를 노려보며 자리에서 벌떡 일어났다.

"내가 우습니?"

녀석을 한껏 노려보며, 눈을 찡그렸다. 그냥 무시하고 가면 될 것을, 나는 왜 여기서 따지고 있는 거야? 유지이, 대화가 정말 고팠구나.

"아니."

녀석이 고개를 뒤로 젖히며 날 올려다봤다. 그의 머리카락이 흐르듯 움직여 눈이 더 나타났다. 속 시원히 확 제치고 싶은 충동이 일었다. 난 불쾌함에 입술을 깨물며 옥상 문 방향으로 몸을 틀었다.

그때였다.

갑자기 나의 팔목을 녀석이 잡고 끌어당긴 것이⋯⋯.

예기치 못한 갑작스러운 힘에 놀라, 난 중심을 잃고 고꾸라지며 녀석의 몸 위로 떨어졌다. 녀석의 몸에 주저앉았다고 생각한 순간, 놀라 벌어진 내 입술을 녀석의 입술이 덮쳤다. 순간 당황한 내가 녀석의 어깨를 밀어내려 했지만, 녀석의 자유로운 다른 손이 내 뒷머리를 잡고 끌어당겼다. 불쑥 녀석의 혀가 내 입안으로 들어왔다. 화들짝 놀라며 거부의 몸짓으로 다른 손으로 그의 어깨를 밀자, 장난치듯 금방 녀석의 혀가 사라졌다.

미쳤어. 이런, 미친놈.

다시 그의 혀가 불쑥 침범했다. 그리고 살짝 나의 혀에 닿았다. 등골에 사한 전율이 흐르며, 전신에 아찔한 소름이 돋았다.

가슴속에서 뜨거운 것이 솟아올라 나의 하반신을 긴장하게 만들었다. 오묘한 야릇함과 진저리칠 정도의 오싹함을 느낀 순간, 그의 입술이 내 입술에서 부드럽게 떨어졌다.

"이런 걸 사진으로 찍으면 영락없는 스캔들이겠지?"

허스키한 음성으로 녀석이 낮게 속삭였다.

순간, 멍하던 정신이 번쩍 깨어났다. 왈칵 솟는 분노에 치를 떨며 난 손을 번쩍 들었다. 그러나 뺨을 갈기기도 전에 녀석의 손이 나의 팔을 잡았다.

"신기하군."

녀석의 입술이 빙그레 웃었다.

"놔."

갈기갈기 찢어버리겠다는 듯, 난 분노로 몸을 바들거렸다.

"내가 유지이와 키스를 하다니, 꿈인가?"

녀석의 말에 난 다른 손을 번쩍 들었다. 그러나 역시 제압당했다. 그에게 잡힌 두 팔을 풀어내려 했지만 녀석의 힘은 강했다.

"빨리 놔."

"다시 한 번 확인해 볼까?"

녀석의 입술이 다가왔다. 화들짝 놀란 나는 재빨리 입술을 꾹 다물며, 힘없이 고개만 뒤로 움직였다. 녀석의 입술이 피식 웃었다.

"솔직히 말할까?"

나의 노려봄엔 신경조차 쓰지 않으며 녀석이 말했다. 기분 좋은 듯, 입술이 늘어나며 웃었다. 가슴골 사이가 움찔했다. 질끈 입술을 악다물며, 난 녀석을 무시하기로 결심했다.

"난 네 팬이거든."

"놔."

냉정하게 말하며, 난 그에게 잡힌 팔을 흔들었다. 예상외로 팔은 쉽게 풀렸다. 재빨리 벌떡 일어나 몸을 돌렸다. 네까짓 것에게 내가 흥분하고 이성을 잃을 성싶으냐 하듯이.

"다음에 보자."

나의 냉랭한 반응에도 녀석은 여유로웠다. 빌어먹을. 속으로 녀석이 아닌 내게 욕설을 퍼부으며 옥상 문을 열고 나왔다. 나를 비웃을, 나의 입술을 훔쳤다고 한껏 의기양양할 녀석을 뒤로하고, 거친 쾅 소리를 내며.

제길. 내가 지금 뭘 당한 거야? 내 첫 프렌치키스였다고. 화가 나는 것보다 치욕스러움에 눈물이 났다. 이게 뭐야, 스타면 뭐 해? 저런 녀석에게 농락이나 당하고.

내가 왜 사니, 진짜⋯⋯.

이대로, 공기 속으로 소멸되었으면 좋겠다.


                        ✳    ✳    ✳


"싫어."

팔짱을 낀 채, 난 냉정히 말했다.

"또 왜 그래?"

재웅의 손이 내 어깨에 달래듯 부드럽게 얹어졌다.

"내가 왜 학교에 와야 하는지 모르겠어. 지긋지긋해."

"고등학교는 졸업해야 할 거 아니야? 애들한테 무시당하고 싶어? 몇 달만 참으면 되잖아. 금방 수능이고, 금방 졸업이야. 여태 잘 참았으면서 왜 그래?"

"듣기 싫어."

그의 손을 탁 쳐내고 밴에서 내렸다. 교문으로 향하던 학생들이

도로가에 세워진 밴을 힐끗거리다 내가 내리자 오, 유지이 왔다, 는 시선을 보냈다. 반가운 시선이 아니었다. 그저 동물원 우리 속에 갇힌 동물을 보듯 신기한 시선일 뿐.

천 근처럼 무거운 걸음을 교문으로 옮기는데, 맞은편에서 걸어오는 낯익은 흐린 갈색머리가 보였다. 소스라치게 놀란 건지, 겁먹은 건지 등골에 오돌오돌 소름이 돋았다.

녀석은 유독 키가 커서, 많은 학생들 사이에서도 눈에 확 띄었다. 여전히 앞머리는 눈을 가리고 있었다. 어째서 선생님들이 그의 답답한 앞머리와 갈색의 머리카락을 내버려 두는지 의아했다. 녀석의 옆을 지나치는 여학생이 호감 어린 시선으로 녀석을 흘끗거리며 올려다봤다. 녀석, 의외로 인기 좀 있나 보다. 눈도 안 보이는 주제에.

난 못 본 척 태연히 교문으로 들어갔다.

어제의 치욕은 절대 잊지 못할 것이다. 나는 밤새 녀석을 저주하며, 녀석의 뺨을 망설임 없이 갈겨대는 상상을 여러 번 했다. 역시 뺨을 때렸어야 했다. 그런데 아침나절부터 녀석을 보게 되자 기분이 이상했다. 불쾌한 것도 아니었고, 두려운 것은 더더욱 아니었다. 이상야릇한 감정에 헷갈려 하며, 난 걸음을 빨리했다.

그때, 녀석이 느껴졌다. 나의 곤두선 동물적인 감각이 녀석이 바로 내 등 뒤에 왔음을 직감했다. 등이 긴장해서 딱딱하게 굳어졌다. 내게 또 뭘 하려고? 잔뜩 긴장한 채 뻣뻣하게 걷고 있는데,

내 어깨를 스칠 듯 말 듯 떨어져 녀석이 큰 걸음으로 앞질러 걸어가 버렸다.

순간, 냉랭해 보이는 녀석의 등을 보며 가슴골에 싸한 냉기가 돌았다. 내가 지금 뭘 기대한 거지? 내가 왜 배신감 같은 걸 느껴야 하지? 아랫입술을 아프게 깨물었다.

"서준수!"

뒤에서 큰 외침이 들렸다. 앞서 가던 녀석의 발이 우뚝 멈췄다. 난 무심결에 흠칫 놀랐다. 어떤 녀석이 내 옆을 빠르게 지나 녀석에게 달려갔다.

친구가 가까이 다가오자, 녀석의 입가가 다정히 움직였다. 친구를 향한 웃음이었다. 저렇게 웃는구나. 난 왜 자꾸 녀석의 얼굴을 살피고 있는 거야? 나에게 화가 났다.

친구와 함께 나란히 녀석이 걸어갔다. 그때, 녀석의 고개가 잠시 뒤로 돌려졌다. 마치 그제야 나를 봤다는 듯 녀석의 입가에 오묘한 미소가 떠올랐다. 눈이 가려져 있어 정말 녀석이 날 보는 건지 알 수 없었다. 그의 고개는 다시 앞으로 돌려졌다.

뭐야? 저 자식. 멀어지는 녀석, 방금 이름이 서준수라고 불리는 녀석 때문에 이상한 감정이 일었다. 녀석의 행동이 묘하게 신경을 자극했다. 어제의 키스로 불쾌감에서 이어진 자괴감 비슷한 감정일 것이다. 집에 가고 싶다.

일상의 대부분, 나는 눈을 감고 귀를 닫고 살고 싶다. 하지만 때론 나도 신나게 운동장을 내달리고, 찰랑거리는 긴 머리카락도 질끈 말아 올리고 싶다. 교복 치마 밑에는 체육복을 껴입고 다리 벌리고 앉거나 잔디밭에 누워 청명한 하늘도 보고 싶다. 더운 날엔 블라우스 사이를 벌리고 부채질하며 주책도 떨어보고, 갑갑한 양말도 벗어 던지고 맨발로 교실을 누비고 싶다. 그리고 친구들과 까르르 웃어젖히며 장난도 치고 싶다.

나의 가장 큰 소망은 그렇게 소탈하게, 평범하게 일상을 지내는 것이다. 단 하루라도.

창문 밖 가로수의 그림자가 내 얼굴에 어스름하게 비쳐졌다. 남들이 말하는 예쁜 스타의 얼굴인 나는 무표정하다. 아니면 시무룩하다. 이런 얼굴이 뭐가 예쁘다는 거야. 표정도 없는 인형인데. 나는 살아 숨 쉬는 너희들이 더 예뻐. 나는 잇몸 드러내며 깔깔거리는 너희들의 얼굴을 더 갖고 싶어. 나는 너희가 되고 싶어. 나는……

나만 동떨어진 공간에 있는 것은 고역이다. 나도 너희와 어울리고 싶은데, 나는 왜 못하지? 나는 왜 이럴까? 못 견디겠다, 정말.

책상에 팔을 덮고 얼굴을 묻었다.

"밥 먹으러 가자."

머리통 위에서 들려오는 통명스런 음성을 무시하고 눈을 감았다. 내 귀에 들리지만, 내 귀에 하는 소리는 아닐 것이다.

툭. 내 어깨를 가볍게 누군가의 손가락이 밀었다.

나? 난 팔에서 고개를 들었다. 안정현. 잔뜩 퉁퉁한 얼굴로 그녀가 날 내려다보고 있었다.

"밥 처먹자고, 이년아."

눈썹을 찡그리며, 정현이 뱉어내듯 말했다.

"나 밥 안 먹어."

"그러니까 네가 이렇게 뼈다귀지. 야, 이제 뼈다귀인 것도 유행 갔거든? 이젠 육감적인 게 매력인 거 모르냐? 아씨, 배고파! 일어나 얼른. 이년아."

잔뜩 귀찮다는 듯 그녀가 나의 팔을 툭툭 치면서 재촉했다. 어제까지 나 보기 싫다고 빨리 꺼지라고 했던 그녀가 나에게 지금 밥을 먹자고 한다. 저년이 아니고, 이년이었다. 나에게 직접 이년 이라고 부른다.

날 어디로 데려가려고? 무슨 수작이지? 의혹이 일어나면서도 은근한 설렘이 생기는 것은 갈증 때문이었다. 사람에 대한 갈증. 그래, 네가 무슨 수작을 준비했든 한 번쯤은 당해주지, 뭐.

"어? 유지이다?"

이미 급식이 시작된 지 한참이 지난 시각이라, 식당 안은 한산 했다. 남아 있는 아이들이 밥을 먹다 말고, 일제히 내게 시선을 돌렸다. 관심의 시선이 온몸 구석구석에 점수를 매기며 꽂혔다. 태연한 척하며 난 정현의 뒤를 따라 식당으로 완전히 들어섰다.

"너 식당에 밥 먹으러 온 적 한 번도 없지?"

정현이 내게 툭 물었다. 난 입을 꾹 다문 채 고개만 주억거렸다.

"뭐 처먹고 사냐, 너는?"

입술을 모나게 삐죽거리며 정현이 급식대로 향했다.

"뭘 따라와? 거기 식판 들어야지?"

멀뚱거리며 그녀의 뒤를 따르자 그녀가 턱짓으로 알루미늄 식판이 놓인 곳을 가리켰다. 내가 주춤거리며 망설이고 있자, 정현이 한심하다는 듯 한숨을 쉬어댔다.

"너 중학교 때도 밥 안 처먹고 살았지?"

밥을 푸다 말고 그녀가 내게 다가왔다. 그러더니 이미 많은 양의 밥이 담긴 자신의 식판을 내게 툭 내밀었다. 얼떨결에 받아 들고 서 있으니, 그녀가 식판을 하나 더 가져와 밥을 푸기 시작했다. 내게 '따라와, 이년아'라고 말하며.

그녀는 투덜거리며 자신의 식판에 반찬을 담고, 내 식판에 반찬을 담았다. 난 멀뚱거리며 그녀가 담아주는 반찬을 응시했다. 나 이렇게 많이 못 먹는데……. 먹어본 적이 없는데…….

"수저, 수저."

식탁으로 향하는 그녀의 뒤를 말없이 따르자, 정현이 턱으로 수저통을 가리키며 말했다. 내가 힐끔 수저통을 응시하자, 그녀가 잔뜩 귀찮다는 표정으로 '됐어, 됐어' 하며 수저와 젓가락을 하나씩 더 들었다.

마치 엄마 닭처럼 정현은 앞서 가고, 난 병아리처럼 그녀의 뒤를 졸졸 쫓아갔다. 그녀가 의자에 앉으며 식판을 테이블에 올려놓고, 내게 수저와 젓가락을 내밀었다. 난 조심스레 수저와 젓가락을 받았다.

그녀는 '배고파 죽을 뻔했네' 하며 밥을 먹기 시작했다. 어떠한 수작도 없이 허겁지겁 밥을 먹는 정현의 얼굴을 보며, 난 손에는 수저와 젓가락만 움켜쥐고 멍하니 있었다. 정말 나랑 밥 먹으러 온 거야?

"뭐 해? 안 처먹고? 넌 이런 거 안 먹냐?"

정현이 밥을 먹다 말고 눈을 돌렸다. 난 고개를 흔들며 밥을 쳐다봤다. 울컥. 눈가가 시큰해졌다.

"어이, 유지이."

그때였다. 낯설고 거친 음성이 들렸다. 난 고개를 들었다. 정현도 우적우적 밥을 씹다 말고 눈을 돌렸다.

"오, 실물 좋아. 아주 좋아. 몸매도 좋아, 마르긴 했지만."

별안간 TV 드라마 촬영장에 뚝 텔레포트를 한 기분이었다. 보통 엑스트라들이 연기하는, 잔뜩 불량스럽게 분장한 몇 명이 건들거리며 오는 신이었다. 덩치가 큰 남학생을 중심으로 다른 녀석들이 두 명, 여학생이 한 명 껴 있는 팀이었다.

내가 몇 번 본 적 있거나 촬영한 신과 싱크로율 100%인 그들의 모습에 난 할 말을 잃고, 현실인지 촬영인지 분간을 못하고 가만히 있었다.

식당 안의 학생들의 시선이 일제히 나와 녀석에게 돌려졌다.

능글거리며 내 앞에 선 덩치 큰 남학생이 여드름 그득한 얼굴을 들이밀었다. 담배 냄새가 나서 속이 토할 것처럼 울렁거렸다. 난 의자에서 일어났다. 그러자 녀석이 나와 눈높이를 맞추며 더 다가왔다.

"이태주! 왜 이래?"

정현이 벌떡 일어났다.

"이 못생긴 년은 뭐야? 저리 꺼져라."

태주가 정현의 어깨를 밀치며 더 가까워졌다. 정현이 급하게 가로막았다.

"저리 가! 귀 먹었어?!"

그 순간, 태주의 거칠고 투박한 손이 정현의 뺨을 갈겼다. 쫙! 소리를 내며 일순간, 식당 안은 차가운 정적이 흘렀다.

"더 맞고 싶지 않으면 구석에 처박혀 있어라."

태주가 얼굴을 일그러뜨리며 정현에게 협박했다.

"지금 뭐 하는 거야?"

"오, 우리 유지이 양. 화내니까 섹시하네?"

나의 분노에 태주가 능글맞은 표정으로 손을 들었다. 태주의 커다랗고 투박한 손이 다가왔다. 움찔, 섬뜩한 소름이 등골을 타고 올라왔다.

"치워."

그때였다. 아주 조용하고 차가운 어투와 함께 긴 손가락이 쓰윽 나타나더니, 태주의 손을 손바닥으로 밀었다. 그리고 커다란 등이 내 면전에 나타났다. 큰 키의 남학생이 태주와 나의 사이를 막고 섰다. 심장이 쿵 떨어졌다. 녀석이다, 서준수.

그의 등 뒤에 서서 난 숨을 낮게 몰아쉬었다. 그가 손을 뒤로 쓱 움직이며 날 한편으로 밀었다. 그의 손길을 따라 난 정현과 나란히 옆으로 비켜섰다.

"넌 뭐야, 새끼야?"

금방이라도 준수를 한 대 갈길 태세를 하며 태주가 말했다. 그러나 준수는 조금도 위축되지 않고 의연하게 서 있었다.

"서준수? 이 새끼, 2학년 새끼가 어디서 건방지게."

태주가 준수의 교복 재킷에 달린 명찰을 보더니 이맛살을 찌푸렸다. 그러더니 돌연 발을 확 들어 준수의 배를 거칠게 차버렸다. 갑작스런 포악한 발길질에 준수가 뒤로 나가떨어졌다. 그러자 준수의 눈을 가리고 있던 앞머리가 옆으로 흐트러졌다.

준수의 얼굴이 확 드러났다. 순간, 난 숨을 훅 들이쉬었다.

그의 하얀 얼굴보다도, 그의 깔끔한 얼굴보다도 이마 정중앙을 기점으로 왼쪽 눈썹까지 위태롭게 그어진 선명한 상처 자국이 먼저 눈에 들어왔다. 일부러 그어놓은 듯, 선명하고 긴 붉은색 선이었다. 소름이 끼칠 정도로 잔인하고 끔찍한 선이었다.

구경하던 아이들의 표정이 순식간에 굳으며 주위가 술렁거렸다.

"저 새끼, 얼굴 왜 저래?"

태주가 드러난 준수의 얼굴과 상처에 약간 당혹스러워했다.

준수가 내리깐 눈꺼풀을 들어 올렸다. 섬뜩할 정도로 윤기 없고, 차가운 눈동자가 감정 없이 태주를 올려다봤다. 반듯하게 귀티가 나는 그의 얼굴에 반해, 눈동자는 빛 없이 죽어 있었다. 무섭도록 냉랭했다.

준수가 피식 입술을 비뚤게 웃으며 천천히 몸을 일으켰다. 그러더니 귀찮다는 듯 앞머리를 쓱 넘겨 얼굴을 더 드러냈다. 커다란 키와 소름 돋도록 냉랭한 눈동자, 그리고 이마의 잔인한 붉은 선이 가진 위압감으로 태주가 위축된 듯 움찔했다.

"선배, 아프잖아."

빈정거리듯 고개를 갸웃하며 짐짓 여유로운 몸짓으로 그가 태주에게 다가갔다.

"야, 그 새끼야. 전학 온 2학년 개돌아이."

태주 옆에 있던 녀석이 속닥거렸다. 뭐? 태주가 물었다.

"상권이 입원시킨 놈."

"뭐? 그 새끼?"

"야, 쟤랑 상대하지 마. 이 새끼, 제정신 아니야."

친구의 말에 태주가 더욱 위축됐다. 준수는 자신의 드러난 상처를 가릴 생각도 하지 않고, 오히려 즐기듯 입술을 비뚤거리며 태주 앞에 섰다. 그의 냉담한 눈동자가 공허해 보였다. 한없이 바닥으로 내려앉은 듯한 공허함을 감지하는 건 나뿐인가?

"선배, 정당방위인 거 알지?"

준수가 말하며 무언의 협박을 하듯, 식당 의자를 하나 잡아당겼다. 난 이걸로 공격할 것이라고 선전포고하는 것 같았다.

"너 이 새끼, 유지이랑 뭔 사인데 끼어들어?!"

"아, 사이? 그게 중요한가?"

"그래, 이 새끼야. 너 뭐야?!"

빈정거리는 준수에게 태주가 다시 한 번 소리쳤다.

"뭐…… 굳이 알고 싶다면야."

준수가 대수롭지 않다는 듯 고개를 갸웃하더니,

"유지이, 내 거거든."

툭 던지듯 말했다.

뭐? 지금 뭐란 거야? 옆에서 듣고 있던 나는 황당함에 준수의 뒤통수를 올려다봤다.

"뭐?!"

태주뿐만 아니라 식당 안의 구경꾼들의 시선이 모두 내게 꽂혔다. '진짜?', '둘이 사귀나 봐?' 하는 수군거림이 귀에 꽂혔다. 주위가 순식간에 웅성거리며 시끄러워졌다. 당혹스럽기도 했고, 어이없기도 했다가 난 그들의 수많은 시선과 웅성거림에 그제야 현실을 깨달았다.

"다시 말해줘? 유지이, 내 거라고."

준수가 천천히 '내 거' 자를 강조하듯 말했다.

"내가 왜 네 거야?!"

난 버럭 소리치며 발로 그의 다리를 차버렸다. 엉겁결에 내게 공격을 당한 준수가 짧은 탄성을 내지르며 꺾인 다리로 인해 비틀 거렸다. 그런 그의 모습에 아랑곳하지 않고, 난 씩씩거리며 빠른 걸음으로 식당을 나와 버렸다. 정현이 급하게 나를 쫓아왔다. 뒤에서 몰려 있던 애들이 '오, 유지이 센데?' 하는 소리가 들렸다.

태주의 '네 거 아니라잖아. 왜 오버야?' 하는 이죽거리는 중얼 거림이 이어졌다.

'우리 계속 할 거야? 안 할 거야? 안 할 거지?' 준수의 다급한 물음이 들렸고, 태주의 답이 들리지 않았다.

"유지이."

잠시 후 어느 틈에 준수가 쫓아와 내 팔을 잡았다.

"놔!"

허락 없이 자꾸 접촉하는 그에게 화가 나서 난 그의 손을 신경 질적으로 뿌리쳤다.

"화났어?"

"야, 2학년. 꺼져."

난 차갑게 그를 노려봤다. 난 왜 2학년인 것조차 몰랐던 거야? 이렇게 세심하지 못하고, 이렇게 허술해서 이런 녀석들에게 당하고 살지.

그의 입술이 씩 웃었다. 지금 내가 우습나, 이 자식은?

"알았어. 그래도 다음에 저런 녀석들 또 집적거리면 말해라."

의외로 녀석이 다정히 웃고서 순순히 물러났다. 내 어깨를 가볍게 스치듯 지나치며 앞서 가는 그의 등을 난 빤히 노려봤다. 저 녀석, 정말 뭐야?

"너 서준수랑 무슨 사이야?"

곁의 정현이 멀거니 준수의 등을 보다 궁금하다는 듯 물었다.

"너 나한테 왜 그래?"

"뭘?"

"갑자기 나한테 왜 이러냐고? 어제부터."

그제야 갑자기 친근하게 다가오려는 정현에게 이유를 물었다.

"어제는 네가 궁금했고, 보기 싫었고. 오늘은 네가 궁금하고, 놀고 싶네?"

태평하게 정현이 대답했다. 대수롭지 않다는 듯한 그녀의 무심한 대답에 난 우뚝 걸음을 멈췄다. 정말 나랑 놀고 싶어? 묻고 싶음을 억지로 삼켰다. 잠깐의 호기심일 거야.


"그 서준수라는 2학년, 지난달에 일본에서 전학 온 거래."

다음날, 2교시가 끝나자마자 정현이 어딘가에서 정보를 듣고 와서 내게 전달했다.

"일본?"

얼떨결에 물었다. 어째서 나는 서준수 정보에 귀가 솔깃한 걸까?

"응. 그 녀석 오자마자 한 건 제대로 했더만. 김성권 때려눕혔대. 그 녀석한테 맞아서 성권이 병원에서 지금 일주일째 입원 중이라는데?"

나도 김성권은 안다. 우리 학교 일진 중에서도 서열이 제일이라는 악명 높은 김성권이었다.

"서준수, 키도 크고 머리도 노랗잖아. 그러니까 눈에 확 띌 거 아니야. 김성권이 먼저 접근했는데, 걔가 눈이 돌아가더래. 맞아도 아픈 기색도 없이 달려드는데, 완전 돌아이도 그런 상돌아이가 없었다더라. 중간에 애들이 달려들어서 안 말렸으면 김성권 죽었을지도 모른다는 얘기까지 있더라고."

"정말?"

"그래. 죽자고 달려드는데, 그 녀석 자기도 맞아서 피가 철철 흐르는데 꿈쩍도 안 하고 덤비더래. 눈이 완전 뒤집혀서."

"그런 큰 사고를 쳤는데 어떻게 멀쩡히 학교에 다녀?"

이해할 수가 없었다.

"걔네 집 엄청 돈 많대. 돈으로 다 해결했다던데? 상권이네 부모가 학교에 쳐들어왔는데, 서준수 엄마가 넘긴 봉투를 보고 입이 쩍 벌어져서 없던 일로 했다더라고. 서준수, 우리 학교에도 어마어마한 돈을 내고 들어왔다는 소문도 있던데? 그래서 학교에서 내버려 두는 거라고. 걔네 아버지가 일본 야쿠자라는 소문까지 있어."

야쿠자? 황당한 웃음만 흘러나왔다.

"아, 그리고 서준수. 머리 노란 거 염색 아니래."

"그럼?"

"걔 혼혈이라던데? 아버지가 외국인이래. 엄마는 한국인이 맞고."

"혼혈?"

이건 또 뭐야. 정말 다이나믹하다, 서준수.

"위화감 조성된다고 선생님이 염색하라는 거, 어차피 금세 자라면 다시 노랑머리 나온다고 귀찮다고 거부했대. 앞머리 긴 것은 이마 상처 때문에 봐주는 거구. 뭐, 돈을 엄청 주고 들어왔으니 선생님들도 함부로 못하는 거 아니야?"

"말이 돼? 그렇게 많은 돈을 주고 우리 학교에 왜 와? 강남으로 가고 말지."

어느새 나는 정현과 자연스런 대화를 이어가고 있었다. 마치 오래전부터 그렇게 대화를 나누던 사이처럼, 거리낌 없이.

"하긴 우리 학교에 뭐 하러 그렇게 돈을 많이 내고 와? 근데 상권이 돈 많이 주고 합의 본 건 맞는 것 같던데……."

정현이 시원찮다는 듯 끝말을 흐렸다.

"지금 저 똘 안정현과 싸가지 유지이 뭐 하는 거냐?"

"완전 황당. 저년들 친해졌어? 완전 웃긴다."

뒤에서 일부러 들으라는 듯 아이들이 크게 말했다. 그녀들이 말했다. 저년들, 이라고. 저년이 아닌 저년들이라고. 복수다. 단수가 아닌 복수.

"진짜 야쿠자 아들은 아니겠지?"

정현은 아직도 의혹에 가득 찬 표정으로 혼잣말처럼 진지하게 중얼거렸다. 그런 그녀의 얼굴을 빤히 보다, 쿡 웃음이 나왔다. 그리곤 쿡쿡쿡 웃음을 쏟아냈다. 막혀 있던 봇물이 터진 것처럼 웃음이 멈추지 않았다.

"왜 그래? 이년아."

영문을 모르겠다는 듯 정현이 웃음을 터뜨리는 나를 쳐다봤다. 아이들의 시선이 내게 꽂혔다. 난 그래도 웃음을 닫지 않았다. 마음껏 깔깔 웃어젖혔다.

아, 재밌다. 너무 재밌다.

너무 재미있어서, 눈물이 나려 한다.

너무 재미있어서, 이까짓 거에 감동한다.

정말 재밌다.

## 2화_ 탑에 갇힌 라푼젤

투명한 빛을 발하는 반짝이는 구슬 볼 조명이 공중에서 빙빙 돈다. 눈이 시릴 정도로 밝게 내리쬐는 뜨거운 조명으로 인해 등이 진땀으로 축축해진다. 굵게 겹겹이 붙여진 속눈썹을 깜빡일 때마다 눈꺼풀 끄트머리가 무게를 애써 이겨내며 부르르 떨린다.

"컷. 오케이."

컷 소리는 언제 들어도 경쾌했고, 절로 안도의 한숨을 토하게 하는 소리다.

"수고하셨습니다."

"우리 지이, 수고했어. 오늘도 역시 최고!"

포토그래퍼가 엄지손가락을 치켜세웠다. 바들바들 떨리는 눈꺼풀을 한껏 치켜세우며, 난 환히 웃으며 고개를 숙였다.

"이번 컷은 모니터 안 해도 되죠, 선생님?"

"피곤하지? 그래, 괜찮아. 앞의 촬영은 다 모니터했잖아. 내가 알아서 잘 골라줄게. 우리가 하루 이틀 호흡을 맞춘 것도 아니고."

다정하게 말해주는 그녀에게 다시 한 번 머리를 조아리고 난 대기실로 향했다. 멀리서 지켜보는 재웅에게 눈짓으로 빨리 차를 대기하라는 뜻을 전했다.

"촬영이 너무 길어졌다. 피곤하지?"

전담코디인 혜영이 내 어깨를 주물러 주며 걱정스러운 눈빛을 보냈다.

"날이 갈수록 너무 심해. 무슨 컨셉이 이렇게 많아? 오늘 옷 몇 번 갈아입었어, 대체? 언니도 알았어?"

"나도 촬영장 도착하고 옷 받은 다음에 알았지. 옷 보고 안 그래도 헉 했어."

"그럼 왜 처음에 말 안 했어?"

"말해도 해야 하는 거잖아. 어차피……."

혜영이 죄지은 사람처럼 주눅 든 어조로 중얼거렸다. 혜영의 말이 맞았다. 어차피 어필해도 소용없는 것이다. 계약을 한 이상 난 고용인에 불과하니까.

"난 정말 킬힐이 너무 싫어."

혜영에게 미안함이 생겨, 화제를 돌리며 애먼 힐에게 화살을 돌렸다. 높다란 굽에서 내려와 붉게 퉁퉁 부어오른 발을 주무르다 불현듯 내 자신이 측은해졌다. 가슴속 감정을 닫고, 서둘러 평상복으로 옷을 갈아입고 운동화를 신는데 대기실 문을 누군가가 노크했다.

"네."

혜영이 대신 대답했다.

"유지이, 들어가도 돼?"

이미 문을 열고 들어서면서 묻는 남자에게 눈을 들었다. 아이돌 그룹의 리더로 지금 현재 인기가 한창인 현성이었다. 나와 동갑내기인 그는 시도 때도 없이 아는 척하며 친한 척했다.

"여긴 웬일이야?"

예상치 못한 그의 등장에 시큰둥하게 물었다.

"아, 또 까칠하게 그러신다. 잠깐 화보 촬영한 것 때문에 선생님 좀 만나러. 그런데 너 있다는 소리에 밥이나 먹자고 들른 거야."

"아냐, 그냥 갈래. 수고해."

"내가 밥 사줄게."

"너무 오래 촬영했더니 입맛 없어. 간다."

내가 앞만 보며 간명하게 대답하자, 현성은 바로 포기하면서 '그럼 다음에 보자' 하고 발걸음을 돌렸다.

주차장에서 기다리고 있는 재웅과 혜영은 무언가를 속닥이며 투덕거리다, 내가 불쑥 나타나자 입을 다물고 각자의 자리로 돌아갔다.

"둘이 내 뒷담화했어?"

게슴츠레 눈을 가늘게 뜨고 둘을 번갈아봤다.

"아니야."

혜영이 당황하며 억지웃음을 지었다. 그녀의 헛헛한 웃음에 더욱 의혹이 생겼지만, 묻지 않기로 했다. 어린것 데리고 다니면서 얼마나 고달플까 싶기도 했다.

스튜디오를 나오니, 벌써 해가 지려는지 어스름해지고 있었다.

"우리 지이, 배고프겠네."

재웅이 운전하며 안타까운 눈빛을 보냈다.

"오빠, 나 내일 휴대폰으로 문자 보내주라."

그의 말에 대답하지 않고 무뚝뚝하게 말했다. 허기는 사라진 지 오래였다. 굶는 것이야, 어차피 일상이라 내 위는 음식을 채근하진 않았다.

"왜 또?"

한두 번 요구한 것이 아니기에, 재웅이 달래듯 물었다.

"피곤하니까."

나의 말에 재웅은 더 이상 말하지 않았다. 내가 피곤하다는 말에, 안쓰러워하는 그였다. 여덟 살 많은 재웅과 함께한 세월이 4년이었다. 군대를 갓 제대하고 기획사의 신입 로드매니저로 들어온 그의 첫 파트너는 나였고, 4년이 지난 지금 그는 당당히 내 매니저가 되었다.

감정을 품지 않은 철근들로 세워진 딱딱한 빌딩이 즐비하게 가로수 너머의 하늘을 가리고 있었다. 뜨문뜨문 벌어진 틈으로 뉘엿뉘엿 지고 있는 태양의 붉은 그을림이 시야에 들어왔다.

하루가 또 갔다. 나의 하루는 항상 이렇다. 갑갑한 공간에서 벗어날 수 없는 공간에서의 하루. 마치 탑에 갇힌 라푼젤이 된 심정이다. 보이지 않는 탑에 사는, 벗어나고 싶어도 그러지 못하는 라푼젤. 라푼젤은 성으로 구출해 주러 오는 왕자님이 있는데, 나는 과연 누가 구출해 줄까? 난 어떻게 이 성에서 벗어나지? 왕자님도 없는데?

깊은 곳에서 치밀어 오르는 한숨을 억지로 잠재우며 눈을 감았다.

✽　　✽　　✽

안정현은 내가 교실에 들어서자마자 주말을 잘 보냈느냐며 호들갑을 떨며 맞아줬다. 나는 안정현에게 환하게 웃어주었다.

"화보 촬영으로 바빴어."

"무슨 화보?"

나의 친절한 대답에 정현이 신났다. 몇 번의 대화로 정현이 의외로 해맑은 성격의 소유자라는 것을 깨달았다.

"청바지."

"아, 너 그 전속 광고하는 청바지. 나 알아. 난 말다리라 입지 못하지만."

"말다리?"

나의 질문에 정현이 교복 치마 밑의 자신의 허벅지를 양손으로 맞잡으면서 입을 크게 벌리며,

"헉, 이것 봐. 절대 닿을 수 없는 거리."

라고 혼잣말처럼 중얼거렸다. 그녀의 행동에 나는 깔깔 웃음을 터뜨렸다.

"안정현이랑 절친 되더니, 유지이 저것도 돌았네."

"둘이 어울리는 꼴이 같잖다, 정말."

벌떼 같은 아이들의 윙윙거림이 들렸지만, 저 멀리서 외쳐 대는 메아리처럼 아득했다.

내 눈앞에 이번엔 종아리를 들어 올리며, 불끈 커다란 알을 만들어주는 짓궂은 정현이 있었으니까. 그녀가 나를 웃게 하니까 상관없다.

지난주 식당에서 일어난 일로 인해, 정현은 점심시간에 내게 밥 먹으러 가자는 말 대신 혼자서 매점에서 빵과 우유를 사왔다. 내 맞은편에 앉아 빵을 먹으며 '급식보다 맛있네' 하며 우적거리는 그녀를 나는 지그시 봤다.

"왜 진짜 내게 잘해줘?"

"뭐가?"

"나 싫다며."

우유를 벌컥거리며 다 털어 넣은 정현의 입가에 어린아이처럼 하얀 우유가 방울졌다. 휴지를 꺼내 내밀며 낮게 말했다.

"싫었어."

반이나 남은 빵을 한입에 우겨 넣으며 정현이 꾸역꾸역 씹어댔다. 입안에 가득 찬 빵으로 호흡이 어려운지 켁켁거리는 그녀에게 내 남은 우유를 내밀었다.

"네년이 너무 예뻐서."

우유로 숨통이 트인 그녀가 헤헤 웃으며 말을 이었다.

"그런데 예쁜 년이랑 친해지고 싶어졌어, 이젠."

어처구니없음에 웃음이 절로 나왔다. 반도 먹지 않은 내 빵을 그녀에게 내밀었다.

"너 정말 안 먹고 사냐?"

"촬영 있어. 곧 가봐야 돼."

그럼에도 나는 그녀에게 거짓말을 했다. 아직은 그녀를 믿지 못하겠다. 친해지고 싶다는 다정한 말을 아직은 믿지 못하겠다.


"다음 달 드라마 촬영 전까지는 시간적 여유가 있다고 들었는데, 아니었어?"

담임선생님이 의심의 눈초리로 내 얼굴을 꼼꼼히 살피며 물었다.

"문자 받으셨잖아요?"

태연하게 연기하며 난 상냥하게 웃어주는 것까지 잊지 않았다. 의심의 눈초리로 보던 선생님의 표정이 온화하게 바뀌었다. 흔쾌히 조퇴 승낙을 받아내고, 그에게서 오전에 반납했던 휴대폰을 건네받았다.

난 교실로 가서 가방을 챙겨 밖으로 나왔다. 점심시간에 마주 앉아 수다 떨던 정현이 아쉬워했다.

운동장으로 나오니 한가로운 기분까지 들었다.

"촬영 가니?"

교문 옆에서 빗자루로 바닥을 쓸던 수위 아저씨가 친절한 미소를 지으며 물었다.

"네."

그의 호감에 나도 상냥하게 웃어주는 것으로 보답했다.

드디어 갑갑한 학교에서 탈출했다. 학교 앞 거리는 수업 중인 탓에 한산했다. 이제 막 시작된 가을의 색이 입혀지기 시작한 은행나무들이 줄지어진 보도블록을 음미하듯 천천히 밟았다. 재웅에겐 5교시 끝나면 나오겠다고 말해놓은 상태임에도, 점심시간이 끝남과 동시에 나왔다. 재웅은 나의 말을 믿고 아직 소속사에서 나오지 않은 상태일 것이다. 그러므로 난 아주 잠시 자유다. 어디 가지? 이대로 자유를 만끽하고 싶다.

"유지이."

하지만 나의 자유에 대한 갈망은 얼마 가지 못했다. 금세 나를 알아보고 부르는 이가 나타났다. 성가셔 짜증이 솟구쳐 올랐지만, 내색하지 않고 한껏 인위적인 미소를 지으며 고개를 돌렸다. 그 순간, 목소리의 주인공을 확인하고 미간을 찡그렸다. 서준수가 교복 바지 주머니에 두 손을 꽂은 채, 여유로운 걸음으로 내게 다가왔다.

"그렇게 반가워?"

"너 스토커야?"

그가 놀리듯 웃어, 나는 최대한 냉랭함을 유지하며 쏘았다.

"아마도."

준수가 능청스럽게 어깨만 으쓱했다.

"옥상에 있는데 네가 나오는 게 보이더라. 쫓아오느라 죽을 뻔했네."

그는 여유롭게 내 옆으로 왔다. 나란히 나랑 도보를 맞추며 그가 다정하게 말했다. 난 우뚝 걸음을 멈추고, 그를 싸늘하게 올려다봤다. 조퇴증도 없이 마음대로 교문을 나서는 그가 이해되지 않았다. 어째서 이 녀석은 특별대우인 거지? 아니, 나도 마찬가지인가?

"넌 학생이 맞니?"

"보시는 바와 같이?"

그가 슬쩍 턱짓을 했다. 교복을 입고 있는 자신의 행색을 말하는 것이었다. 다시 앞머리로 가리고 있는 그의 눈빛이 궁금해 답답했다. 그와의 대화를 포기하고, 난 빠르게 걸음을 옮겼다. 하지만 긴 다리인 그의 큰 보폭은 거뜬히 나를 따라왔다.

"어디 가는데?"

"쫓아오지 마."

그의 질문에 앞만 보며 단호하게 대꾸했다.

"데려다 줄까?"

"야, 2학년."

결국 참지 못하고 난 발을 멈추며 경고하듯 날카로운 어조로 말을 이었다.

"너, 내가 쫓아오지 말라고 했지? 왜 자꾸 귀찮게 해?"

"팬이니까."

천연덕스럽게 받아치는 그를 더 이상 상대하고 싶지 않았다. 마침 가까워지는 택시를 발견했다. 난 손을 들었다. 택시가 도로가에 멈춰 섰다. 그의 앞을 휙 지나쳐 택시의 뒷문을 열었다. 그때그가 뒤에서 말했다.

"내가 구해줄게."

진지하고 차분한 음성으로.

문을 열다 말고 난 흠칫했다. 준수를 뒤돌아봤다.

"내가 유지이, 너 구해줄게."

그가 다시 한 번 말했다. 눈은 안 보였지만, 입술은 웃음기 없이 담담하게 감정을 전달했다. 난 마른침을 꿀떡 삼켰다. 입술이 파르르 떨렸다. 하지만 내색하지 않고 무시하며 택시에 올라탔다. 나의 승차를 기다렸던 택시가 일말의 망설임도 없이 출발했다.

점점 멀어지는 그를 뒤에 놔두고, 신경질적으로 쿵쾅거리는 심장을 진정시키며 난 택시 뒷좌석 소파에 깊게 등을 기대었다.


"너 구해줄게."


선명하게 귓가에 울리는 그 말이, 나의 맥박을 빠르게 뛰게 만들었다. 애써 외면하듯 눈꺼풀을 닫았다.

                           *    *    *


"지이야, 너 계속 이런 식이면 나 다시는 문자 안 보내줄 거야."

5교시가 끝나는 시간에 맞춰 교문 앞에서 대기하던 재웅은 허탕을 치고서야 나에게 속은 것을 깨달았다. 부랴부랴 내 휴대폰으로 전화했지만 전원은 꺼져 있었고, 엄마와 통화해서 내가 집에서 잔다는 말을 전해 들었다. 그리고 그는 지금 내 침대 머리맡에 서서 잔소리를 쏟아내고 있었다.

"나는 너한테 안 좋은 걸 알면서도 어제 종일 촬영하느라 피곤하니까 해달라는 대로 해준 건데, 네가 이렇게 거짓말하면⋯⋯."

"잔소리 그만해. 다른 곳으로 안 가고 집으로 온 걸 고맙게 생각해."

못 견디고 벌떡 침대에서 일어나 신랄하게 말했다.

"네가 갈 데가 어디 있어?"

재웅이 악의가 없는 건 안다. 사실 맞는 말이다. 하지만 그 말이 화살처럼 매몰차게 박혔다.


"너 구해줄게."


몇 시간 전에 들었던 유혹의 말이 떠올랐다. 너무 달콤해서 악마의 유혹 같은 말이.

"내가 왜 갈 데가 없어?! 나가!"

거침없이 일렁이는 감정을 누르기 위해 그에게 버럭 소리치면서, 침대에 누워 이불을 머리끝까지 뒤집어썼다. 미안해진 재웅은 쭈뼛거리다 방에서 나갔다.


"너 구해줄게."


머릿속을 빙빙 도는 그 말을 지우고 싶어 귀를 막았다.

"너 구해줄게."

귀를 막아도 소용없었다. 환청처럼 나의 귀에, 나의 뇌리에, 나의 심장에 박힌 듯 계속 들려왔다.

"너 구해줄게."

※　　※　　※

"묻고 싶어서 왔어."

난 끝내 점심시간이 되자마자 그를 찾아 옥상에 갔다. 그는 붙박이처럼 여지없이 옥상에 있었고, 난 그를 만났다.

마치 만날 약속을 한 것처럼 같은 시각, 같은 자리에서 마주 봤다.

"말해."

옥상 담벼락에 기대고 있던 그가 미동 없이 나를 응시했다. 마른침을 꿀꺽 삼키며, 난 용기를 내어 천천히 입을 떼었다.

"어제 한 말, 날 구해준다는 말이 무슨 뜻이야?"

태연한 척 물었다. 내가 그 말에 설레었다는 건, 흔들렸다는 것은 애써 숨기며 그저 기분이 상했다는 투로.

"말 그대로인데?"

"내가 어디 잡혀 있니? 왜 그런 헛소리를 해?"

"잡혀 있다기보다……."

그가 내게 다가왔다.

"갇혀 있는 것 같아서."

정곡을 찌르는 그의 말에 난 움찔했다. 그가 내 앞에 섰다. 그가 귀찮다는 듯 앞머리를 손가락으로 넘겼다. 파마기로 약간 구불거리던 그의 머리카락이 그의 손길에 따라 올라가 넘겨졌다. 이마의 선명한 상처 자국이 눈에 들어왔다. 꿰매었다가 아물었지만, 지워지지 않는 흔적 같은 상처였다.

그의 눈이 나의 눈과 마주쳤다. 윤기 없고 초점 없던 눈동자가 웃고 있었다. 그윽함을 담은 채 나를 내려다보며 다정하게 웃고 있었다.

"유지이, 내가 너 구해줄까?"

악마의 속삭임 같은 말이었다. 너무 다정해서, 너무 진지해서 난 넋 놓고 바로 '어' 하고 대답할 뻔했다.

"역시, 너와 대화를 한다는 것 자체가 과욕이었어."

하지만 이대로 농락당하고 싶지 않았다. 피식 조소하듯 빈정거리고, 난 그에게서 떨어졌다.

난 등을 돌려 옥상에서 나가기 위해 걸음을 옮겼다.

"아니면, 네가 날 구해줄래?"

등 뒤에서 그가 말했다.

난 우뚝 멈추고 고개를 돌렸다.

"유지이, 네가 나 구해주라."

절실함이 가득한 촉촉한 그의 눈동자가 흔들렸다. 나의 눈동자
도 흔들렸다.

그의 눈이, 그의 입술이 내게 진심으로 부탁했다.

너무 두려웠다. 지금 이 순간이, 온 세상이, 모든 시간이 정지된
것처럼 아득하게 느껴졌다. 시간을 초월한 공간 속에 둘이 남아,
서로를 보며 가라앉은 감정이 짙게 전달되듯 그와 나는 잠시 서로
의 눈만 바라봤다. 서로의 입만 바라봤다.

입술이 바르르 떨렸다. 난 부르르 떨리는 손끝에 힘주고 주먹을
웅그렸다. 빠지면 안 된다. 헤어 나오지 못할 소용돌이임을 직감
했다. 몸을 돌렸다. 기름칠을 덜한 기계마냥 무릎이 삐거덕거렸
다. 옥상 문을 열고 그곳에서 탈출했다.

나를 구해준다고 말하는 그에게서 멀어졌다.

내게 구해달라고 애원하는 악마에게서 도망쳤다.


＊　　＊　　＊


정현은 계속 내게 친근하게 다가왔다. 그녀는 내게 욕을 했던
사람과 같은 사람이라고 믿기지 않을 정도로 나에 대한 경계심을
완전히 풀었다. 물론 입은 걸어 '빨리 가자, 이년아' 라고 여전히

욕을 달고 있었지만.

방과 후, 정현은 나를 교문 앞에 대기하고 있는 밴까지 바래다줬다. 내 보디가드라도 된 양. 조금 우습기도 했지만 든든했다. 혼자가 아닌 나.

밴에 도착했을 때, 재웅이 집까지 바래다준다고 잡았으나, 정현은 버스가 편하다며 끝끝내 거절하고 달려갔다. 그녀의 달려가는 뒷모습을 응시하는 나의 입가에 미소가 머물렀다. 그런 내게 재웅은 좋은 친구가 생겼다며 흐뭇해했다.

하지만 밴 소파에 기대어 멀거니 차창 밖을 보게 되자 다시 씁쓸해졌다. 밴의 안락한 의자에서조차 난 항상 갑갑했다. 언제나 피곤하고 지친 나. 쉼 없이 움직여 왔다. 내가 갇혀 있는 것조차 인지 못하고, 어른들이 이끄는 대로 달려왔다.

그랬다. 난 갇혀 있었다.

준수, 그는 말했다. 갇혀 있는 나를 구해준다고. 아니면 자기를 구해달라고.

나는 그렇다 치고, 그는 무엇으로부터 구해달라는 것일까?

낯선 사람들이 사는 이 도시에서 나를 구해줄 왕자님 같은 건 없다 생각했다. 그가 그렇다고 왕자님은 아닐 것이다. 왕자는 공주를 구하는 목적으로 사는 동화 속 주인공이므로, 공주한테 구해달라고 매달리지는 않는다. 그러니 준수가 나를 구해줄 왕자일 리는 없다. 공주도 왕자를 구하는 법은 없다. 그런데 나는 공주님이 아니니, 그를 구해줘도 되지 않을까? 아닌가? 백조왕자에서 공주는 오빠들을 구하기 위해 가시밭을 거닐고 모진 수모를 견디며 옷을 짜서 왕자들을 구하나?

모르겠다. 왕자든 공주든 동화 속 이야기일 뿐이고, 난 21세기 인간이지 않은가.

"지이야."

재웅이 복잡한 내 심경에서 깨우듯이 조용히 불렀다.

"어?"

"현성이 있잖아. 당분간 안 만났으면 좋겠는데?"

"그게 무슨 소리야?"

"기자들이 냄새를 맡은 건지, 파파라치가 붙은 것 같아. 너랑 현성이랑."

룸미러로 흘끔거리며 재웅이 내 눈치를 살폈다.

"왜 나랑 현성을 엮어?"

터무니없는 소리에 기도 차지 않았다.

"네가 솔직히 다른 연예인들하곤 어울리지 않잖아. 근데 현성이랑은 안 그런데다 얼마 전 스튜디오에서 현성이랑 만난 것이 포착된 것 같아."

내가 다른 연예인과 어울리지 않는 건, 나의 모난 성격 탓이다. 다가오는 사람에게 경계부터 하는 내 곁에 머물러 있을 사람은 없었다. 특히 사람들에게 잔뜩 사랑을 받는 연예인의 성향상 받는 것에 익숙하지만 주는 것에는 인색했다. 그러나 현성은 달랐다. 내가 까칠하게 굴어도 능청스레 대했다. 동갑인 그는 우연히 방송국에서 마주친 내게 친근히 다가왔고, 나도 가볍게 인사했다. 그와는 가벼운 친구 같은 사이일 뿐이었다.

그런데 스캔들? 현성과 내가?

"오빠도 설마 나랑 현성이 엮었어?"

"아니, 나야 너한테 24시간 붙어 있는 사람인데, 내가 널 몰라?"

"믿지 않는구나."

과장되게 톤을 올리는 재웅을 게슴츠레 보며 난 한숨을 쉬었다.

"솔직히 뭐, 건전한 만남이라면 난 반대하진 않아."

"왜? 기획사 입장에서는 타격일 텐데?"

"너, 너무 외롭잖아."

신호 대기에 걸려 차가 멈췄다. 횡단보도를 건너는 사람들을 보는 그의 뒤통수를 난 물끄러미 주시했다. 오빠도 내가 불쌍해? 속의 질문을 차마 하지 못했다.

차가 다시 출발했다.

그때였다. 차창 밖 도로가에 있는 공원 입구로 들어서는 낯익은 남학생들의 모습이 보였다. 시야에 박히듯 들어왔다. 학생들 틈으로 장신이 보였다. 준수, 서준수였다. 그리고 나머지 녀석들 중 한 명은 분명 이태주. 이태주와 그의 패거리가 조금 떨어져 걷는 준수와 함께 공원 안으로 들어갔다.

멀어지는 그들의 모습을 급하게 눈으로 좇았다. 곧 그들이 사라졌다.

"오빠! 차 세워!"

"뭐?"

"빨리 차 세워!"

"무, 무슨 일이야?!"

재웅이 화들짝 놀라며 급하게 깜빡이를 켜고 갓길에 차를 세웠다. 차가 멈추자마자 나는 밴의 문을 열고 밖으로 튀어 나갔다.

"지이야!"

당황한 재웅의 외침이 들렸다. 무작정 뛰었다. 널찍한 공원 안에는 준수도, 태주 일행도 없었다. 맞았는데…… 분명 서준수였는데…….

불안감이 엄습해 오며 나를 두렵게 만들었다.

해가 지는 하늘은 불그스름한 노을이 서서히 번지고 있었다. 어스름해지는 이곳이 무서워졌다. 혹시 나쁜 일이 있을까 두려웠다, 그에게.

난 달렸다. 미친 듯이 그들의 흔적을 찾았다. 길을 따라 달리며 공원을 한 바퀴 돌았지만, 그들을 찾을 수 없었다. 격렬한 뜀박질 탓에 심장과 폐가 놀라 산소를 다급하게 빨아들이며 헐떡였다. 한 바퀴 다시 훑으려는 순간, 멀리서 공원 입구로 들어오는 재웅이 보였다. 근처에 차를 주차시켜 놓고 부랴부랴 뒤쫓아온 듯했다. 벤치 너머 풀숲에 몸을 숨겼다. 지금 재웅과 돌아갈 수는 없다. 이 대로 돌아갈 수는 없다. 뭔가 나를 사로잡는 찝찝함과 불안감을 외면한 채, 그를 따라 준수에게서 멀어질 순 없었다.

벤치 너머 팔각정이 보였다.

재웅은 차마 내 이름을 부르진 못하고, 애타는 표정으로 공원을 돌아다녔다. 내 모습이 그림자조차 보이지 않자 재웅은 이내 포기하고 공원을 나갔다. 그가 시야에 멀어지자마자 팔각정으로 뛰었다. 하지만 아무도 없었다.

아닌가? 잘못 봤나?

그때, '이 새끼가 진짜!' 하는 소리가 팔각정 아래편에서 들려왔다. 난 재빨리 팔각정을 돌아갔다. 팔각정 아래 풀숲이 있었고, 내리막 너머 뭉쳐 있는 태주 일행이 보였다. 그리고 한 걸음 떨어진 곳에서 바닥에 널브러져 있는 준수가 보였다. 그의 입가에서 붉은 피가 흘렀다.

찾았다, 준수.

난 목전의 일에 어떻게 대처해야 될지 난감해, 무릎을 쭈그리고 앉아 지켜봤다.

"내가 지금까지 헛소리했냐? 어? 이 새끼가 좋은 말로 했더니 사람을 우습게 보나? 뒤질라고?!"

태주가 씩씩거리며 소리쳤다. 준수가 엄지손가락으로 입가를 쓱 닦으며 몸을 일으켰다. 그의 눈동자가 얼음장처럼 냉랭했다.

"헛소리지. 내가 왜 네 밑으로 들어가? 돌았나?"

입술을 비뚤게 일그러뜨리며 준수가 성가시다는 듯 앞머리를 투두둑 긁듯이 넘겼다.

"내가 좀 너희 같은 놈들을 싫어하거든. 특히 너처럼 그 틈에서 우두머리인 척하는 놈은 더욱."

"이 새끼가!"

태주가 준수에게 달려들었다. 그 순간, 준수의 동작이 더 빨랐다. 그의 다리가 공중에서 태주의 얼굴을 퍽 가격했다. 태주가 비틀거렸다. 그 틈을 놓치지 않고, 준수가 몸을 번쩍 들어 태주를 후려쳤다.

"너희들하고 내가 다른 점이 뭔 줄 알아? 어차피 난 살고자 해서 사는 놈이 아니거든. 말했지? 나 건들지 말라고. 나 건들려면 죽이든가, 네가 죽을 각오하라고. 난 무서운 거 없는 놈이라고."

준수의 눈동자가 희번덕대며 살기가 올라왔다.

"이 새끼, 넌 오늘 뒤졌어! 새끼야!"

"명심해라, 나 꼭 죽여라. 안 그럼 니들이 죽는다."

태주 일행이 욕설을 내뱉으며 그에게 달려들었다. 네 명이 한번에 덤비자, 준수 혼자서는 감당할 수 없었다. 쉴 새 없이 날아오는 주먹에, 발길질에 그가 무참하게 당했다. 태주가 바닥에 쓰러진 그를 발로 짓밟으며 끊임없이 욕설을 내뱉었다.

그러나 준수는 쓰러지면서도 몸을 일으켜 태주에게 달려들었다. 준수가 태주의 허리를 팔로 감싸며 바닥에 쓰러뜨렸다. 그리고 바로 태주의 몸에 올라타서 주먹질을 해대기 시작했다. 나머지 세 명이 발길질을 해대고 주먹질을 해대도 꿈쩍도 안 하고 준수는 태주의 얼굴만 미친 듯이 때려댔다.

눈앞에서 벌어지는 전경에 난 두려움에 떨며 주위를 둘러봤다. 도움을 요청해야 하는데 어떻게 해야 될지 모르겠다. 휴대폰도 없고, 산책하는 어른들도 없었다. 겁이 나 무릎이 파르르 떨려왔다.

"이 새끼, 돌았나?!"

태주 친구들이 그를 태주에게서 떨어뜨리려고 애쓰며 두들겨 댔지만, 입술이 터지고 눈가가 찢어져 피를 줄줄 흘리면서도 준수는 옴짝달싹 안 했다. 한 번 문 먹잇감을 놓치지 않으려는 맹수처럼 태주의 얼굴만 주먹질을 해댔다. 일방적이고 무참한 공격에 태주의 눈동자가 풀렸다. 그의 고개가 바닥으로 꺾였다.

"내려와! 새끼야! 멈춰!"

태주 친구들이 때리는 것을 멈추고 그를 떼어냈다. 그러나 떼어진 것도 잠시, 준수는 다시 태주에게 달려들었다.

"이 미친 새끼!"

태주는 정신이 나간 듯 맞고 있음에도 고개만 힘없이 까딱거렸다. 친구들의 눈동자가 흔들렸다.

"야, 태주 새끼 이상하잖아."

"이 새끼야! 태주 죽이려는 거야?! 그만해!"

친구 하나의 발길질이 준수의 얼굴을 가격했다. 그가 뒤로 넘어가며 태주 옆으로 쓰러졌다. 하지만 고통을 못 느끼는 사람처럼 준수는 다시 일어났다. 그리고 여지없이 태주에게만 달려들었다. 당혹스러워하던 친구들이 두려움을 느끼기 시작했다. 태주는 퉁퉁 부어오른 얼굴로, 몸이 축 늘어졌다. 준수는 서슴없었다. 그의 눈동자는 맹수의 살기가 그득했다.

"안 되겠어! 씨팔!"

결국 친구 하나가 욕설을 내뱉으며 고개를 흔들었다. 친구들도 그의 뜻에 동조했다. 두 명이 준수를 힘으로 떼어내더니 우악스럽게 멀리 떨어뜨려 놓았다.

"그만해! 새끼야! 태주 죽어!"

"그만해, 그만하라고."

바들바들 떨면서 태주 일행이 태주를 감쌌다. 주저앉은 준수가 얼굴은 온통 피투성이가 된 채, 그들을 초점 없는 눈빛으로 응시했다. 씩씩거리며 친구들이 태주를 업고 부랴부랴 떠났다. 그들이 완전히 사라지자, 준수가 손등으로 눈가의 피를 쓱 닦으며 뒤로 벌러덩 드러누웠다.

그 순간, 나도 쭈그렸던 다리의 힘이 풀리는 것을 느끼며 바닥에 털썩 주저앉았다. 겨우 안도의 숨을 쉬었다. 숨도 못 쉬고, 소리도 못 냈던 무서운 시간이 끝났다.

준수는 한참 동안 일어나지 않았다. 많이 다쳐서 못 일어나나 걱정스러웠다. 난 간신히 용기를 내어 아래로 내려갔다. 바닥에 죽은 듯 누워 있는 그의 머리맡에 섰다.

준수가 얼굴에 드리워지는 그림자와 다가온 인기척에 감았던 눈꺼풀을 들어 올렸다. 공허한 그의 눈동자가 일직선으로 내게 향했다.

"꿈인가?"

그가 혼잣말처럼 나직하게 중얼거렸다.

"너, 왜 이러고 사는 거야……?"

나의 음성이 내 입에서가 아닌 심장에서 울리는 듯 아련하게 들려왔다. 나의 작은 중얼거림에 그의 입가에 씩 웃음이 번졌다.

"진짜네."

"너 진짜 왜 이러고 있는 건데? 그냥 도망가면 되잖아. 그냥 안 맞고, 안 싸우는 방법은 없는 거야?"

내가 왜 그를 타박하고 있는 건지, 내가 왜 잔소리하듯 그에게 말하고 있는지 모르겠다.

"진짜 유지이네."

그의 초점 없던 눈동자가 반짝이며 생기가 돌기 시작했다.

"그냥 적당히 타협하면 안 되는 거야? 이렇게 죽자고 싸워야 하는 거야?"

내가 왜 이렇게 시큰해지는지, 내가 왜 이렇게 울컥하는지 모르겠다.

"유지이."

그가 나를 아득하게 불렀다.

난 입을 다물고, 그를 가만히 내려다봤다.

그가 나를 아득하니 올려다봤다.

"팬티 보여."

피식 웃으며 그가 다정히 말했다. 순간 난 소스라치게 놀라며 그에게서 성큼 떨어졌다.

"속…… 속바지거든?!"

수치심에 얼굴이 화끈 달아올랐다. 그가 쿡쿡거리며 힘겹게 상체를 일으켜 앉았다. 그가 팔을 내게 뻗었다.

"뭐?"

공중에 떠 있는 그의 손을 시큰둥하게 보면서 그를 흘겼다.

"아프다. 못 일어나겠어."

"엄살 피우지 마. 좀 전에 다 봤거든. 걔네들이 끝내지 않았으면 넌 안 끝냈을 거 아냐."

쌀쌀하게 말하며 난 몸을 휙 돌렸다.

"유지이, 매정하네."

그가 몸을 일으켜 나를 따라왔다. 뒤에서 그가 조용히 물었다.

"근데 넌 왜 여기 있는 거야?"

"운이 나빠서."

왜 하필 밴은 그 순간 신호 대기로 멈췄고, 왜 하필 그 순간 난 공원에 들어서는 너를 봤을까? 보지 않았다면, 발견하지 않았다면 난 이러고 있지 않았을 텐데. 발견하지 않았다면 처절한 너의 몸부림을 보지 못했을 텐데. 마치 세상의 벼랑 끝, 한 발만 뒤로 움직이면 떨어질 것 같은 끄트머리에서 내뱉는 듯 위태로운 너의 말을 듣지 못했을 텐데.

"너 정말 왜 이러고 사니?"

공원 입구를 향해 걸으며 난 침잠하게 물었다.

"내가 사는 것 같이는 보여?"

무미건조한 어조로 그가 반문했다. 난 걸음을 멈추고 그를 올려다봤다. 한쪽으로 기울어진 앞머리 사이로 보이는 그의 쓸쓸한 듯 슬픈 눈동자가 그윽하니 나를 내려다봤다. 그의 눈동자 저 너머에 암울함이 그득했다.

넌 어째서 그곳에 갇혀 있는 거야?

그의 눈동자가 애처롭게 내게 구해달라고 흔들렸다.


눈가가 찢어져 피를 흘리는 주제에, 입술도 깨져 피범벅이 된 주제에, 손등도 찢어지고 교복 남방도 너덜너덜 더럽혀지고 군데 군데 피가 묻어 있는 주제에 준수는 병원 같은 건 필요 없다고 배 짱을 부렸다. 그래서 하는 수 없이 나는 이모의 약국으로 가자며 그를 회유했다. 나의 고집을 꺾지 못하고, 그는 안절부절못했다. 그는 나를 무시하는 것처럼 굴면서도 절대 무시하지 않았다.

난 마침내 회유에 성공하여 그를 약국으로 데려갔다. 아니, 정확히 말하면 그가 나를 데려갔다. 난 돈도, 휴대폰도 없었으니까.

"우리 공주님이 여기까지 웬일이야?"

내가 약국 문을 열고 들어서자, 반가움에 이모의 얼굴에 화색이 돌았다.

엄마와 열 살이나 차이 나는 막내이모는 서른다섯 살의 싱글이었다. 결혼을 안 한 덕분에 그녀는 실제 나이보단 다섯 살은 더 어려 보였다. 그녀가 결혼을 안 하는 이유는 여러 가지 사정이 있겠지만, 지나간 아픈 첫사랑의 추억 때문이라고 엄마에게 들은 적이 있었다.

'무슨 사랑을 어떻게 했기에 아직까지도 첫사랑을 잊지 못해?' 라고 엄마에게 물은 적이 있었다. 엄마는 그냥 넘기듯 웃으며 '우리 집안 내력이야. 엄마도 네 아빠가 첫사랑이잖니?' 라고 했었다. 그런 엄마에게 '그래서 엄마는 아직까지 재혼을 안 한 거야?' 라고 묻자, 엄마는 쓸쓸히 '아니, 믿지 못해서' 라고 했었다.

아빠는 다른 여자와 산다. 내가 네 살이 되던 해, 아빠는 다른 여자에게로 갔다. 엄마는 나를 부러 '연예인'을 시킬 계획은 없었다. 양육비도 못 받고, 힘겹게 홀로 키우다 우연한 기회에 나를 오디션에 세웠고, 뜻밖에도 단번에 연예인이 되었다. 그래서 엄마를 원망할 수 없고, 이 일을 그만둘 수도 없다. 인연이 끊겼던 아빠는 스타가 된 내게 한두 번 다가왔지만, 나의 냉담한 외면을 받아야만 했다. 그 이후 지금까지 아빠를 만난 적은 없다.

화색이 돌던 이모의 낯빛은 내 뒤를 따라 들어온 피투성이의 준수를 보고서 금세 어두워졌다. 난 학교 친구인데 일방적으로 나쁜 아이들에게 맞은 것이라 둘러댔다. 하지만 이모는 나를 구석으로 잡아끌더니,

"저 녀석 머리색을 보니 평범한 애가 아닌데?"

라고 물었다. 난 이모의 귀에,

"혼혈이야."

라고 증빙되지 않은 사실을 속삭였다.

"그래?"

의외라는 듯 이모가 의자에 얌전히 앉아 있는 준수를 훑었다. 그리고 약사답게 준수의 상처를 먼저 살피려고 다가갔다. 그리고 준수의 답답한 앞머리를 쓸어 올리다 드러난 이마의 끔찍한 상처를 보고, 의혹에 찬 눈빛으로 나를 흘끔 쳐다봤다.

난 입모양으로만 '사고 때문에'라고 중얼거리고 이모의 시선을 회피했다.

"눈꺼풀 상처는 다행히 깊지 않아 꿰매진 않아도 될 것 같다. 눈꺼풀은 원래 약해서 피도 많이 나고 쉽게 찢어져. 눈은 잘못하면 실명될 수도 있을 정도로 위험한 곳이야. 그래서 깊은 상처는

나지 않도록 항상 조심해야 돼."

이모는 오늘 난 눈꺼풀의 상처가 아니라 이마에서부터 눈썹까지 내려온 깊은 상처를 말하는 듯했다.

"네."

준수가 무표정하게 대답했다.

"주먹뼈까지 다 헤지고 상처 난 걸 보니, 싸움한 게 맞구나?"

"네."

준수는 이모의 말에 순순히 대답했다. 예의 없이 굴 줄 알았는데, 의외로 차분히 이모의 말을 받고 있었다.

"팔도 좀 찢어진 것 같고…… 걷어볼래?"

이모의 말에 순순히 준수가 따랐다. 그의 왼쪽 손목 윗부분이 날카롭게 찢어져 있었다. 태주 일행과 싸우면서 뒹굴다 바닥이나 나뭇가지에 긁히며 찢어진 상처처럼 보였다. 이모는 말없이 그의 상처를 소독하며 연고를 발랐다.

"멍이 많이 들었지만, 네가 단단해서 금방 나을 것 같구나. 다른 곳은 다친 데 없니?"

"괜찮아요."

"잠깐."

준수의 몸을 살피던 이모가 그의 등 쪽을 보며 시선을 멈췄다.

"너 등도 다쳤네. 옷도 찢어지고, 그 사이로 피가 배어 나온 게 등도 상처가 있는 모양이다. 옷 좀 벗어볼래?"

"괜찮은데요."

흠칫 놀라 눈을 내리깔며 준수가 낮게 중얼거렸다.

"벗어야 될 것 같은데? 균이 들어갔으면 염증 때문에 곪을 가능성이 높아서 치료해야 돼."

이모가 엄하게 말했다. 이모의 강경한 태도에 준수가 망설이며 내게 눈을 돌렸다.

"안 봐. 나도 보고 싶지 않아."

난 샐쭉한 표정을 하며, 그에게서 등을 돌렸다. 그러자 준수가 천천히 상의를 탈의했다.

"허. 너……."

차분히 준수의 상처를 치료하던 이모가 순간, 낮은 탄성을 내뱉었다. 당혹함이 담긴 이모의 작은 탄성에 반사적으로 시선이 획 돌아갔다. 그 순간, 뒤돌아 앉은 준수의 등이 시야에 들어왔다.

바닥을 뒹굴면서 생긴 듯 붉은 피가 배어 나오는 상처가 등에 있었지만, 우리의 시선을 놀라게 하고 숨을 멈추게 한 것은 그 상처 때문이 아니었다. 이마의 상처처럼 끔찍하고 선명한 상흔이 그의 등을 대각선으로 가로지르고 가로질러 X 자 모양으로 기다랗게 전체 등에 그어져 있었다.

너무나도 깊어서, 선명한 붉은 자국이 영원히 지워지지 않을 낙인처럼 보였다. 소름이 끼치도록 끔찍하고 잔인한 선이었다.

그뿐만 아니었다. 어깻죽지에는 불로 지진 듯한, 담배 자국처럼 보이는 흉터들이 가득했다. 크기가 큰 것도 있고, 작은 것도 있었다. 일부러 진열을 해놓은 듯, 그렇게 어깨를 감싸고 있었다.

이 녀석 뭐야…….

이모가 당황한 표정으로 할 말을 잃고 나에게 시선을 돌렸다. 나는 모른다는 뜻으로 고개를 흔들었다. 마른침을 삼키며 눈을 돌렸다. 더 이상 볼 수가 없었다. 너무 무섭도록 참혹한 상처다. 입술이 바들거리고 다리가 후들거렸다. 떨리는 몸을 지탱하기 위해 주먹을 불끈 쥐었다. 이것 때문에 망설이며 나를 본 것이구나. 내가 보는 걸 원치 않아서.

"……다행히 등의 상처도 깊진 않구나."

애써 태연함을 가장하며 이모가 말했다.

"네."

준수가 덤덤하게 대답했다. 이모가 자신의 상처를 보고 당황한 것을 알고 있을 것이다. 그러나 그는 무념한 듯 반응하지 않았다.

간단한 치료를 끝내고, 착잡한 표정으로 '감사합니다' 라고 인사하고 약국을 나서려는 준수에게 이모는 연고와 소염제가 들어있는 알약을 챙겨주었다.

"이모…… 엄마한테는……."

"알았어."

준수를 따라나서려다 말고, 입을 열려는 내게 이모가 먼저 선수를 쳤다. 그리곤 내 팔을 잡고는,

"저 녀석, 위험한 녀석 아니야?"

라고 걱정스러운 눈초리로 물었다.

"아니야."

아닐 거야. 나도 그렇게 믿고 싶었다.

"너 알아서 잘하는 거 알지만, 내가 노파심에 걱정이 돼
서……."

"정말 아니야."

확신을 주듯 난 이모를 보며 애써 웃었다. 나도 내게 확신을 주
고 싶었다. 준수가 내게 아니라고 말해주면 좋을 텐데……. 먼저
물을 자신이 없다. 하지만 이상했다. 그런 상처를 어떻게 만든 걸
까? 어쩌다 생긴 걸까? 설마 일부러 만든 것은 아니겠지?

준수는 약국 밖에 서서 내가 나오길 얌전히 기다리고 있었다.

약국에서 나온 우린 침묵 속에서 걸음만 옮겼다. 교복 바지 주
머니에 두 손을 찔러 넣은 그는 앞만 보고 걷고, 난 그의 곁에서
보도블록만 내려다보며 걸었다.

"아까처럼 택시 타야 되지?"

사람들의 시선을 의식해서 공원에서 약국까지 오는 동안, 그와
나는 택시를 타고 왔었다.

조금 걷다 번화가가 나오자 준수가 발을 멈추고 내게 고개를 돌
렸다. 번화가의 인파 때문에 내게 피해가 갈까 우려하는 듯 보였
다. 난 고개를 주억거렸다.

준수가 택시를 잡았고, 안에 올라탄 나는 행선지를 말했다. 택시를 타지 않고 준수의 휴대폰을 빌려, 재웅에게 전화를 하면 될 일이었다. 아니면 그에게 돈을 빌려 혼자 택시를 타면 될 일이었다. 그러나 나는 그냥 그와 함께 집으로 향했다. 그냥 같이 이동했다. 이유는 나도 모르겠다. 나도 내가 왜 이러고 있는지 모르겠다.

택시 뒷좌석에 타고서 난 아까처럼 머리를 숙였다. 기다란 머리카락이 쏟아져 얼굴을 가렸다. 택시기사는 운전에만 열중하며 앞만 바라보고 있어 다행히 날 알아보지 못했다.

택시 안에서도 우린 침묵 속에 싸여 있었다. 그도 나도 말없이 각자의 곁에 있는 차창 밖만 응시했다. 이모의 약국에서 집은 멀지 않았다. 택시가 집으로 향하는 골목길에 들어섰다.


"파파라치가 붙은 것 같다."


번뜩 아까 운전하면서 재웅이 했던 말이 떠올랐다.
"아저씨, 그냥 여기서 세워주세요."
나는 다급하게 말했다. 준수는 갑작스런 내 행동에 의아한 듯, 잠시 고개를 돌렸지만, 이내 택시비를 계산하고 내렸다. 뒤따라 거리로 나오며 난 짧게,
"데려다 줘서 고마워."

하고 몸을 돌려 걸었다.

"유지이."

그는 따라오지 않고 조용히 나를 불렀다. 난 걸음을 멈추고 그에게 고개만 돌렸다.

"너 본 거지?"

그의 눈이 앞머리로 다시 가려졌다. 그의 눈이 보이지 않았다. 담담한 입술만 보였다.

"어."

난 그의 시선을 피해 아래를 내려다봤다.

"내가 무서워?"

"……모르겠어."

"내가 야쿠자의 아들이라서?"

"정말?"

그의 말에 깜짝 놀라 나의 동공이 반사적으로 커졌다. 그의 입술이 피식 비뚤어졌다.

"넌 나 놀리는 게 재미있지?"

그의 웃음에 담긴 의미를 깨닫고 미간을 좁히며 노려보자, 준수가 천천히 다가왔다. 그러더니 손을 들어 헝클이듯 내 머리카락을 쓱쓱 쓸었다.

"가라."

그가 입술을 늘어뜨리며 부드럽게 웃더니 몸을 돌렸다.

멀어져 가는 준수의 등을 난 붙박이처럼 길에 붙은 채 응시했다. 쓸쓸한 그의 어깨가, 상처투성이였던 그의 등이 눈에 박히듯 들어왔다. 그는 앞만 보고 걸어갔다. 아마도 나의 시선을 감지했을 것이다. 그러나 고개를 돌리지 않았다.

눈가가 울컥 뜨거워졌다.

너의 등이, 너의 뒤가 왜 이렇게 아파 보이지……? 나는 왜 이렇게 발이 떨어지지 않지……?

네가, 내가 구할 수 있을까?

나를, 너를 구할 수 있을까……?

택시가 돌아온 골목길 너머로 그가 사라졌다. 그가 시야에서 없어졌다.

안도감 대신 아련함이 몰려왔다.

## 3화_SAVE

꽃망울이 금방이라도 터질 것처럼 화사한 장미가 그려진 도시
락 가방을 내미는 엄마를 나는 뾰로통한 표정으로 쳐다봤다.

"엄마가 갖다 줘. 내가 굳이 가야 돼?"

"매일 너 때문에 수고하지, 엄마 때문에 수고하니?"

다정한 엄마가 어서 받으라는 듯 가방을 들고선 흔들었다.

"어차피 돈은 엄마 계좌로 들어가잖아."

퉁명스럽게 엄마가 내미는 가방을 낚아채듯 잡고 운동화를 신
었다.

"다 네 것인걸."

"엄마 거야."

엄마의 말을 정정하며 난 밖으로 나왔다.

주말이라고 엄마는 내가 좋아하는 김밥을 싸서는 굳이 재웅의 몫까지 챙겼다. 나만 먹으면 되는 걸, 왜 사서 고생이냐는 나의 말에 엄마는 재웅이 혼자 대충 먹고 다니는데, 동생인 내가 챙겨줘야 한다면서 핀잔을 줬다.

촬영도 없고 한가한 일요일이라 침대에서 뒹굴 심산이었는데, 엄마의 오지랖에 이렇게 꽃무늬 도시락 가방을 들고 밖으로 나오게 되어 불만스러웠다.

재웅의 집은 두 블록 떨어진 곳에 위치한 오피스텔이었다. 그는 본인의 별명을 '5분 대기조'라고 말할 정도로 항상 내 곁에 있었다. 그의 시계와 사고는 마치 나를 위해 움직이도록 설계되어 있는 것처럼, 언제나 내 가까운 곳에서 나를 위해 움직였다.

엄마의 말마따나, 나를 위해서 일하는 사람이니 이까짓 수고쯤이야 감수해야 되는 건가.

피식 웃고는 가벼운 발걸음으로 재웅의 집을 향해 달렸다. 짧은 거리인 탓에 금세 도착했다. 그는 아마 할 일 없는 일요일이기에 그동안의 밀린 잠을 자느라 늘어지게 늦잠을 자고 있을 것이 뻔했다.

현관 보안키를 누르고 안으로 들어서니 오픈된 거실에서 퀴퀴한 술 냄새가 진동을 했다. 거실 테이블로 힐끔 눈을 돌리니, 난장판이었다. 와인병도 있었고, 맥주 캔들이 널브러져 있었다. 남아 있는 치킨이며 말라비틀어진 안주거리들이 지저분하게 어질러진 테이블은 전날의 술판을 적나라하게 드러내 놓고 있었다.

미간을 찌푸리며 도시락 가방을 주방 아일랜드 식탁에 놓는데, 소파에 놓인 여자 재킷이 시야에 들어왔다.

어? 설마?

나는 이 공간의 불청객이 됐음을 깨닫고, 부리나케 나가려고 식탁에서 떨어졌다.

그때였다.

욕실 문이 열리며, 씻고 나오는 재웅의 모습이 보였다. 하의만 긴 타월로 가린 재웅이 다른 타월로 머리를 털며 나왔다.

"오빠, 현관문이 열리는 소리가 나지 않았어?"

그와 동시에 침실 문이 열리며 여자의 목소리가 들렸다. 난 흠칫 놀라 걸음을 멈추었다. 목소리가 낯익다고 생각하면서 거실로 나오는 여자의 얼굴을 봤다.

"언니……."

나의 코디, 혜영이 재웅의 남방만 걸친 채, 속옷 바람으로 면전에 나타났다.

"악! 지이야."

"어…… 어…… 지이야."

혜영과 재웅이 식탁 앞에 서 있는 나를 발견했고, 코미디를 하듯이 소리를 지르며 후다닥 몸을 가리고, 우왕좌왕 난리를 피우면서 방으로 들어갔다.

난 게슴츠레 눈을 뜨고 난장판이 된 테이블을 지켜보며 소파에 앉았다.

잠시 후, 후다닥 옷을 차려입은 남녀가 내 맞은편에 나란히 앉았다.

"지이야……."

재웅이 먼저 난감해하며, 나에게 눈길을 주었다.

"그래, 광란의 술판 때문에 주체를 못하고 원 나잇 한 거야?"

난 소파에 등을 기대고서 팔짱을 낀 채, 눈을 가늘게 뜨고 무뚝뚝하게 물었다.

"너 무슨 그런 말을! 그런 말 하는 거 아냐!"

"아니야, 지이야…… 그게…….."

재웅은 버럭했고, 혜영은 움츠리며 당황했다.

"그럼? 둘이 원 나잇이 아니면? 섹스파트너인가?"

"야! 임마! 너 미성년자야. 그런 말 하지 마!"

나의 불퉁스러운 말에 재웅이 화를 내기 시작했다.

"어디서 그런 말을 해? 그런 생각을 어떻게 해? 우리가 이런…… 모습을 보였다고 그렇게 생각하는 법이 어디 있어? 쪼그만 게."

"그럼 뭔데?!"

"지이야…… 사실은…… 우리 사겨."

혜영이 재웅에게 작게 '오빠, 그만해'라고 하더니, 내게 조심스럽게 말했다.

"둘이 사귄다고?"

"그래, 지이야. 3개월 정도 됐어, 우리."

재웅이 거들면서 덧붙였다.

"그럼 뭐야? 오빠는 못생긴 혜영이라고 불러대고, 언니는 못돼 처먹은 재웅 오빠라고 하던 건, 다 실드 친 거네?"

"지이야…… 그게…….."

재웅과 혜영이 서로를 잠시 마주 보며 민망해했다.

"왜 숨겨? 잠깐 엔조이로 사귀려고 숨긴 거야? 어차피 금방 헤어질 거라서?"

재웅이 우물쭈물 말하려는 걸 자르며 난 악랄하게 쏘아붙였다.

"아니야! 지이야, 자꾸 나쁜 말 하지 말라니까. 넌 암튼 사회물이 너무 일찍 들어서, 나쁜 생각만 해서 큰일이야."

"오빠, 잔소리하지 마. 내가 지금 오빠 잔소리 듣게 생겼어?! 둘이 이러고 앉아서?!"

"미안해."

내가 신경질적으로 성질을 내자, 재웅이 금세 주눅이 들었다.

"둘이 왜 못 밝혔는데? 왜? 내가 싫어할까 봐?"

"그게…… 말할 기회가 없었어. 한 번 기회를 놓치니까, 그게 너한테 말하는 게 쉽지 않더라고…….."

"둘이 언제 헤어질지 모르니까, 말 안 하고 있던 게 아니고?"

"아니라니까. 이런 거 말하는 거 쪽팔린데……. 나 혜영이 사랑해, 지이야.”

　재웅이 잠깐 숨을 돌리더니, 진지한 눈빛으로 나를 마주 봤다.

　“사실은 오래전부터 좋아했어. 내가 먼저 오래 혜영이 좋아했어.”

　“오빠는…… 그런 말을…… 여기서…….”

　“정말이야…… 내가 너 얼마나 좋아했는지 모르지…….”

　재웅이 뺨을 붉히는 혜영을 보며 나긋하고 다정하게 말했다. 둘의 핑크빛 아우라가 우습기도 하고 보기 좋기도 했다. 스물일곱이나 먹어서, 스물넷이나 돼서 열아홉 살짜리에게 눈치 보며 타박을 받고 있음에도, 둘의 모습이 보기 좋았다.

　“아주 눈꼴 셔 못 보겠네. 그래, 열심히들 하세요.”

　난 투덜거리며 소파에서 일어났다.

　“지이야.”

　“됐어.”

　재웅이 따라 일어났다. 꼴 보기 싫다는 듯 그에게 손사래를 치며 난 현관으로 향했다.

　“지이야, 데려다 줄게.”

　“됐다니까. 둘이 하던 거나 계속하셔.”

　“지이야.”

　뒤에서 놀리지 말라는 듯 혜영의 앙탈 섞인 애원이 들렸다. 나는 알았다는 듯 눈을 흘기며 고개만 끄덕였다. 현관문을 열고 나오는데 재웅이 급하게 뒤따라 나왔다.

"지이야, 데려다 준다니까. 키 갖고 나올 테니까 잠깐 기다려."

"진짜 괜찮아. 올 때도 혼자 왔는데 뭘."

"지이야, 미안해."

"뭐가?"

난 새침하게 그를 올려다봤다.

"그냥 면목 없어서……."

"사랑한다며. 근데 뭘."

나의 부드러운 말에 재웅이 쑥스러운 듯 작게 웃었다. 순간 그
가 빛나 보였다. 반짝이는 햇살처럼 눈부시도록 빛나 보였다. 그
에게 난 빙그레 웃어주고 엘리베이터로 갔다.

사랑하니까, 괜찮은 거잖아.

둘이 밴에서 숙덕거리던 장면이 떠올랐다. 난 왜 눈치채지 못했
을까? 어디선가 봤는데, 재채기와 사랑은 숨길 수 없다고 하던
데……. 나 정말 눈치 없나 보네.

소리 없는 미소가 입술에 머금어졌다. 내가 좋아하는 사람들이
만들어낸 사랑이 오늘의 나를 행복하게 만들었다.

사랑이란 좋은 거구나. 곁의 사람까지 기분이 좋아지는.


재웅의 오피스텔에서 나와 집으로 향하는데, 문자가 왔다는 알
림소리가 들렸다.

〈지이야, 정말 안 올 거야? 와라, 내가 맛있는 거 줄게.〉

정현이었다.

그녀는 며칠 전부터 일요일에 촬영도 없고, 약속도 없으면 자신을 보러 오라고 성화였다. 정현은 일요일마다 엄마가 일하는 가게에서 일한다고 했다. 엄마의 가게는 아니고 엄마가 종업원으로 일하는 가게인데, 엄마 일을 돕는 차원이라고 말했다. 돈도 안 나오는데 왜 네가 거기서 일하느냐 물어보니, 그래야 엄마가 일하는데 편하고 사장님도 좋아한다면서 '내가 얼마나 일을 잘하는데'라며 너스레를 떨었다.

휴대폰을 메고 있는 크로스백에 넣고, 눈을 가린 도수 없는 뿔테안경을 고쳐 쓴 후, 야구 모자를 더욱 푹 눌러썼다. 그리고 지하철역으로 향했다. 다행히도 트레이닝복 차림에 야구 모자를 눌러쓰고, 알이 있는 뿔테안경까지 쓴 나를 알아보는 이는 없었다. 힐끔거리며 나를 뚫어져라 관찰하는 몇몇 사람이 있었지만, 그들의 흥미는 곧 사라졌다. 곧 구석진 자리가 난 덕분에 난 앉아서 고개를 푹 숙이고 잠든 척했다.

정현이 알려준 도봉산역에서 내렸다. 종착역처럼 지하철 안은 텅 비었다. 수많은 등산객이 지하철역 로비를 걸었다. 주변은 온통 등산객들로 인산인해를 이뤘다.

차들이 다니는 도로 옆 통로를 지나 계단을 오르고, 횡단보도를 건넜다. 처음 와보는 도봉산으로 향하는 길은 쉬웠다. 지하철을 나온 등산객들의 경로만 쫓아가면 되었다. 그들이 초행길인 나의 길잡이였다.

정현은 내게 매표소를 지나 직진하면 바로 순두부가게들이 즐비하게 있다고 했다. 그곳까지 오면 다 온 것이라고 했다. 자신이 일하는 가게 이름도 가르쳐 주지 않고, 무턱대고 정현은 그렇게 말했다. 그녀의 말마따나 순두부가게들을 찾는 건 어려운 일이 아니었다. 그리고 그녀를 찾는 것도 어려운 일이 아니었음을 도착하자마자 알았다.

"사장님! 사장님! 들어오세요. 순두부가 끝내줘요! 아이스크림처럼 녹는다니까요?!"

정현이 순두부가 팔팔 끓고 있는 가마솥 옆에서 호객 행위를 하고 있었다.

"사장님, 완전 멋쟁이! 막걸리 한잔하세요!"

생기 넘치는 그녀가 지나치는 등산객들에게 지치지 않고 계속 손짓을 했다. 그러다 식당 안으로 들어서는 손님들을 보면서는,

"탁월한 선택! 우리 순두부가 최고예요, 최고! 두 분이요!"

너스레도 떨고, 안에다 인원수도 체크했다.

"정현아, 너희 가게만 최고면 우리 가게는?"

옆 가게에서 가마솥의 순두부를 커다란 나무주걱으로 휘휘 젓는 남자가 말을 건네자 그녀는,

"아, 삼촌네는 두 번째, 우리 가게가 첫 번째."

하더니 하하하 하고 크게 너털웃음을 터뜨렸다.

멀찍이 떨어져 나는 그녀를 잠자코 주시했다. 그녀는 쉴 새 없이 움직이며 호객 행위를 하거나 식당의 잔심부름을 도맡아서 했다. 오전에는 사랑에 빠진 재웅을 빛내던 햇살이, 정오에 들어서면서 인상 한 번 구기지 않고 열심히 일하는 그녀에게 다가갔다. 그녀가 따스하게 쏟아지는 햇살을 받아, 보석처럼 반짝반짝 빛났다. 너무 빛나서, 그 모습이 너무 예뻐서 절로 미소가 지어졌다.

눈을 가린 뿔테안경을 벗어 백에 넣었다. 야구 모자를 벗어 긴 머리카락을 손가락으로 쓰다듬었다. 그리고 그녀에게 다가갔다.

"나도 도와줄까?"

"지이야!"

앞에 서서 웃는 나를 본 정현의 입이 함박만 하게 벌어졌다.

"어? 어? 탤런트 유지이 아냐?"

나란히 있던 옆 가게 삼촌의 눈이 휘둥그레졌다. 난 슬쩍 그에게 목례했다.

"거봐, 거봐. 내가 유지이랑 친하다고 했지? 거짓말 아니지? 내가 유지이 친구라니까!"

정현이 내 팔을 잡으며 어린아이처럼 방방 뛰면서 호들갑을 떨었다. 그녀가 의기양양하게 삼촌에게 소리치더니, 나를 끌고 안으로 들어갔다.

"아이구, 예쁘네. 진짜 늘씬하고 예쁘네."

커다란 쟁반을 들다 말고, 종업원 아줌마가 내 등을 보듬었다.

"엄마, 엄마! 지이, 유지이."

한껏 목소리 톤을 높이며, 정현이 반찬을 정신없이 담는 아줌마에게 소리쳤다. 정현과 꼭 닮은 아줌마가 나를 쳐다봤다. '어서 와!' 하고 정현처럼 입 벌려 웃어주더니, 정현 엄마는 다시 일에 집중했다.

식당 안을 꽉 채운 손님들의 시선이 내게 집중되었다. '탤런트네, 이름이 뭐더라?', '유지이야, 어머 실물이 더 낫네', '연예인이긴 연예인이네. 저러고 있는데도 예쁘구만' 저마다 나를 힐끔거리면서 소란스럽게 웅성거렸다. 식당 밖에 있던 등산객도 연예인이 왔다는 소리에, 하나둘 안으로 들어오기 시작했다.

"어이고, 악수 한번 합시다. 이렇게 예쁜 연예인도 보고 말이야."

"아저씨, 손 시커매요."

다가오며 손을 내미는 아저씨 앞을 정현이 가로막으며 안 된다고 손사래를 쳤다. 난 '괜찮아' 하고 웃으며, 아저씨의 시커먼 손을 마주 잡았다. 그 순간 '나도', '나도' 하면서 등산객 아저씨, 아줌마들이 내 주위를 빙 둘렀다. 순식간에 식당 안의 사람들에게 둘러싸인 나를 정현이 막으며,

"식사들 하세요. 우리 지이 밥 먹어야 해요!"

라고 말렸다. 쩌렁쩌렁하게 소리치는 정현의 목소리에는 뿌듯

함이 배어 있었다.

목청 큰 정현의 만류와 순간의 호기심이 가라앉은 덕분에 나는 잠시 후 식당 손님들의 부산함에서 자유로워질 수 있었다. 부러 식당 구석 자리에 나를 앉힌 정현은 순두부와 전을 챙겨와 테이블에 놓으며 '어서 먹으라'며 즐거워했다.

뜨거운 순두부가 입안에 부드럽게 들어와 혀에 닿을 틈도 없이 스르륵 목구멍으로 넘어갔다. 내가 맛있다며 웃자, 정현이 흐뭇하게 웃었다.

"누나, 사인 좀 해주시면 안 돼요?"

후후 불며 뜨거운 순두부를 먹는데, 중학생 정도의 남학생이 펜을 들고서 조심조심 다가왔다. 내가 고개를 주억거리자, 남학생이 들고 있던 다이어리를 내밀었다.

"누나, 진짜 팬이에요."

사인을 해서 다이어리를 건네주자, 남학생이 불쑥 나의 어깨를 끌어안았다.

"야! 하지 마!"

정현이 툭 남학생의 팔을 밀면서 성질을 냈다. 그래도 남학생은 기분이 좋은 듯 호탕하게 웃으며 친구들에게 돌아갔다. 친구들이 '우와, 자식' 하며 용기 있는 친구의 행동을 부러워했다. 한 친구가 '나도 갈래' 하고 몸을 일으켰다.

정현이 그걸 보더니,

"오지 마! 그냥 밥 먹어!"

하고 버럭 일갈했다. 남학생이 실망스러운 표정을 지으며 기죽어 자리에 앉았다. 난 킥킥거리며 웃었다.

"너 좀 가리고 오지. 우리 이모, 삼촌들한테만 살짝 보여주면 될 것을."

"괜찮아."

손에 들고 있는 모자를 들어 보이며, 난 웃었다. 그런 나를 보며 정현이 환하게 웃었다.

우리는 서로를 보면서 가볍고, 즐겁게 웃었다.

그녀와 진짜 친구가 되었다. 내게 진짜 친구가 생겼다.

✻　✻　✻

오전 시간은 여느 때와 마찬가지로 흘렀다. 평소 때와 다른 점이 있다면, 쉬는 시간마다 정현이 내게 슬쩍 슬쩍 와서 한마디씩 하는 것이었다. 그 어느 때보다도 평온하게 점심시간이 왔다. 넋 놓고 차창 밖을 보고 있는데, 정현은 식당으로 가지 않고 내 앞에 버티고 앉아서 다리를 덜덜 떨어댔다.

"밥 먹으러 가."

"입맛 없다니까."

"정말 입맛이 없어?"

"응."

"그래, 그럼."

난 다시 시선을 차창 밖으로 돌렸다. 정현이 슬며시 흘기며, '나쁜 년' 하고 혼잣말로 중얼거렸다. 그녀의 뱃속이 꼬르륵 하고 작게 울었다. 난 피식 웃었다.

"어디 가?"

쓰윽 의자에서 몸을 일으키는 나를 정현이 빤히 올려다봤다.

"식당."

휙 문으로 향해 걸음을 옮겼다. 화색을 띠며 정현이 재빨리 뒤따라왔다.

그녀와 단란하게 식당으로 향하는 길이 어렵지 않았다. 식당에 가는 것이 두 번째인 이유도 있었겠지만 역시 친구와 함께라 좋았다. 다행히 나의 두 번째 방문은 소란스럽지 않았다. 먼젓번의 방문 탓이라 생각했는데, 그 이유가 나의 착각임을 바로 깨달았다.

식당 구석에서 남학생이 바닥에 손바닥을 대고 엎드리다시피 있었고, 그 앞에는 태주 일행이 깔깔거리며 뭉쳐 있었다. 일주일 전, 공원에서 있었던 준수와의 싸움으로 태주 얼굴은 엉망으로 울긋불긋했다.

"빨리 처먹어."

일행 중 한 명이 발로 바닥에 엎드린 남학생의 등을 툭툭 차대며 명령했다. 남학생의 앞에는 반찬이 서로 섞이고, 밥과 국이 엉켜 있듯 담겨진 식판이 놓여 있었다. 남학생의 식판을 식탁 테이블에서 그대로 바닥에 툭 낙하시킨 형상이었다.

"쟤네 또 시작이네."

정현이 언짢은 얼굴로 중얼거렸다.

"왜?"

"너야 학교도 자주 안 오고, 또 와도 이런 거 직접 볼 일이 없어서 모르겠지만, 쟤 유명한 왕따야. 어쩌다 태주네한테 찍혔는지는 모르겠는데, 눈에 띄기만 하면 저렇게 괴롭혀."

"그래도 저건 너무……. 그냥 보고 있어야 돼?"

한 녀석이 남학생의 머리통에 발을 올려놓고는 억지로 숙이게 만들었다. 남학생의 코가 거의 식판에 닿으려고 했다. 눈살이 절로 찌푸려졌다. 식당 안의 다른 학생들은 그들과 멀리 떨어져 모른 척 외면했다.

"괜히 끼어들었다 큰일 나. 아무리 너라도 해코지할지 모르니까 끼어들면 안 돼. 우리 그냥 매점이나 갈까?"

정현이 몸을 돌리며, 나의 팔을 잡아끌었다. 선뜻 발이 돌아서지 않았다. 남학생의 모습을 시야에서 놓을 수가 없었다. 정현이 재촉하며 팔을 끌어당겼다. 하는 수 없이 몸을 돌리는데, 식당으로 걸어오는 준수가 보였다. 나를 발견하고, 친구와 나란히 걸어오던 그의 오른쪽 입가가 씨익 올라갔다.

"유지이, 오랜만이네?"

능청스러운 투로 말하며 그가 내게 가까이 왔다. 그의 앞머리 한쪽이 열려져 있어, 그의 오른쪽 눈이 보였다. 그의 앞머리는 아슬아슬하게 이마의 상처를 가리고 있었다. 그는 태주와 다르게 상처가 빨리 아무는지 얼굴이 깨끗했다. 그가 다정히 웃으며 내 앞에 섰다.

"밥 먹었어?"

"아니."

난 퉁명스럽게 대답하며 문에서 비켜섰다. 그의 시선이 내 어깨 너머로 넘어갔다. 미소를 띠던 그의 입가가 굳어졌다. 나는 옆으로 걸음을 완전히 옮겼는데, 준수는 얼어붙은 듯 그 자리에서 꼼짝 안 했다. 그의 시선이 못 박힌 듯 남학생과 태주 일행에게 꽂혔다. 다정했던 그의 눈빛이 차가워졌다. 순간 불안감이 잠자고 있던 심장을 깨우며 신경을 곤두세웠다.

준수가 내 옆을 지나쳐 식당 안으로 들어가, 큰 걸음으로 성큼성큼 그들에게 다가갔다.

남학생은 자신의 머리통을 짓누르는 발의 힘에 못 이겨, 코를 박고 억지로 우걱우걱 밥을 입에 밀어 넣고 있었다. 먹고 있는 건지, 울고 있는 건지 남학생의 어깨가 들썩였다.

"너 새끼, 눈에 띄지 말라 했지?!"

식당 테이블에 엉덩이를 걸치고 낄낄거리던 태주가 가까이 오는 준수를 발견하고 냅다 소리쳤다. 준수는 태주의 말을 무시하고 남학생의 옆에 섰다.

"치워."

준수가 냉담한 어조로 남학생의 머리를 발로 짓누르고 있는 녀석에게 말했다. 녀석이 못 알아듣고, 준수를 멀뚱거리며 봤다.

"치우라고!"

준수가 참지 못하고, 발을 들어 녀석의 다리를 차버렸다. 순간의 공격으로 다리를 맞은 녀석이 비틀거리며 넘어졌다. 태주가 테이블에서 엉덩이를 떼며 욕설을 내뱉었다.

"이 새끼가 진짜!"

"일어나."

"이 새끼야, 끼지 마라."

자신의 말은 무시하고 남학생만 내려다보는 준수의 뒤통수를 태주가 손을 번쩍 들어 갈겼다. 준수는 그럼에도 무시하고, 남학생에게만 일어나라고 말했다. 남학생이 얼굴에 덕지덕지 밥풀을 묻힌 채, 시뻘게진 눈동자로 준수를 올려다봤다. 준수가 허리를 굽혀 남학생의 팔을 잡고 일으켰다.

"이 새끼가, 너 진짜 죽고 싶어?!"

태주가 다시 손을 들어 준수의 뒤통수를 갈겼다. 준수가 일어난 남학생을 멀리 밀어버렸다. 그리고 차가운 눈을 태주에게 돌렸다.

"그만 좀 해라."

그의 음성이 분노를 참고 있는 듯 낮게 가라앉았다.

"야, 넌 낄 자리, 안 낄 자리도 모르냐? 이제 너랑 상관하고 싶지 않다고 했지? 근데 왜 끼어들어?"

태주가 준수 앞으로 한 발 성큼 다가가며 위협적으로 말했다.

"너희는 이게 재미있지? 이러면 좋지?"

준수의 입술이 비릿하게 일그러졌다.

"이 녀석이 너희에게 당해주기만 하니까 좋지? 신나지? 재밌지?"

그가 뒤에 서 있는 남학생을 턱짓하며 가리켰다.

"이 녀석은? 이 녀석은 어떨 것 같냐? 이 녀석이 아픈 건 상관없지? 관심도 없지? 너희는 너희만 보이지?"

질책하는 톤으로 바뀐 그의 목소리가 부르르 떨렸다. 그 떨림이 내 귀엔 분노보다는 슬프게 들렸다. 안타까움보다는 고통처럼 들려왔다. 준수는 금방이라도 부서질 것처럼, 위태롭게 떨었다.

"네가 무슨 상관이야? 새끼야. 꺼져라, 좋은 말 할 때."

태주가 손바닥으로 준수의 뺨을 탁탁 쳐댔다. 준수가 팔을 들어 태주의 손목을 낚아채듯 잡았다.

"상관있다, 나는."

태주의 손목을 내팽개치듯 놓은 그가 목에 감고 있던 교복 넥타이를 거칠게 풀어 바닥에 던져 버렸다. 그리고 입고 있는 남방의 단추를 풀다 이내 찢듯이 잡아당겼다. 아랫부분의 단추가 힘에 못 이겨 뜯어졌다.

그의 벗은 상체가 드러났다. 그의 등 뒤에서 구경하던 여학생들이 당황하면서 부끄러워하는 것도 잠시, 여기저기서 낮고 충격에 싸인 탄성이 터졌다. 곧 식당 안은 찬물을 끼얹듯 정적에 휩싸였다. 숨 막히는 침묵이 이어진 가운데, 아이들의 시선이 온통 준수에게 쏠렸다. 그의 등에 쏠렸다. 널따란 창을 통해 식당 안으로 쏟아져 들어오는 햇살로 인해, 그의 등에 새겨진 잔혹한 상처가 선명하게 빛났다. 더욱 끔찍하고 붉게 빛났다.

　자신의 상처 치료할 땐, 괜찮다며 보이길 거부했던 그가 이 많은 인파 속에서 옷을 벗었다. 이 많은 아이들 앞에서 옷을 벗고 상처를 보여줬다. 저 남학생의 아픔에 상관있다 하면서.

　순간, 난 상처의 의미를 깨달았다. 눈을 질끈 감았다. 눈시울이 뜨거워졌다. 심장이 조이듯 아파왔다.

　그가 천천히 태주에게 다가가더니, 그의 옆을 지나쳐 뒤쪽을 향해 걸었다. 마치 샅샅이 놓치지 말고 보란 듯 느른히 걸었다. 태주의 눈이, 태주 일행의 눈이 뒤로 걸어가는 준수에게 꽂혔다. 그들의 동공이 충격을 받은 듯 커졌다.

　"이게 어떻게 보이냐?"

　맨 뒤로 이동한 준수가 태주를 향해 몸을 돌렸다. 그의 배에도 길고 날카로운 상처가 있었다. 그의 몸은 온통 상처투성이였다. 공허함에 가득한 그의 한쪽 눈동자가 태주 일행을 느리게 둘러봤다.

　"멋져 보이냐? 끔찍해 보이냐?"

허탈한 듯 낮게 쏟아내는 준수의 질문에 경악한 태주가 대답도 못하고 마른침을 꿀꺽 삼켰다.

"너희가 만든 거다. 너희 같은 놈들이 만든 거다. 나를, 이런 흉측한 나를."

그가 무미건조한 음성으로 말했다. 그의 건조한 눈동자가 바닥으로 가라앉은 듯 깊어졌다.

"저 녀석도 이렇게 만들고 싶은 거냐, 너희는?"

준수가 다시 걸어서 태주 앞에 섰다.

"나는 통증을 느끼지 못해. 너희 같은 놈들 덕분에. 그래서 네가 아무리 나를 때려도 난 아프지 않아. 그래서 네가 원한다면 언제든지 맞아줄 수도, 맞서줄 수도 있다. 그러니 차라리 나를 건드려. 다른 녀석들은 건들지 마라. 더 이상 나 같은 괴물을 만들지 마라."

태주를 내려다보며 그가 말했다. 부탁하듯이, 달래듯이 차분히. 태주는 굳어진 채, 미동도 없이 그를 올려다봤다. 태주의 눈동자가 흔들렸다. 태주가 입술을 벌리려다 닫아버렸다.

준수가 태주의 곁을 지나쳐, 바닥에 떨어진 남방과 넥타이를 집어 들었다. 그리고 팔을 둘러 남방을 입으며, 멀거니 떨어진 남학생에게 다가가 손으로 어깨를 툭 치고 식당 입구로 걸어왔다. 그가 지나가는 길을 놀라움과 두려움에 휩싸인 아이들이 모세의 길처럼 터줬다.

그가 입구에 서 있는 나를 무표정하게 힐끔 내려다봤다. 그리고 내 곁을 지나쳐 복도를 걸어가 버렸다. 그의 친구가 급하게 그를 쫓아갔다. 멀어져 가는 그의 등을 난 눈을 떼지 못하고 지켜봤다. 그가 복도 끝에서 사라질 때까지 지켜봤다.

얼마 후, 매점에서 빵을 사와 먹는 정현에게 양해를 구하고 나는 옥상으로 향했다. 옥상 문을 조용히 열고 들어서니 내 예상은 빗나가지 않고 준수가 있었다. 옥상 벽에 기대고 앉아 그는 하늘을 향해 목을 뒤로 젖히고 눈을 감고 있었다. 뒤로 흘러내린 앞머리 덕분에 이마의 상처가 뚜렷하게 드러났다.

난 천천히 그의 앞에 다가가 섰다.

"너……."

가라앉은 음성으로 입을 떼었다.

인기척을 느꼈음에도 눈을 뜨지 않던 그가 나의 목소리에 눈을 떴다. 그의 깊은 눈동자가 나를 올려다봤다. 너무 깊어서 암울할 정도로 슬픈 그의 눈동자가 나를 봤다.

"……내가 너 구해주면, 네가 날 구해줄 거야?"

나의 잔잔한 음성이 아득하게 들려왔다. 내 귀에도 아련하게 꽂혔다.

그의 눈동자가 촉촉하게 흔들렸다.

그가 팔을 들었다. 그리고 내 손목을 잡고 끌어당겼다. 나의 무릎이 꺾이며 그의 품에 안겼다. 그의 따스한 손이 내 등을 감쌌다.

그가 내 어깨에 고개를 묻었다.

　나를 안은 그의 몸이 희미하게 떨렸다. 길을 잃고 헤매다 겨우 엄마를 찾은 어린아이처럼, 깜깜한 동굴 속에 갇혀 있다 가까스로 빛을 발견한 어린 동물처럼 그렇게 파르르 떨었다.

　난 눈을 감았다. 그대로 시간이 멈췄다.


　"나는 너만 봤다."

　길고 아픈 이야기를 끝내며 그는 내게 그렇게 말했다.

　그의 지나온 이야기를 듣는 동안 나는 아무것도, 아무런 생각도 하지 못했다. 그저 내가 내 삶이 너무 지치고 갑갑하다고 외치던 것이 어린애 투정 같아서 그에게 오히려 미안했다.


　그는 한국인 엄마와 일본인 아버지 사이에서 태어났다. 일본에서 태어나고 자란 그는 소문과 달리 지지난달 일본에서 바로 전학을 온 것이 아니라 1년 전에 한국에 왔다. 그리고 항간에 떠돌던 혼혈이라는 소리는 물론 맞았지만, 노랑머리가 서양인 아버지 때문은 아니었다. 외탁을 한 준수는 태어날 때부터 멜라닌색소 부족으로 인해 노랑머리였다. 준수의 어머니도 노랑머리다. 유전적 영향이었다.

　준수의 부모님은 일본에서 유명한 고급 요정을 운영한다고 했다. 야쿠자 아들이라는 소문은 부모님의 장사와 관련해서 와전되

어 퍼진 소문이었다. 아주 돈이 많다는 말은 맞았고, 일진인 김상
권의 합의금을 어마어마하게 준 것 또한 맞았다.

그는 바쁘고, 밤늦도록 요정에 있는 부모 때문에 어려서부터 유
모의 손에 컸다. 그래서 부모님은 그가 어려서부터 일본 아이들
틈에서 이지메를 당한 사실을 몰랐다. 겁이 많은 유모는 부모에게
그가 당하는 이지메를 숨겨왔고, 요정 운영만이 전부인 부모님은
그에게 무관심했다. 또한 준수 엄마는 준수가 학교에 들어가면서
부터 목욕은커녕 옷을 갈아입혀 본 적도 없었다. 그리고 다행인
지, 불행인지 그의 피부는 멍이나 상처가 금세 아물었다.

일본 아이들이 준수를 이지메 할 핑곗거리는 많았다. 한국인 피
가 흘렀고, 머리카락은 노란색이었다. 부모님은 요정을 운영했고,
돈 또한 많았다. 그런 이유로 그의 이지메는 피할 수 없는 숙명처
럼 당연한 것이었다.

단순 괴롭힘으로 시작된 이지메는, 고통을 동반하며 점점 잔혹
해졌다. 화장실에 거꾸로 매달려 맞기도 했고, 아이들의 불붙은
담배로 지져지기도 했다. 커터칼로 작게 시작된 상처의 크기는 점
점 커졌다. 아이들은 점점 대담해지고 희열을 느꼈다.

당하지 않고 맞서기 위해 운동도 배웠지만, 신기하게도 그들에
게만 둘러싸이면 몸이 옴짝달싹 못했다. 오랜 세월 당해왔던 상처
로 몸이 저절로 위축되어 굳어진 것처럼 꼼짝도 못했다. 그럴수록
운동을 더욱 열심히 했지만 결과는 항상 같은 값이었고, 항상 반

복되는 일상이었다. 준수는 서서히 몸의 고통을 느끼지 못하게 되었다. 아픈 게 맞는 건데, 아픈 줄 몰랐다. 몸이 무뎌진 것이라 생각했고, 맷집이 생겼다 생각했다.

그리고 그날이 왔다.

"아프지 않았어, 정말."

그는 그렇게 말하며 씁쓸하게 웃었다. 잔인한 아픈 이야기를 하면서, 그는 그냥 웃었다.


화장실 바닥에 상의가 벗겨진 채, 무릎을 꿇고 앉혀졌다. 열여섯 살 때였다. 아이들은 더 이상 고통을 느끼지 못하는 준수가 재미나고 신기했다.


"이래도 안 아파?"


누군가 가져온 잭나이프가 깊게 배에 그어졌다. 살갗이 벌어지며 붉은 피가 울컥 쏟아졌다. 준수는 아프지 않았다. 멍하니 넋을 놓고, 붉은 피를 쏟는 배만 내려다봤다. 쏟아진 피로 바지가 젖기 시작했다. 아이들이 잔혹한 탄성을 터뜨렸다. 아이들의 눈동자는 이미 이성을 잃고, 붉은 피의 향연에 현혹된 듯 광기가 흘렀다.


"이건 아프겠지?"

아이들은 등을 그었다. 손목에 힘을 주고 깊게 X 자를 그렸다. 뜨거운 액체가 피부를 뚫고 나와 적시는 게 느껴졌지만, 아프지 않았다.

"멋진데? 준스이, 내가 더 멋진 걸 만들어주지."

한 녀석이 감탄하며 잭나이프를 넘겨받았다. 그리고 준수의 이마를 나이프로 그었다.

쿵. 그리고 준수는 기절했다.

깨어났을 땐 병원이었고, 놀라 달려온 유모과 부모님을 봤다. 고통으로 인해 뇌가 기절을 한 것이 아니라, 과다출혈로 인한 기절이었다. 기절한 준수에 놀란 아이 하나가 두려움으로 선생님에게 알린 바람에 응급차를 타고 병원에 올 수 있었다.

오랜 시간 수술을 했다. 상처는 깊었고, 위험했다. 조금만 늦었으면 죽었을 수도 있었다.

병원에 오랜 시간 입원해 있으면서, 정밀검사를 통해 그가 무통증이라는 진단을 받았다.

잔인하고 선명하게 남은 상처는 최소한 1년 이상이 되어야 완전히 아물 것이며, 그 후에야 성형수술을 할 수 있다는 의사의 조언을 들었다. 하지만 그 또한 한 번에 없어지진 않고 여러 번 시간을 두고 반복해야 된다고 했다.

병원에서 퇴원한 후, 준수는 도망치듯 한국으로 왔다. 그리고 그는 반년 넘게 어둡고 깜깜한 방에 틀어박혀 죽은 듯, 산 것이 아닌 것처럼 숨만 쉬고 살았다. 창은 암막커튼으로 닫고서 세상과 단절하고 살았다. 빛이라곤 TV 브라운관에서 나오는 빛뿐이었다. 빛없는 곳에 숨어 있는 준수가 걱정되어 엄마가 틀어놓은 것이었지만, 끄려고 움직이지도 않았다. 미동도 없이 굳은 채 침대 구석에 쭈그리고 앉아 잠들고 깨고를 반복했다. 그렇게 하루 종일 켜놓은 TV만 초점 없이 응시했다. 보려고 보는 것이 아니라, 켜놓은 것을 응시하는 것뿐이었다.

그때, 나를 봤다고 했다.

TV 브라운관을 가득 채운 내 얼굴은 화사하게 웃고 있지만 텅빈 듯 보였고, 내 눈동자가 거울 속에서 마주 보이는 자신의 눈동자와 똑같았다고 했다. 그리고 내가 마치 브라운관에 갇힌 것처럼 보였다면서,

"너에게 손을 내밀고 싶었어. 너를 구해주고 싶었어."

라며 그는 눈을 내리깔았다.

"그때까진 죽고 싶었는데, 다시 살고 싶어졌어. 너를 보면서 살고 싶어졌어. 그래서 엄마한테 간곡히 부탁했어. 네가 있는 학교에 다니고 싶다고. 엄마는 나의 결단에 놀라셨지만 선뜻 들어주셨

어. 그렇게 이 학교에 오게 된 거야."

그의 잔잔한 눈길이 내게 돌려졌다.

"나는 너만 봤다. 너 하나만 보는 것만으로도 살 것 같았어. 너
와 같은 공간에 있다는 사실만으로도 숨을 쉬는 것 같았어. 그런
데 너를 진짜로 만났어."

말을 끝내며 준수는 다정히 웃었다. 그의 다정한 미소가 아파,
눈물이 나려는 걸 간신히 참았다. 눈꺼풀을 내리깔고 눈물을 애써
억누르며 먹먹해지는 감정을 참았다.

그의 긴 이야기를 듣고 옥상에서 내려올 때쯤엔 수업이 끝나, 많
은 학생들로 들썩거리던 교정은 고요한 정적에 휩싸여 있었다.

"내가 네게 뭘 해줄 수 있을까?"

옥상에서 내려오면서 나는 조곤하게 물었다. 준수는 빙그레 웃
었다.

"아무것도. 그냥 있으면 돼. 넌 그렇게 있으면 돼. 그래 줄 거지?"

나도 빙그레 웃어주며 고개를 주억거렸다. 그는 내게 웃어주고
자신의 교실로 돌아갔다.

"지이야!"

"안 갔어?"

교실에 들어서니, 정현이 혼자 빈 교실을 지키고 있었다.

"너 대체 어떻게 된 거야? 그리고 나가서 내내 수업에도 안 들
어오고. 어디 갔다 온 거야?"

정현의 얼굴이 피곤해 보였다. 나를 많이 걱정한 모양이었다.

"……그냥…… 답답해서."

"무심한 년. 나한테 말이라도 하고 가지. 수업 들어오는 선생님들이야 넌 어차피 촬영 때문에 자주 없으니까 신경 안 썼지만, 나 혼자 안절부절못했잖아."

정현이 투덜거리면서 내 가방까지 챙겨 들고 일어났다. 그녀가 다가와 휴대폰을 건넸다.

"전화가 와서 내가 받았어. 매니저 오빠던데, 교문 앞에서 기다리고 있다고. 내가 너 선생님하고 면담한다고 대충 둘러댔어."

"고마워."

난 세심한 정현에게 고마워 방긋 웃었다.

"너 진짜 어디 갔다 왔어?"

정현과 나란히 교사를 나와 계단을 내려가는데 멀리 교문 앞에 있는 준수가 보였다. 그가 고개를 들어 나를 봤다. 정현과 함께인 날 본 그가 발걸음을 돌려 교문을 나갔다. 나를 기다렸던 모양이다.

"이년아, 말 안 해줄 거야?"

"정말 답답해서 땡땡이 친 거야."

내가 대충 둘러대자, 더욱 의혹에 찬 시선으로 정현이 눈을 가늘게 떴다. 난 그저 어설프게 웃기만 했다.

"나 간다."

교문 앞에 주차되어 있는 밴을 본 그녀가 몸을 돌렸다.

"같이 가. 나 기다려 줬잖아. 그러니까 내가 데려다 줘야지."

엄밀히 말하면 재웅 오빠가 데려다 주는 거지만.

"그럼 뭐. 나도 밴이란 거 한번 타볼까?"

정현이 장난치듯 껄렁거리며 해맑게 웃었다. 밴에 올라탄 정현이 '와, 좋다' 하면서 경망스럽게 웃어젖혔다. 재웅이 부드럽게 차를 출발시켰다. 도로를 이동하는 밴의 차창 너머로 느리게 걸어가는 준수의 등이 보였다. 난 고개를 돌려 그를 빤히 봤다. 그의 고개가 자신의 곁을 지나치는 밴을 향해 돌려졌다. 밴의 창이 검게 선팅된 탓에 나는 안 보일 것이다. 나는 그를 볼 수 있지만, 그는 나를 볼 수 없을 것이다.

그의 손이 슬쩍 들어 올려졌다.

그의 입이 웃고 있었다. 나도 웃었다.

## 4화_ 변화

드라마 제작발표회 때문에 아침부터 서둘러 준비해서 회견장에
도착하니, 정오에 예정되어 있던 제작발표회가 저녁으로 늦춰져
있었다. 주연 배우인 김해원이 급작스럽게 제작사 측에 불참을 한
다고 통보를 한 탓이었다. 덕분에 어리고, 탑도 아닌 나의 대기시
간이 길어졌다.

지루한 시간이 가고, 김해원이 화려한 스포트라이트를 받으며
회견장에 도착했다. 그리고 나의 상대역이 도착했다. 그전까지 상
대역으로 알고 있던 신인 배우가 아니었다.

불쑥 회견장에 들어선 사람은 톱스타 정우빈이었다. 스물네 살
인 그는 지금 가장 HOT하게 대한민국 여심을 흔드는 남자스타였
다. 예기치 않게 등장한 우빈으로 인해 회견장은 일순간 혼란스러

울 정도로 달떴다. 눈을 뜰 수 없을 정도로 눈부신 플래시가 여기 저기서 터졌다. 남자주인공에게 쏟아졌던 스포트라이트가 온통 정우빈에게 쏠렸다.

이런 해프닝에 익숙한지, 우빈은 짐짓 여유 있고 자신감이 넘쳤다.

그가 주인공이 되어도 이슈가 될 마당에 조연급 역할을 맡은 셈이니 회견장은 어수선하게 술렁거렸다. 그가 김해원보다 더 핫한 스타였기에. 메인도 아닌 주인공의 젊은 시절로 분한 그가 출연할 분량은 기껏해야 6회였다. 나와 같이.

정우빈은 쏟아지는 기자들의 질문에 느긋했다. 원래 예정된 신인배우의 개인 사정으로 출연이 취소되었고, 감독과 김해원과의 친분으로 기꺼이 출연을 승낙했다고 말하며, 그는 '이런 식의 출연도 재능기부라고 할 수 있죠?' 라며 호탕하게 웃었다. 나란히 나와 앉아 있는 그의 옆모습은 조각으로 새겨놓은 듯 이목구비가 완벽했다.

"상대역인 유지이 양은 어떻게 생각하십니까? 잘 맞으실 것 같습니까?"

"네. 꼬마요리사 때부터 유지이 씨 팬이었으니까, 제가 잘해야죠."

기자의 질문에 그가 농담처럼 거침없이 말했다. 뜬금없이 나온 꼬마요리사라는 단어에 난 흠칫했다. 여섯 살에 드라마 아역과

CF로 데뷔한 난, 여덟 살에 교육방송의 아동프로그램 [딩동댕동]에서 꼬마요리사 역할을 장장 1년 가까이 했었다. 덕분에 유지이라는 이름이 인지도가 생겼고, 지금까지 버틸 수 있었다.

"꼬마요리사였던 것까지 정확하게 기억하시네요?"

"팬이었다니까요."

기자들의 짓궂은 감탄이 들려왔지만, 정우빈은 스스럼없었다.

"유지이 양은 정우빈 씨가 팬이라는데 기분이 어떠십니까?"

"네, 감사하네요."

기자의 질문에 난 짧고 간명하게 대답하면서 슬며시 웃었다. 나의 재미없는 반응에 다음 질문은 돌아오지 않았다. 속으로 안도하는데, 내게 눈을 돌리는 우빈과 눈이 마주쳤다. 그가 눈웃음을 쳤다. 아, 그 유명한 살인미소라는 게 이런 미소구나. 난 잘생긴 그를 보고 감탄하며 시선을 내리깔았다.

순조롭게 제작발표회가 끝나고, 우빈은 스케줄 때문에 바로 회견장을 떠났다. 그리고 남은 사람들은 제작사 측에서 마련한 파티 자리에 함께했다. 어른들 틈에서 제일 어린 나였기에 내 마음대로 자리를 뜰 수 없었다. 난 톱이 아니었으니까.

지루한 시간이 흘렀다. 파티는 자정에 가까워져서야 끝났다. 기다리느라 지친 재웅도 운전대를 잡고 연거푸 하품을 해댔다. 피곤한 탓에 늘어진 하품을 하며 느긋하게 운전하는 그가 답답했다. 마음이 조급했지만 재촉할 수 없어 손가락으로 무릎을 두들기면서 집에 빨리 도착하기만 바랐다.

준수가 집 앞에서 기다리고 있다. 잠시라도 얼굴을 보고 간다고, 저녁부터 와서 기다리고 있었다. 어서 가서 그에게 내 얼굴을 보여줘야 했다.

느린 차가 집 앞에 도착하자마자 난 건성으로 인사하고 급하게 내려 빌라 현관으로 들어갔다. 빌라 유리문 뒤에서 밴이 떠나는 걸 지켜봤다.

밴이 사라지자, 집업 재킷 모자를 머리에 뒤집어쓰고 밖으로 나왔다. 주변을 둘러보는데 쓱 옆 동 골목에서 그림자 하나가 튀어나왔다. 키 큰 그림자였다. 난 그를 향해 웃으며 달려갔다. 혹시나 길에서 누가 볼까 무서워, 나란히 걸을 순 없는 탓에 준수가 먼저 몸을 돌려 앞장섰다.

"제작발표회 힘들었어?"

늦은 시간인 만큼 갈 곳이 마땅치 않아 우리는 근처 텅 빈 놀이터로 갔다. 아무도 없는 고요한 그곳에서 나란히 봉으로 된 울타리에 앉았다.

"아니."

난 고개를 흔들며 말을 이었다.

"기다리느라 지루했지?"

"아니."

그도 고개를 흔들었다. 우린 마주 보고 동시에 쿡 웃음을 터뜨렸다.

"오늘 그 녀석이 찾아왔어. 아, 그 녀석이라고 하면 안 되나? 3학년이니까, 선배라고 해야 되나?"

"누구?"

"저번에 식당에서……."

식당에서 태주 일행에게 괴롭힘을 당하던 남학생 얘기였다.

"내게 고맙다고 하더라고. 요즘은 이태주가 괴롭히지 않는다고. 별로 고마울 것도 없는데."

한쪽만 보이는 그의 눈이 따뜻하게 웃었다. 그의 눈동자에 담긴 온기가 좋았다.

"아하. 정현이가 그러는데, 이태주가 변했다던데. 그 패거리가 달라졌다고."

"그래?"

"응. 그전엔 작은 일에도 발끈해서 덤벼들었는데, 요즘은 그렇지 않다더라고. 애들도 별로 괴롭히지 않고, 걔들끼리도 그렇게 몰려다니지 않고."

"요즘 마주친 적이 없어서 몰랐네."

준수가 조용히 웃었다.

어쩌면 태주 일행의 변화는 준수의 상처에 대한 충격이 컸기 때문인지도 모른다. 물론 잠깐의 정체기일지도 모르지만, 어쨌거나 그들에게 일말의 심경 변화가 생긴 것이 나쁜 일만은 아닐 것이다. 만약 그들이 달라져서 제2의 준수가 생기지 않는다면 그것만으로도 좋은 일일 것이다.

"별이 있네. 나 정말 별 오랜만에 보는 것 같다."

까만 하늘에 콩알만 한 작은 별이 몇 개 있었다. 대단해 보이지도 않고, 예쁘지도 않았다. 그럼에도 별이 있다는 사실만으로도 기분이 좋았다. 왠지 별이 박힌 칠흑 같은 까만 하늘이 근사해 보였다.

준수도 나를 따라 하늘로 턱을 들었다. 우린 말없이 별을 응시했다.

"지이야."

그가 지그시 나를 불렀다.

"응?"

별만 보며 대답했다.

"지이야."

그가 별을 보며 불렀다.

"왜?"

난 고개를 돌려, 그의 옆모습을 봤다.

"그냥……."

하늘을 보는 그의 눈이, 그의 입술이 웃었다. 나의 입가에 미소가 떠올랐다.

난 다시 하늘로 눈을 들었다. 별이 우리 곁에 내린다. 깊어가는 밤, 별이 우리 곁에 가까이 다가와 속삭이듯 내린다.

우린 함께 있다. 이 공간에 같이 있다.

✳   ✳   ✳

드라마 촬영은 월요일부터 시작되어, 금요일에는 여유가 있어 한가로이 학교에 올 수 있었다. 얼마 전까지 등교하는 것도 거부하던 내가 지금은 학교에 오고 싶어 안달이 났다. 신기한 변화였다. 엄마도, 재웅도 나의 변화에 반가워했다. 재웅은 내게 친구가 생겼기 때문이라며, 아빠 흉내를 내며 대견해했다. 물론 정현도 내 삶의 즐거운 변화에 한몫 차지한 것은 맞는 말이지만, 나를 설레게 하는 몫은 역시 준수가 컸다.

어째서인지 시간이 갈수록 설레었다. 어째서인지 괜스레 히죽거리며 들떴다. 나의 이 이상하고 오묘한 감정이 싫지만은 않았다.

"너 어제 완전 예쁘더라. 솔직히 늙은 김해원보다 네가 더 빛나 보였어."

등교하자마자 정현이 다가와 너스레를 떨었다.

"봤어?"

"그럼. 포토 사진 뜨자마자 바로 봤는걸. 연예뉴스도 챙겨 보고. 내 폰 배경 화면도 어제 사진 중 제일 예쁜 걸로 바꿔놨어."

"네 폰 배경을 왜 내 사진으로 해놔?"

"내 마음이지."

정현이 어깨를 으쓱하며 샐쭉한 표정을 지었다.

"근데 난리 났던데? 정우빈이 네 상대역이더라. 완전 깜짝 놀랐어. 너 몇 회 안 나온다며? 그럼 정우빈도 마찬가지 아니야?"

"어. 나랑 같이 6회에서 끝나. 갑자기 바뀐 거래. 나도 잘 몰라."

"정우빈, 완전 멋있지?"

"응. 그렇더라."

"너도 처음 봤어?"

정현의 물음에 고개를 끄덕였다. 옆자리에 앉아 있는 친구, 연화가 은근슬쩍 우리의 대화에 관심을 보였다. 대화가 정우빈이 중점인 탓이었다. 끼고 싶어 하는 눈치였지만, 자존심 때문인지 듣고만 있었다. 그래도 그녀의 표정이 솔깃해 보였다.

"대화해 봤어?"

"바쁜 사람이잖아. 회견장에도 시간 맞춰왔고, 끝나자마자 갔어."

"촬영 시작되면 나 정우빈 사인 하나만 받아주면 안 돼?"

정현이 은근한 투로 말하며 능글스러운 표정을 지었다.

"시간 맞으면 촬영장으로 놀러 와."

"정말?! 그래도 돼? 와, 나 정우빈 실물 보겠네. 대박."

나의 말에 정현의 얼굴이 불그스레해지며 화색이 돌았다. 연화의 고개가 우리 쪽으로 확 돌려졌다. 역시 정우빈 팬인 모양이다.

"너도 올래?"

순간, 반사적으로 그녀에게 가볍게 제안했다. 그녀가 화들짝 놀라며 '그래도 돼?' 라고 물었다. 난 고개를 끄덕였다. 연화가 환하게 웃었다. 1년 가까이 옆에 앉아 있으면서, 대화를 거의 해본 적 없던 친구에게 말을 먼저 건넸다. 나의 이런 변화가 싫지 않다.

정현과 연화는 언제부터 그랬느냐는 듯이 정우빈에 대해서 불같은 대화를 이어갔다. 알고 보니 둘 다 정우빈의 광팬이었다.

그들의 대화를 들으며 넌지시 창문으로 시선을 돌렸다. 어젯밤 잠깐 봤음에도 불구하고, 아침부터 준수 생각이 났다. 그도 학교에 왔겠지?

그때 내 속내가 텔레파시로 전달된 듯 준수에게서 문자가 왔다.

⟨운동장 간다. 1교시 체육.⟩

배시시 입가에 미소를 머금는데, 담임선생님이 교실로 들어왔다. 후다닥 문자메시지를 닫고 휴대폰을 내려놓았다. 조회시간이 시작되어 회장이 바구니를 들고 일어났다. 휴대폰을 반납하며 아이들이 싫은 기색을 역력히 드러냈다. 다가온 회장의 바구니에 휴대폰을 놓는 내 손길도 아쉬움에 주저했다. 그러다 픽 웃음이 나왔다. 준수도 지금쯤은 휴대폰을 반납했을 것이다. 그도 나처럼 아쉬울까?

조회시간이 끝나고 수업이 시작되었다. 나의 시선은 앞의 선생님도, 책상 위의 교과서도 아니었다. 창문 밖, 운동장이었다.

가벼운 몸 풀기를 하는 체육복을 입은 2학년 남학생들이 보였다. 줄 맞춰서 나란히 같은 체육복을 입은 남학생들 틈에서 키가 크고, 노랑머리의 준수를 찾아냈다. 다행이다. 그가 눈에 띄어서, 한눈에 알아볼 수 있어서.

그는 날렵한 몸짓으로 몸 풀기를 하고 있었다. 호리호리한 그는 체육복도 잘 어울렸다. 가뿐히 운동장을 돈 후 학생들은 각자 자유롭게 운동을 시작했다. 축구팀이 결성되고, 농구팀이 결성되었다. 각자들 자신이 하고 싶은 구기 운동을 하는 모양이었다.

준수는 친구와 나란히 농구대 근처 운동장 계단에 앉았다. 그의 턱이 내 쪽으로 돌려져 있었다. 거리 때문에 그의 얼굴이 보이지는 않았다. 그래도 알 수 있었다, 그가 나를 보는 것을. 그도 알 것이다, 내가 자신을 보는 것을.

농구공을 들고 있는 남학생이 그에게 손짓했다. 나란히 앉아 있던 친구는 몸을 일으켜 계단을 내려갔지만, 준수는 귀찮다는 듯 고개를 흔들었다.

남학생이 그에게 투수가 야구공을 던지듯, 강하게 농구공을 던졌다. 반사적으로 준수가 농구공을 받아 들었다. 그가 농구공을 농구대 근처로 걸어간 친구에게 휙 가볍게 던져 넘겼다. 친구가 허리를 움직여, 그가 던진 공을 피해 버렸다. 공이 저만치 날아가서 굴러다녔다.

친구들이 그에게 야유를 보냈다. 한껏 성가시다는 기색으로 준수가 계단에서 내려갔다. 그에게 공을 주워오라고 친구들이 야단한 모양이었다.

운동장으로 내려간 그는 멀리 굴러가 버린 공 쪽으로 여유를 부리며 걸어갔다. 공을 빨리 주워올 의욕 같은 건 없어 보였다. 그 모습에 친구 하나가 달려와 발로 그의 엉덩이를 차버렸다. 그러자 준수가 방향을 틀어 자신의 엉덩이를 차버리고 도망가는 친구를 쫓았다. 근처의 친구들이 허리를 젖히며 박장대소를 했다. 준수도 웃고 있었다, 환하게.

그도 이젠 친구들이 있다. 그의 주변에 이제 친구들이 있었다.

단수였던 그와 내가 복수가 되었다. 우리들은 이제 혼자가 아니다.


점심시간, 정현과 마주 앉아 식당에서 밥을 먹었다. 중학교 때도 학교에서는 내내 굶고 살았고, 고등학교 때도 점심시간은 내게 무념의 시간일 뿐이었다. 잠시나마 조용하고 고요한 교실에 혼자 있을 수 있는 유일한 시간.

그랬던 내가 처음으로 친구와 마주 보고 앉아 밥을 먹었다. 정현은 나를 위해 일부러 점심시간 중간까지 기다려 줬다. 덕분에 식당은 한산했다.

"그거 먹고 어떻게 사냐? 먹는 것 같지도 않겠다."

내 식판에 담긴 소량의 밥과 반찬을 보면서, 정현이 눈을 퀭하니 떴다. 그녀의 식판엔 밥과 반찬이 수북하게 담겨 있었다. 하체만 좀 굵다 뿐이지, 상체는 마른 정현의 뱃속 어느 부분에 이 많은 양의 밥이 들어가는지 신기했다.

"습관이 돼서 많이 못 먹어."

"저녁은 먹어?"

"먹을 때도 있고 안 먹을 때도 있어. 샐러드로만 때울 때도 있고."

대수롭지 않다는 듯 난 살포시 웃었다.

"너 몇 키로냐?"

"오랫동안 안 재봐서 모르겠네? 저번엔 45였는데, 지금은 조금 찐 것 같아."

"45?! 그게 인간의 몸무게냐? 넌 나보다 키도 크면서. 너 170㎝ 넘지?"

"아냐, 169."

"정말? 170 넘어 보여. 늘씬하고 다리가 길어서 그런가? 그래도 어떻게 45냐고."

기도 안 찬다는 듯 정현이 혀를 내둘렀다.

"지금은 좀 쪘다니까."

"찌긴 뭘 쩌? 더 쩌야지. 연예인의 정해진 매뉴얼 그런 게 있는 거야? 막, 먹으면 안 되고, 굶어야 되고."

"그런 게 어디 있어. 근데 관리는 좀 해. 특히 청바지 광고하니까, 좀 더 신경은 쓰여."

정현에게 웃어주는데, 식당 안으로 들어서는 준수가 보였다. 친구와 나란히 들어온 그가 창가 식탁에 앉아 있는 나를 슬쩍 쳐다봤다. 그의 한쪽 입가가 올라갔다.

"배 안 고파?"

"익숙하다니까. 오히려 먹으면 더부룩해."

준수는 내가 앉은 테이블과 나란히 있는 두 줄 떨어진 테이블로 갔다. 그가 나와 대각선 방향에 앉았다. 두 테이블 사이를 두고, 그와 내가 마주 앉았다. 난 밥을 먹으며 대각선 방향의 그를 의식했다. 그를 보진 않았다. 그도 밥을 먹기 시작하며 나를 보진 않았다.

정현은 반찬이 맛없다며 투덜거리면서도 쉴 새 없이 숟가락, 젓가락질을 해댔다.

밥을 다 먹은 나는 의자 등받이에 기대고 그녀를 기다렸다. 슬그머니 곁눈질로 그의 옆모습을 훔쳐봤다. 밥을 먹으며 고개를 숙인 그의 입가에 잔잔한 미소가 떠올랐다.

준수가 나의 시선을 의식했다.

가을햇살이 따스하다. 단풍이 물든 교정의 빛은 아름답다. 식당에서 나와 정현과 함께 밝은 햇빛이 내리쬐는 교정을 거닐었다. 아이들은 예상외로 나의 휴식을 방해하지 않았다. 단풍나무 아래 벤치에 정현과 앉아 운동장에서 축구를 하고, 농구를 하는 아이들을 주시했다. 창밖으로만 보던 풍경을 이렇듯 가까이서 보게 되니 괜스레 흐뭇했다.

정현이 교복 주머니에서 껌을 꺼내 내밀었다. 난 고개를 흔들었다.

"턱 나올까 봐 껌도 안 씹는 거지? 암튼 삶이 관리구만, 관리."

정현이 툭 내뱉으며 껌을 입에 넣고 질경질경 씹어댔다. 난 그녀에게 웃음으로 대답을 대신했다.

가을 바람이 내 뺨을 간질였다. 포근한 바람이 기분 좋게 내 머리카락을 쓰다듬었다. 편안하게 등을 기대며 바람을 느꼈다.

식당 교사에서 준수가 나왔다. 교복 바지 주머니에 손을 찔러 넣고 여유롭게 걸어 나오는 그가 편안한 표정으로 친구와 대화했다. 그는 이제 당당히 눈을 보여주고 있었다. 오른쪽 눈은 전부가 보였고, 상처가 있는 눈썹 부분부터 이마 부분까지만 앞머리가 가리고 있었다. 슬쩍슬쩍 그의 머리카락이 흔들릴 때, 눈썹의 상처가 희미하게 나타났지만 눈여겨봐야 알아챌 정도였다. 그리고 무엇보다 활기 없던 그의 눈동자에 생기가 돌았다.

곁에 앉은 정현의 어깨너머로 그를 훔쳐봤다. 그는 떨어진 벤치에 앉은 나를 눈치채지 못했다. 그가 걷다 걸음을 멈췄다. 친구의 말에 그가 웃었다. 고개를 옆으로 기울이며, 입술을 벌리고 기분 좋게 웃었다. 그의 웃는 모습이 보기 좋았다. 이목구비가 반듯해 귀티가 나는 그의 얼굴이 햇빛을 받으며 눈부시게 빛났다.

잘생겼구나, 준수.

새삼 그의 얼굴을 낱낱이 살피며, 설레는 내가 신기하고 재미있다.

"너, 쟤 알아?"

정현이 씹던 껌으로 풍선을 불어대다가, 식당 교사로 걸어오는 여자아이를 가리켰다.

"아니."

"최다은인가? 암튼 쟤도 유명해. 너만큼은 아니라도. 1학년인데 인터넷 얼짱이래."

"아, 그래?"

얼짱이라는 말에, 나도 호기심 어린 시선으로 여자아이를 살폈다. 어쩐지 상큼한 외모라고 생각했다. 키는 작은 편이었는데, 여자아이의 눈, 코, 입이 또렷하니 눈에 확 띄는 미인이었다.

"그래도 네가 훨씬, 훨씬 더 예쁘다."

뜬금없는 경쟁심이 발동한 정현이 오버액션을 했다. 어처구니없는 웃음을 흘리며 교실로 가기 위해 벤치에서 일어서려는 찰나,

"어? 근데 쟤 서준수한테 말 시킨다."

정현의 말에 반사적으로 내 시선이 준수에게 향했다. 다은이 준수를 한껏 올려다보며 갸우뚱 고갯짓을 해댔다. 잔뜩 애교 섞인 미소를 흘리며. 준수는 평온하게 그녀의 말을 들었다.

"서준수, 식당 사건으로 유명해졌잖아."

"유명해졌어?"

"이마 상처 때문에 얼굴을 가리고 있어서 몰랐던 거지, 이름처럼 준수하잖아. 머리도 노래서 눈에 띄고, 이젠 헤어스타일도 바꿔서 멀끔한 얼굴도 거의 다 보이고 키도 크니까. 그런데다 그 임팩트 있던 사건으로 완전 유명인사 됐지."

몰랐다, 준수가 그렇게 된 줄.

"쟤처럼 임팩트 있는 녀석도 흔하지 않잖아. 그런데다 그때 옷을 휙."

식당에서 남방을 벗어젖히던 준수의 흉내를 내듯, 정현이 손을 휙 움직였다. 그녀의 말을 들으면서도 나의 시선은 그들에게 꽂혀 떨어지지 않았다. 다은이 무슨 말을 했는지 준수가 웃었다. 그가 그녀를 내려다보며 부드럽게 피식 웃었다.

기분 나쁜 서늘한 전율이 가슴골을 훑어서 속이 울렁거렸다.

뭐니? 이 감정은?

"솔직히 몸의 상처는 끔찍했지만, 멋있었어. 호리호리한 줄만 알았는데 의외로 몸도 단단해 보이고……."

"넌 그 와중에 저 녀석 몸까지 봤니?"

질책하는 건 아닌데, 이상하게 말투가 모나게 나왔다.

"당연한 거 아니야? 다들 그랬을걸? 넌 안 봤어?"

난 그의 몸이 어땠는지 기억나지 않는다. 그의 온몸에 도배질된 아픈 상처만이 뚜렷하게 뇌리에 박혔을 뿐이다. 내 심장이 조이듯 아팠던 기억뿐이다.

"안 봤어."

왜 말투가 저절로 불퉁거리며 나오는지, 왜 마주 보고 있는 저들을 보며 짜증이 나는지 모르겠다.

다은이 준수에게 뭐라 하며, 손가락으로 자신의 팔목을 툭툭 쳤다. 떨어져 있어 그들의 대화가 들리지 않아 속 터졌다. 그 액션에 준수가 교복 남방의 소매를 걷었다.

"어? 폰 번호 적어주려나 봐."

정현은 아예 벤치에 무릎을 꿇고 앉아, 벤치 등받이에 턱을 올려놓고 그들을 대놓고 구경했다. 정현의 내레이션이 아니더라도, 나도 돌아가는 상황으로 충분히 짐작할 수 있었다. 다은이 주머니에서 굵은 펜을 꺼내 준수의 손목을 잡더니, 팔에 뭔가를 적기 시작했다. 그녀는 처음부터 준수에게 폰 번호를 전달할 목적이었던 모양이다. 그녀의 행동에 준수가 좀 당황했다.

저것들이.

나의 눈이 저절로 찌푸려졌다.

"와, 쟤 서준수한테 꽂혔나 보다."

목표를 달성한 다은이 그에게 다정히 눈웃음을 치더니, 손을 흔들어주고 걸어갔다. 준수 곁의 친구가 그의 어깨를 툭툭 치면서 말했다. 입모양이 '좋겠다' 정도였다. 친구에게로 얼굴을 돌리고 있는 준수의 표정을 볼 수 없었다.

난 벌떡 벤치에서 일어났다. 그러자 나와 준수 친구의 눈이 마주쳤다. 친구가 준수에게 뭐라 하면서 손가락으로 날 가리켰다. 준수의 고개가 내게로 돌려졌다. 난 재빨리 몸을 돌려 교실로 걸음을 옮겼다. 그에겐 신경조차 안 쓴다는 듯 담담한 척. 그러나 속에서는 오묘한 감정이 올라와 부글부글 끓었다.

"유지이."

등 뒤에서 준수가 나를 불렀다. 난 못 들은 척, 앞만 보고 걸었다. 곁에서 정현이 '서준수, 너 부르잖아'라고 속삭였다.

"교실로 가는 거야?"

보폭이 큰 그가 금세 나를 쫓아왔다.

툭. 나는 걸음을 멈추었다. 그리고 턱을 휙 그에게 돌렸다.

"지워."

짧고 단호하게 말하고, 난 빠르게 3학년 교사로 걸었다.

우뚝, 그 자리에 준수가 멈췄다. 정현도 걸음을 멈춘 채 눈을 휘둥그레 뜨고 입을 벌렸다.

미쳤다, 유지이.

얼굴이 화끈거리며 달아올랐다. 생각 없이 불쑥 저지른 내 행동을 후회하며, 울상이 되어 교실로 갔다.

뒤늦게 교실로 들어온 정현은 틈만 나면 쿡쿡거렸다. 뭐가 그리 재미있는지, 내 얼굴을 힐끔대며 쿡, 혼자서 앉아 있다 쿡, 하고 웃어댔다. 난 그녀의 '쿡'이 담긴 의미를 알기에 눈꺼풀만 내리깔고 외면했다.

종례가 끝나고 휴대폰을 돌려받자마자, 징— 하고 진동이 울렸다.

〈종례 끝. 옥상에 간다.〉

준수였다. 사뭇 담담한 척 입술을 굳게 다물고, 재웅에게 늦는다고 문자를 보냈다. 그리고 가방을 챙기는 정현에게 먼저 가라고 말했다.

"질투의 화신."

교실을 나서려다 말고, 정현이 되돌아와 다른 아이들 못 들도록 나지막하게 속닥거렸다.

"뭐?"

"서준수도 아주 좋아 죽던데? 입이 찢어지더라."

어쩐지 조용히 쿡쿡거리기만 한다 했다. 정현은 때를 놓치지 않고 놀려댔다.

"엉큼한 것. 너 그때 뭔가 있었던 거지? 서준수가 획, 네가 땡땡이를 획 한 날."

"뭐가 획이고, 획이야."

내가 퉁명스럽게 내뱉고 시선을 회피하자, 정현이 능글맞은 웃음을 흘렸다.

"너 의외로 감정에 솔직하다. 귀여운 년."

"그만해."

난 슬며시 그녀를 흘겼다.

"알았어, 질투쟁이."

마지막까지 놀리는 것을 잊지 않고, 정현은 교실을 나갔다. 그녀를 보내놓고, 아이들의 눈을 피해 옥상으로 올라가니 준수가 나를 기다리고 있었다. 나를 보자마자 그는 벌게진 팔을 내밀어 보였다.

"유성 펜인가 봐. 지워지지 않아."

태연하게 말하곤 있지만, 얼마나 박박 문질렀으면 피부가 벌게져 있었다. 난 지워지다 만 휴대폰 번호를 덤덤하게 주시했다. 민망함에 말이 나오지 않았다. 그런 나를 준수는 잔잔한 표정으로 내려다봤다.

"밴드라도 붙여놓을까?"

놀리듯 그가 넌지시 말했다.

"됐어."

창피함에 자리에서 벗어나고 싶어 몸을 휙 돌리는데, 그가 내 팔목을 잡았다. 난 거부하듯 힘을 주며, 그를 돌아보지 않았다.

나의 팔목을 잡은 그의 손이 아래로 내려가 내 손을 잡았다. 나의 손을 잡은 그의 손가락이 움직여, 내 손가락에 깍지를 끼었다. 그의 손가락과 내 손가락이 겹쳐졌다. 손의 따뜻한 온기가 전해져 왔다.

준수에게 눈을 돌렸다.

"네가 너무 좋다, 유지이."

따스한 태양 아래 화사한 투명함 속에서 그가 환하게 웃었다.


✻　✻　✻


지긋지긋하고 갑갑했던 일상이 가볍고 즐겁게 변했다. 예전 같으면 이른 아침부터 미용실로 와서 헤어하고 화장하는 자체도 지겨웠는데, 지금은 마냥 좋았다. 내가 변했다. 나의 삶이 변했다.

"지이, 좋은 일 있어?"

나의 감겨진 눈꺼풀에 아이섀도를 칠하면서 메이크업 담당 언니가 물었다.

"아니요. 왜요?"

"표정이 좋아서. 얼굴도 더 예뻐지고. 이렇게 화장하니 더 빛나잖아."

"언니가 예쁘게 화장해 주니까 그렇죠."

"이것 봐, 제법 농담도 하고 말이야."

그녀가 기분 좋은 웃음을 지었다. 문자가 왔다고 휴대폰이 울었다.

〈등교하는 길. 학교에 너는 없을 테니까, 벌써부터 심심하다.〉

준수다. 피식 웃음이 나왔다.

"언니, 화장 다 끝냈죠?"

"어, 잠깐 기다려. 금방 헤어 해줄게."

메이크업 언니가 자리를 떠났다. 난 휴대폰을 들어, 셀카를 찍었다. 나는 셀카를 찍지 않는다. 카메라 앞에 서는 것도 지긋지긋했다. 그런 내가 지금 이렇게 휴대폰 카메라를 향해 방긋 웃고 있다.

〈선물.〉

이라고 써주며, 방금 찍은 사진을 준수에게 보냈다.

잠시 후,

〈감동이다, 정말.〉

그의 답이 왔다. 입가에 씩 웃음이 떠오르는데, 헤어 담당 언니가 다가왔다. 난 후다닥 휴대폰을 닫고 내려놓았다.


추적거리며 떨어지던 빗방울이 방울지며 굵어지기 시작했다. 야외 촬영인데도 불구하고, 예고 없던 국지성 호우로 인해 촬영팀과 함께 오도 가도 못하고 있었다. 여주인공 촬영이 먼저라, 아침부터 와서 대기 중이었는데 애먼 비만 맞고 말았다.

소나기 같은 국지성 호우라 한 시간 정도만 비가 그치길 기다려 보고, 안 되면 촬영을 접자는 전달을 받았다. 주변에 아무것도 없는 공원에서의 촬영이라 대기할 장소도 마땅치 않아, 하는 수 없이 밴에서 비가 그치길 기다려야 했다. 하릴없이 비만 보고 있는 시간이 지루했다.

준수도, 정현도 수업 중인 시각이라 휴대폰도 선생님들이 걷어 간 상태일 것이다. 문자를 보내봤자 답장이 올 리도 없었다.

심심해, 준수야.

밴의 차창을 타고 흐르는 물줄기를 넋 놓고 보다, 눈꺼풀을 닫았다. 재웅이 틀어놓은 라디오에서 흘러나온 음악만이 조용한 차 안을 채웠다.

"어? 정우빈 왔네."

운전석 차창 너머를 보면서 재웅이 말했다. 주차장 맞은편 라인에 선 밴에서 훤칠한 남자가 우산을 쓰고 내렸다. 정우빈이었다. 그가 감독님이 대기하고 있는 촬영스텝차로 걸어갔다. 시원시원하고 자신감 넘치는 걸음걸이였다. 빗속을 걷고 있을 뿐인데, 영화 속 한 장면처럼 근사해 보였다. 역시 핫한 이유가 있구나.

하늘도 정우빈 편인지, 촬영스텝차로 그가 들어간 지 얼마 지나지 않아 비가 그쳤다. 신기한 노릇이었다.

"지이야, 촬영 시작할 건가 봐. 잠깐 있어."

스텝들이 대기하던 차에서 나와 준비를 시작했다. 재웅이 운전석 문을 열고 재빨리 밖으로 달려 나갔다. 그가 감독에게 다가갔다, 곧바로 말을 전달받고 밴으로 되돌아왔다.

"지이야, 정우빈 왔다고 신 10부터 들어간대. 준비하래."

재웅의 말에, 혜영이 조수석에서 나와 뒤로 넘어왔다. 그녀가 메이크업 박스를 꺼내 나의 얼굴과 머리를 손봤다.

촉촉하게 젖은 길로 나오니, 상쾌한 공기가 입과 코를 통해 들어와 시원하게 폐를 자극했다.

"비 덕분에 그림이 오히려 좋겠어. 색감이 좋아졌어."

내가 스텝들에게 다가가자, 감독이 나와 우빈을 번갈아 보며 말했다. 우빈의 눈이 내게로 향했다. 난 그에게 고개를 숙여 인사했다.

"회견장에서 제대로 인사도 못했죠. 반가워요."

우빈이 시원스럽게 말하며 내게 손을 내밀었다. 빙그레 웃는 그의 손을 맞잡으며 난 '네' 하고 간명하게 대답했다.

"파트너인데 진작 만나서 밥도 먹으며 친밀감을 형성해야 되는데, 내가 오늘도 늦었죠? 미안해요. 앞으로 잘 부탁해요."

"네, 저도. 그런데 말 놓으세요."

얼굴만큼이나, 훤칠한 키만큼이나 거침없이 자신감 넘치는 사람임을 직감했다.

"지이 씨가 나보다 대선배인데, 그래도 돼요, 선배님?"

그가 농담조로 말하며 눈꼬리를 길쭉하게 늘렸다.

"네."

그의 시선을 외면하며, 난 들고 있는 대본으로 눈을 돌렸다. 그의 멋진 미소가 부담스러웠다.

"그럼 나 그냥 지이라고 불러도 되나?"

"그러세요."

기다렸다는 듯 친근한 투로 묻는 그에게 난 무뚝뚝하게 대꾸했다.

"지이랑 우빈 씨, 대기해요."

조연출이 우리에게 손을 들었다.

"파이팅할까?"

곁에 서 있는 혜영에게 대본을 넘기고, 첫 촬영 장소로 낙점된 길로 걸어가는데 우빈이 손바닥을 쓱 내밀었다. 거절하기엔 애매한 가벼운 몸짓이라, 난 살며시 그의 손바닥을 내려쳤다. 그의 입가에 자신만만한 미소가 번졌다.

어떤 일이든, 어떤 길이든 순탄하게 이뤄내고 살아온 듯 그에겐 조금의 그늘도 없었다. 이렇듯 자신의 삶에 자신감이 넘치는 사람은 지금까지 본 적이 없었다. 나와 너무나도 다름에 그가 어색했다. 그에게 웃는 것이 자신 없었다.

억새풀이 가득한 공원의 길 한가운데 서서 그와 마주 봤다.

준비됐냐며 그가 내게 눈짓했다. 난 머리만 주억거렸다.

그가 감독에서 손을 번쩍 들어 보이며 준비되었다는 신호를 보냈다.

조연출이 슬레이트를 들고 섰다.

"레디 액션!"

촬영이 시작되었다.

## 5화_ 삼각 꼭짓점

　준수와 다른 공간에 있는 시간이 많아졌다. 강행군 되고 있는 촬영으로, 이번 달에는 단 한 번도 학교를 가지 못했다. 또한 촬영은 대기 시간도 길어, 대부분 자정이 넘어서야 끝나는 일이 많았고, 끝나는 시간도 들쭉날쭉해 늦은 밤에 준수와 만날 시간도 마땅치 않았다. 그와 같은 공간에 있고 싶었지만 그러지 못함에 내 속만 공연히 애탔다.

　오늘의 나도 준수와 다른 공간에 있었다. 그래도 이 촬영만 끝내면 내일은 학교에 갈 수가 있다. 강행군 덕분에 벌써 5회 촬영 말미에 접어들었다. 6회 촬영은 내일 하루 쉬고, 모레와 글피로 예정되어 있었다.

　내일은 함께할 수 있다, 준수.

내일은 같은 공간에 있을 수 있다, 너와.

그 생각만으로도 나는 기분이 한껏 들떴다. 그러나 나의 기분과는 별개로 방영되기 시작한 드라마 평가는 좋지 않았다. 전반적으로 독특한 화면 기법은 좋으나, 내용이 평이하다는 평가를 받았고, 정우빈 같은 대형 톱스타가 출연하는데도 불구하고 정우빈 카드를 잘 살리지 못한다고 언론의 뭇매를 맞았다. 그 덕분에 촬영장 분위기는 첨예할 정도로 썰렁했다.

그런데 5회 촬영분이 거의 끝날 무렵, 작가가 불쑥 쪽대본을 보내왔다. 수정된 대본에는 예정에 없던 키스신이 들어 있었다.

"피디님, 우리 지이는 아직 미성년자인데요."

수정된 대본을 들고서 재웅이 급하게 감독을 찾아갔다.

"나도 알아. 나도 요즘 같은 시대에 지이가 뻔히 열아홉 살인 거 다 아는데, 괜히 키스신 했다가 몰매 맞고 싶진 않다고. 그런데 극 중에서는 이제 스무 살이잖아. 스무 살의 풋풋한 첫 키스쯤으로 생각들 할 거라고."

"그래도 지이는 지금까지 볼 키스 빼고는 키스신은 단 한 번도 촬영한 적이 없어요, 피디님."

"누가 진짜로 하래? 흉내만 내면 되지. 어? 입술 여기 옆에 슬쩍 닿기만 하고 가만히 있음 되는 거, 그거 몰라? 그렇게만 하면 될 것을 왜 호들갑이야? 촬영감독이 알아서 다 잡아주고 편집해 줄 텐데."

감독은 입술 끄트머리 옆 부분을 손가락으로 찔러대며 성질을
냈다.

"정우빈, 알아들었지?"

접이의자에 앉아 변경된 대본을 보고 있던 우빈을 향해 감독이
소리쳤다. 우빈은 알았다는 듯 손을 들어 보였다.

"어쩌겠어? 상대 배우가 미성년자인데."

감독은 괜스레 우빈에게 덧붙여 한마디 하고는, 재웅에게 '빨
리 준비나 하라' 며 귀찮다는 듯 손을 휘둘렀다.

예정에도 없는 키스신에 당혹스러웠고, 들떴던 기분이 바닥으
로 추락했다. 그러나 안 할 수도 없는 노릇이었다.

"들었지? 지이야, 흉내만 내면 된대. 너무 걱정하지 마. 여기,
여기 부분만 살짝 닿는 것뿐이야."

재웅이 걱정스러운 눈빛으로 나를 달래며 연신 자신의 입술 끝
을 손가락으로 찔렀다. 난 그냥 알았다고 고개를 주억거리기만 했
다. 하지만 막상 촬영을 위해 우빈과 나란히 벤치에 앉게 되자, 심
장이 벌렁거리고 등골이 싸한 것이 기분이 서늘했다.

"괜찮아?"

우빈이 물었다.

그는 대본을 받아 들고 지금까지 무표정으로 일관했다. 여느 때
같으면 다정하게 말을 건넬 그가, 웬일인지 읽을 수 없는 표정으
로 접이의자에만 앉아 대본을 외우고 있었다. 그에게도 키스신이

부담인 모양이라고 단정 지으며 난 조금은 안도했다. 키스신을 많이 찍은 우빈도 긴장하는데, 내가 긴장하는 건 당연한 거다. 나도 프로고 이건 일이니까 괜찮다, 라고 자기최면을 걸었다.

"네."

나의 조용한 대답에 그가 나를 뚫어지게 봤다. 그의 눈에 담긴 감정은 읽을 수가 없었지만, 그의 눈빛이 너무 따가울 정도로 강렬해서 나도 모르게 눈길을 피했다.

"시작합니다. 준비되셨죠?"

조연출이 다가와 물었다. 우빈과 동시에 나는 고개를 끄덕였다.

이미 5회분 촬영은 거의 끝이 난 상태이기 때문에, 재촬영의 시작은 손을 겹치는 부분부터 하면 되었다. 그리고 키스신에 들어가면 되었다. 간단하고 길지 않은 촬영 분량이었지만, 극도의 긴장감이 그와 나 사이에 감돌았다.

"레디 액션!"

슬레이트가 까닥거렸다.

우빈이 벤치에 흐르듯 놓은 나의 손 위에 손바닥을 겹쳤다. 내 턱이 우빈을 향해 올라갔다. 둘은 서로를 응시했다. 미동없이 서로를 가만히 응시했다. 그의 고개가 나의 뺨을 향해 숙여졌다. 그의 입술이 가까이 다가왔다.

"지이야."

나의 뺨 가까이 다가온 우빈이 나긋하게 날 불렀다. 촬영 카메라 쪽에선 그의 입이 내 옆모습과 겹쳐 보이지 않을 것이다. 난 숨을 찬찬히 들이쉬었다. 그의 눈이 지그시 나를 내려다봤다.

"놀라지 마."

우빈이 다정하게 속삭였다. 무슨 뜻인지 몰라 눈꺼풀을 드는데, 그의 입술이 슬며시 웃었다. 그리고 그의 입술이 내 입술에 닿았다.

흉내만 내는 입술 옆 부분과 닿는 것이 아니라, 그의 부드러운 입술이 내 입술에 포개졌다.

놀란 심장이 금방이라도 터질 듯 요동을 쳤다. 나의 손가락 끝이 움찔거렸다.

아주 보드라운 입맞춤이었다. 키스는 아니었지만, 우빈의 따스하고 부드러운 입술이 내 입술에 속삭이듯이 머물렀다.

미친 듯이 뛰는 심장과 파르르 떨리는 손끝을 애써 진정시키며 '컷' 소리가 나길 기다렸다. 그러나 그대로 시간이 멈춘 듯 화면은 정지되었다. 머릿속이 빙빙 돌며, 어지러웠다.

"컷."

숨을 쉬기 어렵다고 느낀 순간, 감독이 다행히 맥을 끊어줬다. 우빈은 느른히 내 입술에서 멀어졌다. 그의 눈동자에 담긴 그윽함을 외면하며 난 시선을 내리깔았다.

"우빈, 정말 역시 최고. 한 방에 해결해 주다니. 역시 정우빈이야. 화면이 너무 좋았어. 굳!"

감독이 만족스러운 듯 엄지손가락을 들어 올리며, 입을 함박만하게 벌렸다.

"지이도, 아주 좋았어."

"수고하셨습니다."

촬영이 끝나자 스텝들이 분주하게 움직였다. 나는 감독에게 재빨리 인사를 하고, 건성으로 우빈에게 목례하고 그 자리를 떠났다. 우빈의 얼굴을 차마 볼 수가 없었다. 부끄러움 같은 감정보단 설명할 수 없는 오묘한 기분이 들었다. 복잡한 심경을 느끼며 밴에 올라탔다. 그리고 촬영장을 벗어났다.

"지이야, 키스신 때문에 기분이 안 좋아?"

나의 어두운 표정을 살피며, 혜영이 다정하게 내 손을 잡고 주물렀다. 난 억지웃음도 짓고 싶지 않아, 차창 방향으로 마른 시선을 돌렸다.

어느 일이나 원치 않음에도 시행하는 것은 있을 것이다. 무슨 일을 하든, 내가 원하는 일만 있지는 않을 것이다. 그래도 이런 건 싫다. 설사 대형 탑스타인 홀리도록 잘생긴 정우빈이라 해도.

보고 싶다, 준수.


❋　　❋　　❋

"완전 보고 싶었다, 지이야!"

교실에 들어서니 정현이 팔을 크게 벌리고 달려와 어깨를 덥석 끌어안았다.

"너 그사이 더 홀쭉해졌어. 완전 힘들었구나?"

"응."

턱을 까닥이며 난 엄살을 피웠다. 정말 너무 지치고 힘들었지만.

"돈 버느라 고생이 많다, 내 새끼."

정현이 넉살 좋게 내 어깨를 껴안고서는 등을 토닥토닥 거렸다. 절로 웃음이 나왔다.

"촬영은 거의 끝났어?"

"내일하고 모레가 마지막 6화 촬영."

"우와, 벌써? 시간 진짜 빠르구나. 네가 계속 안 와서 나 너무 외로웠어."

정현이 내게 투정을 부리듯 애교 섞인 목소리로 말했다.

"난 언제 정우빈 보러 가지? 이제 이틀만 찍으면 정우빈도 끝이네."

"응. 촬영 보러 올 수 있어? 내일은 야외 촬영이라 안 되고, 목요일은 스튜디오 촬영인데, 어차피 저녁까지 계속할 거니까 학교 끝나고 오면 안 되나?"

"나도 그러고 싶지만 우리 마마 손 다치셨어."

정현이 울상을 지었다.

"왜? 언제?"

깜짝 놀라 물었다. 어제 문자를 보냈을 때, 그녀는 아무런 언질도 안 했었다.

"그제. 이 조심성 없는 아줌마가 방금 끓은 순두부를 엎었지 뭐야. 그것도 하필 오른손. 그래서 한동안 손을 못 써서 내가 돌봐줘야지."

"큰일 날 뻔했다. 왜 말 안 했어?"

"너 괜히 걱정하잖아."

"그런 건 말해줘야지. 금방 나으셔야 할 텐데."

그녀의 팔을 잡았다. 나의 다정한 위로에 정현이 싱긋 웃었다.


〈학교 왔어?〉


문자가 왔다, 준수로부터.

어제 오후 촬영이 끝나고, 충분히 마음만 먹었다면 준수를 만날수도 있었다. 그러나 우빈과의 촬영 때문에 복잡한 기분이라 그럴수가 없었다.

정현에게 정우빈과의 키스신이 있었다고 말한다면, 그녀는 아마 기절초풍을 할 것이다. 온갖 호들갑을 떨어대며 난리법석을 칠것이다. 하지만 준수는 어떤 반응일까? 왠지 그의 반응이 걱정스러웠다.

〈어. 나 방금 왔어.〉
〈이따 옥상 간다.〉

점심시간에 옥상에서 보자는 말이다. 그는 언제나 내게 오라 하지 않는다. 자신이 어디에 있음을 알려줄 뿐이다. 그저 자신은 거기에 있으니, 그곳에서 기다리고 있으니 내게 올 수 있으면 오라는 말이었다. 난 입가에 떠오르는 미소를 주체하지 못하고, 씩 웃었다.

그런데 슬그머니 폰 화면 위로 그림자가 드리워졌다. 정현의 머리가 쓱 내 폰 위에 들이밀어진 것이었다. 기막혀 말도 못하고 그녀의 정수리를 내려다보니, 그녀가 눈을 올렸다.

"아주 뜨겁구나, 뜨거워."

그녀의 눈이 반달 모양으로 음흉하게 웃었다. 그녀의 이마를 손가락으로 밀어냈다.

"그만해."

"부럽다, 이년."

고개를 들며, 정현이 입술을 쭉 내밀더니 자신의 자리로 갔다. 나도 모르게 킥 웃음이 나왔다. 담임선생님이 교실 앞문을 열고 들어와 교탁 앞에 섰다. 조회시간이 시작되었다.

오늘의 일과도 시작된다. 나의 마음은 벌써 옥상으로 향하고 있었다.


"구해주러 와달라고 말하고 싶었어."

"언제든지 말했으면 달려갔을 거야."

옥상 벽에 앉으며 짐짓 울상 짓듯 말하니, 준수가 빙그레 웃었다.

정현에게는 '밥 대신 준수'라고 말하고, 그녀만 식당으로 보냈다. 오글거린다며 정현은 나를 놀렸다. 그럼에도 그녀는 순순히 응했다.

"매일 새벽에서야 집에 왔는걸."

"상관없어."

그가 손을 뻗었다. 그의 손을 잡았다. 그의 손가락이 움직여, 내 손가락에 깍지를 꼈다.

"근데 며칠 동안 거의 잠 못 잤겠네?"

"어."

"졸리겠다. 좀 자."

그가 자유로운 한 손으로 자신의 왼쪽 어깨를 툭툭 쳤다. 편안한 미소가 번졌다. 그의 어깨에 머리를 슬며시 기대며 눈을 감았다. 평온하다. 이 시간이 너무 평온하고 따스해서 좋다.

"잠이 오지 않아."

그저 이 시간이 좋을 뿐이야. 눈을 뜨지 않고 말을 이었다.

"너 정우빈 알지?"

"아니. 누군데?"

"내 상대역. 대스타잖아."

"아, 알아. 근데 왜?"

그는 관심 없다는 투였다. 그의 뇌는 나에게로만 움직인다.

"그 사람, 굉장히 호탕하다. 자신감도 막 넘치고, 밝고, 씩씩해. 정현이도 씩씩하긴 하지만 정현이와는 다른 느낌. 살면서 힘든 일 단 한 번 겪어본 적 없는 것 같은 사람."

준수는 조곤한 내 말을 잠자코 듣기만 했다.

"저런 사람도 있구나 싶어서 신기해."

'그 사람 보면 나 네가 생각난다. 너도 만약 그 사람처럼 태어 났다면, 그 사람처럼 그렇게 밝고 당당함이 넘치겠지?' 라는 말을 잇지는 못했다.

난 그와 맞잡은 깍지 낀 우리들의 손을 지그시 내려다봤다.

"사람은 허물없는 사람이 없고, 고뇌가 없는 사람은 없다고 했 어. 그 사람 천성이 그런 거지, 그렇게 편하지만은 않을지도 몰라. 그러니 너무 신경 쓰지 마."

그는 마치 내 속내를 간파한 듯 씁쓸해하지도 않고 담담하게 말 했다.

그의 어깨에 기대고 있던 머리를 들었다.

"……저기."

5화의 키스신 얘기를 해야 되나, 망설여졌다.

"응?"

"아니야."

"왜?"

준수의 고개가 기울여졌다. 그는 내가 망설이는 걸 꺼낼 때까지 차분히 기다렸다.

"어제…… 키스신을 촬영했어. 진짜로 한 건 아니고, 그냥 입만 대고……. 아무튼 갑자기 예정에 없었는데……. 뭐, 나야 별로…… 힘 있는 배우는 아니니까 어쩔 수 없이……."

죄지은 것마냥 내가 두서없이 변명하자, 준수의 입에 웃음이 띠었다.

"그 정우빈이라는 사람하고?"

"그렇지. 그 사람이 상대역이니까……."

"좋았어?"

그가 짓궂게 물었다.

"그런 말 하지 마!"

내가 살짝 흘기자, 준수가 피식 웃었다. 그러더니 그의 고개가 대뜸 눈앞으로 다가왔다.

"내가 지워줘?"

불쑥 그의 입술이 내 바로 코앞에 다가왔다.

쿵. 심장이 떨어지는 것처럼 흔들렸다. 살며시 미소 띤 그의 입술이 내 눈에 들어왔다. 떨어진 심장이 심하게 두근거리며 빠르게 달리기 시작했다.

"돼…… 됐거든!"

이내, 정신을 차리고 난 그의 어깨를 툭 손바닥으로 쳤다. 준수가 떨어지면서 손을 들었다. 그의 다정한 손이 내 머리 위를 쓸 듯이 비비며 헝클어뜨렸다.

"뭐야……."

머리카락이 헝클어져 가려지는 시야를 흔들어대며, 난 불만스러워 투정을 부렸다. 그의 즐거운 웃음소리가 들렸다.

❋　❋　❋

"지이야, 저녁을 미리 먹을까? 간단히 간식이라도."

오후 야외 촬영을 끝내고 다음 신은 해가 진 후 카페에서 촬영하는 것이기에, 미리 섭외되었다고 안내받은 경기도 외곽의 카페로 이동했다.

"입맛 없어. 둘이 먹어."

재웅의 물음에 난 눈을 감은 채 고개를 저었다. 오후 야외 촬영에서는 우빈과 만나는 신은 없었다. 덕분에 편안하게 촬영할 수 있었다. 그러나 이제 곧 촬영할 밤 촬영은 우빈과 함께였다. 그날

키스신을 촬영하고 도망치듯 부랴부랴 촬영장에서 떠났던 나이기에, 잠시 후 우빈과의 만남이 부담스러웠다. 벌써부터 긴장이 되어 아랫배에 얕은 통증이 올라왔다.

"그래도 뭐라도 먹어야지. 너 점심도 거의 안 먹고 남겼잖아."

혜영이 달래듯 다정하게 말했다.

"난 그냥 잘래."

나의 고집을 둘 다 꺾을 순 없었다.

하는 수 없이 재웅와 혜영은 촬영지로 가기 전 갓길 동태찌개전문점에 들러 저녁 식사를 하고 왔다. 나는 주차장에 주차된 밴에서 눈을 감고, 이어폰으로 노래만 들었다. 잠시라도 쪽잠을 자려고 애썼지만, 복잡함으로 잠이 들지 않았다.

해가 뉘엿뉘엿 지기 시작할 때 카페에 도착하니, 우빈이 먼저 와 있었다. 그는 스텝들과 둘러서서 가벼운 농담을 하며, 짐짓 유연한 모습이었다. 멀리 있음에도 훤칠한 그가 눈에 확 띄었다. 그는 연예인이 될 수밖에 없는 사람 같았다. 머리부터 발끝까지 모난 구석이 하나도 없었다. 마치 신이 애써 정성을 다해 빚어놓은 인형 같았다. 내가 사람의 평범한 인형이라면, 그는 신의 완벽한 인형 같았다.

가벼운 목 인사를 하며 카페 정원으로 들어섰다.

소박하게 꾸며진 카페 정원에는 모닥불을 피울 커다란 구덩이가 떨어진 간격으로 몇 개 있었다. 스텝들은 구덩이에 나무를 올려놓고 불을 피우고 있었다. 나무가 불타는 상태면 피어오르는 연기가 촬영에 방해되어, 나무를 태워놓고 숯불만 남아 있게 하려고 미리 준비하는 것이었다.

"지이야, 돌아와. 한 번에 다 피워서 연기가 독해."

조연출이 휘휘 팔을 휘저었다. 그의 손이 휘저어 도착하는 끝에는 우빈이 있었다. 조연출과 나란히 서 있는 우빈이 나에게 고개를 돌렸다. 그가 무덤덤한 표정으로 나를 쳐다봤다. 호탕하게 웃고 시원시원하게 말하던 우빈이 아니었다. 잠잠하고 깊은 생각이 담긴 눈빛으로 날 주시할 뿐이었다.

"네."

머뭇거리다 하는 수 없이 정원을 빙 돌아 그들에게 다가갔다.

손에 커피를 들고 서 있던 우빈이 내게,

"커피?"

하고 다정히 물었다. 그의 곁에 놓인 테이블에는 테이크아웃 커피가 가득 깔려 있었다. 그가 잔뜩 사온 모양이었다. 그는 촬영장에 빈손으로 오는 법이 없었다. 항상 스텝들의 간식을 챙겨 들고 왔다.

"감사합니다."

거절하기도 우스울 것 같아, 태연하게 웃으며 커피를 받아 들었다. 따스한 커피의 온기가 손바닥을 통해 전해졌다.

커피를 받아 들고, 그들과 떨어진 곳에 있는 야외 테이블로 갔다. 자연스럽게 그곳에 앉아 휴대폰을 꺼냈다. 우빈은 여전히 스 텝들과 가벼운 대화를 하고 있었다. 아무리 눈으로 외면해도 그의 듣기 좋은 목소리가 귀에 꽂혔다.

〈나 이제 저녁 촬영. 아직까지도 촬영 준비 중.〉

그래도 내겐 준수가 있다.

〈오늘은 보러 간다.〉
〈언제 끝날지도 모르는데?〉
〈상관없어.〉

그의 답에 절로 미소가 올라왔다.
"지이야!"
그때 재웅이 헐레벌떡 정원으로 들어오며 급하게 날 찾았다. 그 가 모닥불 구덩이를 빙 돌아 나에게 달려왔다.
"혜영이가 배가 아프대. 장이 꼬인 것처럼 뒤틀린다는데, 상태 가 안 좋아."
"왜?!"
조금 전, 나의 스타일을 한 번 더 매만질 때까지도 멀쩡하던 혜 영이었다. 난 벌떡 의자에서 일어나 밴으로 달려갔다. 혜영은 뒷좌석에서 식은땀을 줄줄 흘리며 파리한 얼굴로 숨을 헐떡이고 있었다.

"언니! 왜 그래?! 갑자기?!"

혜영은 대답도 못하고 고개를 절레절레 흔들었다.

"무슨 일입니까?"

뒤따라왔는지 우빈과 조연출이 내 등 뒤에서 물었다.

"모르겠어요. 갑자기 배가 꼬여서 너무 아프다고. 지이야, 병원에 가야 할 것 같아."

"어서 가. 언니! 많이 아파? 오빠, 어서 안 가고 뭐 해?"

"너, 이따가 내가 다시 데리러 올게."

진땀을 뻘뻘 흘리면서 이 와중에도 재웅은 내 걱정이었다.

"됐어. 병원이나 어서 가. 내 걱정 말고."

"제가 데려다 줄게요. 걱정하지 말고, 어서 병원으로 가세요."

재웅의 등을 밀면서 재촉하는데, 우빈이 별안간 끼어들었다.

순간, 가슴이 철렁했다.

"아, 우빈 씨. 너무 감사드립니다. 부탁 좀 드릴게요. 지금 응급실 가면 어떻게 될지 모르겠어서……."

오빠, 부탁하지 마. 라고 말하고 싶었지만 차마 목구멍 밖으로 말이 나오지 않았다.

우빈이 확신을 주는 끄덕임을 하자, 재웅은 그제야 안심하고 운전석에 올라탔다. 그의 마음처럼 타이어가 다급하게 끼익 소리를 내며 현장을 떠났다. 멀어져 가는 밴을 우두커니 바라봤다. 혜영의 안위가 걱정되긴 했지만, 금세 뇌리 속에는 촬영이 끝난 후가 걱정스러웠다.

그런 사이, 촬영이 시작되었다.


싫다. 이 인간과 같이 가는 거.

택시를 타고 가겠다는 나의 고집에도 우빈은 끄떡없었다. 그런데다가 조연출까지 나서서 '우빈 씨가 데려다 주는 건 로또당첨 같은 거야, 지이야'라고 농담을 해댔다. 우빈은 밴 대신 자신의 외제차를 직접 운전하고 온 상태였다. 그래서 더더욱 싫었다. 그와 좁은 이 공간에 나란히 앉아 있는 것이 어색하고 불편했다.

"매니저 연락은 왔어?"

느긋하게 운전하면서 그가 가볍게 물었다.

"네. 급성위염이래요. 저녁으로 동태찌개 먹었었는데, 그게 잘못됐나 봐요."

"지금은?"

"하루 정도 입원하고, 경과 보고 통원치료하면 될 것 같다고."

"다행이네."

살며시 웃는 그의 입술이 보였다. 운전하는 우빈도 멋있었다. 여유로운 몸짓으로 한 손으로 핸들을 잡고 돌리며, 백미러를 확인하는 그의 날렵한 턱 선이 어스름한 차 안에서도 근사하게 보였다. 물론 그가 어떤 몸짓을 해도, 화보처럼 멋있은 건 당연했다. 그런데 운전하는 그는 매력적인 어른 남자의 아우라가 물씬 풍겼다.

차 안의 공기가 답답했다. 그와 더 이상 대화하고 싶지 않아, 난 고개를 차창 밖으로 돌렸다. 시간이 자정을 향해 달리고 있었다. 집에 도착할 때쯤엔 자정이 넘을 것 같다. 준수가 와서 기다릴 텐데.

우빈에게 눈치 보여 가는 중임을 알리는 문자도 못 보내고, 난 얌전히 집에 도착하기만 기다렸다. 내가 대화를 이어가고 싶어 하지 않자, 우빈도 침묵을 지켰다.

차 안에는 그가 틀어놓은 잔잔한 팝송만이 가득 채웠다.

어느새 그의 자동차가 골목길을 돌아 우리 빌라 앞으로 미끄러지듯 움직였다.

준수.

멀리서도 알아볼 수 있었다. 그의 모습이 훤한 앞 유리를 통해 서서히 들어왔다.

그의 모습이 가까워졌다. 준수는 우리 빌라 옆 가로등에 기대고 서서, 이어폰을 귀에 꽂고 휴대폰을 보고 있었다.

[목적지에 도착했습니다.]

내비게이션의 안내양이 정확하게 우리 빌라 앞을 가리켰다.

"여기서 세워주시면 돼요."

나의 말에 우빈이 부드럽게 자동차를 빌라 앞에 세웠다. 가로등에 기대고 있던 준수의 턱이 올라오는 것이 보였다. 내가 타고 와야 할 밴이 아닌 것을 확인한 그가 무심히 눈을 다시 휴대폰으로 내렸다. 내가 우빈의 외제차에 탄 것을 못 본 모양이었다. 아마, 상상하지 못했을 것이다.

"감사합니다."

난 재빨리 인사하고 조수석에서 서둘러 내렸다.

차에서 도로 밖으로 나오는 나를 다시 고개를 든 준수가 봤다. 그와 슬며시 눈이 마주쳤다. 자리를 떠나야 할 우빈의 차가 떠나지 않았다. 그가 운전석에서 따라 내렸다.

조수석에서 내린 나와 빌라 옆 가로등에 서 있는 준수, 그리고 운전석에서 내린 우빈.

그렇게 우리 셋은 마치 삼각형처럼 각각의 꼭짓점에 서 있었다.

침잠한 침묵이 심각하게 흘렀다.

가로등에 등을 기대고 있던 준수도, 운전석에서 막 내린 우빈도 잠시 동안 그 자리에 멈춘 듯 있었다. 새하얗게 탈색된 머릿속 때문에 나 또한 행동하지 못하고 굳어 있었다.

먼저 몸을 움직인 것은 준수였다.

그가 슬로모션처럼 느리게 가로등에 기대었던 등을 떼었다. 그리고 내게서 등을 돌렸다. 그와 동시에 우빈이 운전석 문을 닫고, 차를 돌아 내게로 다가왔다.

준수는 우리 빌라 옆 동의 골목길로 들어갔다. 우빈은 내 가까이에 섰다.

나의 시야에서 숨어버린 준수의 행동이 나에 대한 배려임을 안다. 그래서 더 가슴이 울컥했다. 운전석에서 나온 우빈이 괜히 미웠다.

"내가 불편해?"

"네? ……네."

그의 질문에 당황스러웠지만, 도망치지 않기로 결심했다.

"솔직하구나."

우빈이 낮은 저음으로 말하며 짧게 웃었다.

"키스신 때문에? 아님 내가?"

그도 직구로 물어봤다.

"뭐…… 둘 다."

난 입술을 오물거리며 작게 대답했다. 곁눈질로 준수가 들어간 옆 동 골목길을 살폈다. 너는 거기 있을까? 설마 가진 않았겠지? 궁금하고, 걱정되고, 미안했다.

"내가 왜 흉내만 내지 않았는지 궁금하지? 물론 그것도 진짜 키스신은 아니었으므로, 흉내 낸 거나 마찬가지이긴 하지만."

그가 하체를 자신의 차에 슬며시 기대고 섰다. 그의 자세가 대화를 길게 할 것이라고 암시를 하는 듯해서 난 초조해졌다.

"……네."

"이유는 복합적이었어."

그는 무표정한 눈으로 말을 시작했다. 난 마른침만 꿀꺽 삼켰다. 괜스레 긴장이 되었다.

"첫째는, 프로로서 제대로 된 키스신이 안 된다면, 그 장면을 흉내만 내기보단 차라리 입맞춤을 하는 것이 났다고 판단한 게 컸고."

그의 말이 단조롭게 이어졌다.

"둘째는, 그 기회를 놓치고 싶지 않았고."

담담했던 그의 눈빛이 강해졌다. 내 속을 꿰뚫어 보겠다는 듯, 그의 강렬한 눈빛이 나를 향해 그대로 꽂혔다. 시선을 어디로 둬야 할지 몰라 난 보도블록만 내려다봤다.

그러다 '기회'라는 단어에 고개를 번쩍 들었다. 무슨 기회?

"유지이, 넌 내가 어렸을 적에 귀엽다고 생각했던 꼬마요리사가 맞아. 그렇지?"

무슨 의미인지 몰라 대꾸하지 않고, 난 그를 빤히 올려다봤다.

"그래서 처음엔 아, 그 녀석이 이렇게 컸구나 싶어서 오빠의 마음으로 대견하고 반갑고 그랬다."

그의 입술에 잠시 흐뭇한 미소가 번졌다.

"그런데 말이야. 내가 좀 이상한 것 같아."

흐뭇한 웃음은 금세 사라졌다. 그는 깊은 고뇌에 빠진 것처럼 심각하게 허공을 보다가 짧은 한숨을 내쉬었다.

"열아홉밖에 안 된 네가."

그가 말을 하다 말고 입을 다물었다. 그가 시선을 내리깔았다. 시원시원하기만 하던 그도, 망설이고 있었다. 짧은 침묵이 흘렀다.

"……여자로 자꾸 보이는데 어쩌면 좋지?"

침묵을 깨며 그가 나를 똑바로 응시했다. 농담처럼 툭 내뱉었지만, 표정만큼은 진지했다.

난 순간 숨이 막혀 공기를 얕게 들이쉬었다. 그리고 반사적으로 옆 동 골목길 방향으로 고개를 돌렸다.

준수가 들었으면 어떡하지? 나는 지금 내 앞에서 어마어마한 말을 하는 우빈보다도, 그 말을 들은 나보다도, 골목길 저편에 있을, 있을 것이 확실한 준수가 떠올랐다.

"그래서 확인하고 싶었다."

차에서 몸을 일으킨 그가 한 발 더 다가왔다.

"내가 너의 감정을 무시한 것에 대해선 사과할게."

어른인 그가 내게 겁을 내는 것처럼 한없이 조심스럽게 말했다. 그의 눈동자에 두려운 빛이 약하게 어른거렸다. 난 그의 눈을 피했다. 내가 계속 침묵하자 그가 잠시 짧은 한숨을 쉬며 말을 이었다.

"당혹스럽게 했다면 미안하다."

"네."

할 말이 없어서 난 그냥 대답했다. 의미도 없고, 감정도 없이.

대스타라 부르고, 톱스타라 불리는 정우빈이 내가 여자로 보이고, 확인하고 싶었다는 의미를 정확하게 파악하지 못하겠다. 무엇을 확인하고 싶다는 것인가? 모르겠다. 이상하다, 이런 상황.

"근데 말이야, 내가 흔들리는 게 맞았어."

그는 쓴웃음을 지었다. 그도 이런 상황을 원치 않았음이 담겨 있었다.

"너에게 향한 내 마음이……."

그는 다시 망설였다. 그리고 이내 결심한 듯 나를 똑바로 응시했다.

"어린 너에게 내가 감정이 생겼다, 지이야."

그의 말에 놀라, 나는 눈만 끔벅거리며 아무런 말도 못했다. 입이 벌어지지 않았다. 따끔거리는 마른 목을 느끼며, 난 붙어버린 입술을 닫고 넋을 놓았다.

"알아. 지금은 열아홉밖에 안 된 네게, 스물넷이나 먹은 내가 이러면 안 되는 거."

그의 시선을 피하기만 할 수 없어, 어쩔 수 없이 눈을 마주쳤다.

"그래서 말이야."

우빈이 느리게 말을 이었다.

"내가 기다릴게."

그의 강단 있는 음성이 내 귀에 강렬하게 꽂혔다. 그 순간, 서늘한 전율이 등골을 타고 소름 끼치게 올라왔다.

"네가 어른이 될 때까지. 그때까지 내 마음이 그대로라면……."

조금 전까지 한껏 조심스러웠던 우빈의 눈빛이 강렬해졌다.

"내 옆으로 와라."

명령조는 아니었고, 부드럽고 다정한 투였다. 자신만만함이 그의 음성에 내포되어 있었다. 그런데 신기한 일이었다. 그의 달콤한 말이, 자신감이 넘치는 그의 당당한 고백이, 어지러웠던 내 머리를 되레 맑게 만들었다.

일순간 뿌옇게 덮여 있던 안개가 걷히며, 가려져 있던 길이 나타나는 것을 느꼈다.

그제야 난 그동안 깨닫지 못했던 일렁이는 감정을 느꼈다. 수줍은 듯 숨어 있던 내 마음이 마치 찬란한 빛을 받은 듯 깨어났다. 두려워서 웅크리고 있던 내 감정이 마치 마법의 주문을 들은 듯 풀렸다.

난 이제 알았다.

난 이제 깨달았다.

"오빤, 단 한 번도 실패한 적이 없죠?"

조금 전까지 당혹스러워하던 내 흔들림이 침착해졌다. 우빈의 한쪽 눈썹이 의아한 듯 치켜 올라갔다.

"오빠 같은 사람은 죽을 것처럼 아픈 기억도 없을 거예요. 그렇죠?"

난 차분히 그를 봤다.

"무슨······."

우빈이 당황했다.

자신에게 오라고, 어른이 되면 오라고 감정을 고백한 상태에서, 나의 질문이 뜬금없이 들리는 것은 당연했다.

"오빠처럼 멋지고 근사한 사람은 당연한 걸 거예요. 그래서 지금 내게 이렇게 단정하죠? 오빠가 말하면 내가 당연히 설레고 좋아할 거라고. 실패한 적이 없어서, 아팠던 적이 없어서 당연히 성공할 거라 생각하죠?"

"······지이야, 오해한 모양인데."

비로소 그가 내 말뜻을 알았다. 그가 어려워하는 표정으로 나를 봤다.

"아니요. 이해해요. 오빠처럼 이렇게 자신감 넘치는 사람으로선 당연한 거예요."

그의 말을 자르며 빠르게 말했다. 지금 빨리 말하지 않으면 못할 것 같은 말이었다.

"그런데 저는 그런 오빠를 보면서 다른 생각이 드네요."

다른 사람이 떠오르네요.

내게 구해달라고 애달프게 말하던 사람이 떠오르네요.

"그래서 말이에요, 오빠. 고마운 건데요."

갈라질 듯 건조하게 말라가는 메마른 입술을 살짝 혀로 축였다.

그리고 또박또박 말을 이었다.

"오빠의 이런 말, 내 입장에서는 영화 같고, 진짜로 내가 주인 공이 된 것처럼 설레는 건데요."

그리고 그를 올려다봤다. 이젠 그의 눈을 피하지 않기로 했다. 당당하게 내 감정을 말하기로 결심했다. 그래야 내가 미안하지 않을 것 같았다. 우빈에게나 그에게나.

"난요, 어리지만 내 마음 같은 건 확실히 알아요."

그의 표정이 어두워졌다. 그가 내 말의 의미를 깨달았다.

"아니, 알게 되었어요. 그래서 아니에요, 저는."

고개를 숙였다.

"갈 수 없어요."

단호하게 말했다.

하지만 마지막 말을 하면서는 그의 눈을 볼 수 없었다.

아니라고 말하는 건 역시 어려웠다. 조심스레 내게 감정 있다 말하는 우빈을 거절하는 일은 역시 쉬운 일이 아니었다.

내 말을 들은 그가 그윽한 눈으로 지그시 내려다봤다. 그러더니 피식 하고 가볍게 웃었다. 쓸쓸함이 내포된 가벼움이었다.

"그래."

그는 내게 강요하지 않았다. 나에게 부담을 주지 않았다. 곧바로 수긍했고, 물러났다. 그것 또한 나에 대한 배려였다.

"들어갈래요."

난 조용히 말했다.

우빈은 알았다는 듯 고개만 끄덕였다. 마지막까지도 내게 다정히 웃어준 그는 자동차의 앞부분을 돌아 운전석으로 갔다. 운전석문을 열다 말고 그가 멈칫했다. 그리고 나를 다시 한 번 봤다. 잠시 그의 눈동자에 아쉬움이 스치고 지나갔다. 난 의례적인 목 인사만 짧게 했다.

그가 나직하게 '들어가'라고 말하며, 운전석에 몸을 실었다. 그가 차에 올라타는 것을 보고, 난 몸을 돌려 빌라 현관으로 향했다.

등 뒤에서 우빈의 차가 시동이 걸리는 소리가 들렸다. 망설이듯, 시동이 걸린 차는 움직이지 않고 도로에 멈춰 있었다.

기다렸다. 카드키로 빌라 현관문을 열면서 그가 떠나길 기다렸다.

삽시가 흐른 후, 그는 떠났다. 내게서 멀어졌다.

골목길 끝으로 사라져 가는 우빈의 차를 현관 유리문을 통해 지켜본 후, 난 다시 길로 나왔다. 그리고 옆의 빌라 동으로 걸었다.

빌라와 빌라 사이의 좁은 골목길로 들어섰다.

준수.

그가 주머니에 두 손을 찔러 넣고 다리를 꼰 채, 이어폰을 귀에 꽂고 벽에 기대고 서 있었다. 내리깐 그의 눈길이 어디를 주시하는지 알 수 없었다.

그는 그저 멈춘 것처럼, 정지된 것처럼 미동 없이 아래만 응시하고 있었다.

그렇게 나를 기다리고 있었다.

그에게 걸어갔다.

준수는 깊은 상념에 빠져 있었다. 이어폰에서 흘러나오는 음악 때문인지 인기척을 느끼지 못했다.

난 그의 앞에 마주 보고 섰다. 그가 눈꺼풀을 들었다.

준수의 눈동자는 조용했다. 일렁이는 물결 없이 잔잔한 호수 같은 조용한 눈빛이었다.

어둠 속에서 반짝이는 그의 눈동자와 내 눈동자가 마주쳤다.

손을 뻗어, 그의 왼쪽 귀에 꽂힌 이어폰을 빼내었다. 내 귀에 꽂았다.

*My be it's intuition*
*아마 이런 걸 직감이라고 할지 모르겠어요.*
*But some things you just don't question*
*그저 아무런 질문도 필요 없는 어떤 것 말예요.*
*Like in your eyes*
*당신의 눈 속에서*
*I see my future in an instant*

*내가 나의 미래를 본 것 같은*
*And there it goes*
*그런 것 말이죠.*
*I think i found my best friend*
*이제 최고의 친구를 찾은 것 같아요.*


그가 듣고 있던 부드럽게 속삭이는 음악이 나에게 연결됐다.

우린 말없이 서로를 응시했다. 서로를 바라봤다.

난 이제 알았다.

난 이제 깨달았다.

나는 내가 무엇을 몰랐는지 알았다.

나는 내가 무엇을 감추고 있었는지 깨달았다.

난 뒤꿈치를 들어 올렸다.

그리고 그의 입술에 내 입술을 겹쳤다.


*I knew i loved you before i met you*
*당신을 만나기 전부터 알았어요. 당신을 사랑했다는 걸.*
*I think i dreamed you into life*
*당신이 내 삶 속에 들어오길 꿈꾸었으니까요.*
*I knew i loved you before i met you*
*당신을 만나기 전부터 알았어요. 당신을 사랑했다는 걸.*

*I have been waiting all my life*
나 평생을 당신을 기다려 왔으니까요.

—*Savage Garden* 「*I knew I loved you*」

따스한 나의 입술이, 차갑게 식어 있는 그의 입술에 온기를 전달했다.

나는 수줍은 짧은 입맞춤을 하고, 뒤꿈치를 내렸다. 놀라 커진 그의 동공이 나를 봤다. 수줍었지만, 그의 눈길을 피하진 않았다.

준수는 놀랐지만 당황하지도, 웃지도 않았다. 그저 깊고 애틋한 눈빛으로 나를 바라봤다. 주머니에 있던 그의 손이 공기를 타고 흐르듯 올라왔다. 그의 다정한 손이 내 머리카락을 조심스럽게 감쌌다. 그의 고개가 숙여졌다. 그의 부드러운 입술이 내 이마에 닿았다. 소중하다는 듯, 조심스럽게 닿았다.

"……고마워."

천천히 내 이마에서 입술을 떼며 그가 속삭였다. 한없이 다정한 음성으로.

그가 길게 말하지 않아도 알 수 있다. 그가 내게 고맙다고 한 의미를.

내가 곁에 있음에, 내가 내 마음을 표현함에 고맙다고 하는 것임을.

그를 보고 빙그레 웃었다.

그도 나를 내려다보며 빙그레 웃었다.

## 6화_ 일렁이다

"컷. 오케이."

감독의 시원스러운 컷 소리가 우리를 멈추게 했다. 우빈과 마주
본 채, 테이블에 앉아 있던 나는 몸을 일으켰다.

"20분만 휴식하고, 지이, 우빈 마지막 신 한다."

의자에서 몸을 일으키며 감독이 말했다.

카페로 분한 스튜디오의 마지막 촬영만이 남았다. 스무 살의 여
주인공과 스물세 살의 남자주인공은 곧 이곳에서 헤어진다. 그리
고 20년이 흘러 여주인공은 마흔 살이 되고, 남자주인공은 마흔
세 살이 된다. 이제 우빈과 나의 몫은 끝이 난다. 그와의 촬영이
이제 곧 끝이 난다.

구석진 곳에서 단 하나도 놓치지 않겠다는 듯 눈을 번뜩이는 친

구들에게 다가갔다.

"완전, 완전, 최고로 짱 멋지심."

정현은 벌써 스무 번 가까이 '완전, 완전' 소리를 외치고 있었다. 그녀의 곁에 있는 연화는 입을 벙하고 벌린 채, 그런 소리조차도 못했다.

너무 좋은 기회인데, 꿈에 그리던 우빈을 볼 수 있는 기회인데 놓치는 것이 너무 슬프다며 정현이 내내 한탄한 모양이었다. 그녀의 징징거림에 엄마가 쿨하게 붕대 감은 오른손을 흔들며 '나는 괜찮다. 가거라' 라고 말하셨고, 정현은 일말의 망설임도 없이 집에서 나왔다. 정현의 사정으로 결국 우빈을 못 보게 되자 우울함에 빠져 있던 연화도 그녀의 연락에 부리나케 달려 나왔다.

그들에게 나는 뒷전이었다. 공연히 샘이 나서 내가 툭 손으로 건들자, 정현은 성가시다고 손사래를 쳤다. '내버려 둬. 못 보잖아' 하고 성질을 내며.

어이없어,

"너, 나는 안 보여?"

내가 앙칼지게 말했지만, 정현은 끄떡도 안 했다. 여전히 우빈에게서 시선을 못 떼며, 그녀가 시큰둥하게 내뱉었다.

"너는 내일도 보고, 계속계속 볼 수 있잖아."

그러면서 그녀는 감동에 젖은 표정으로 말을 이었다.

"우린 이 순간이 처음이자 마지막이란 말이지."

우빈을 바라보는 정현의 동공이 서글프다는 듯 애틋하게 그렁 그렁했다.

"멜로 주인공께서 여기 계셨네. 내가 몰라봤네."

혀를 차며 난 고개를 저었다.

우빈은 다음 신 준비로 바쁜 스텝들 사이에 있었다. 그는 커피를 마시며 여유롭게 감독과 대화 중이었다. 가끔 허리를 약간 뒤로 젖히며 그가 호탕하게 웃었다.

스튜디오에 도착해서 그를 봤을 때, 어색함에 쭈뼛거리는 나와 달리 역시 프로인 우빈은 여느 때와 마찬가지로 쾌활하고 밝았다. 아무렇지도 않은 듯 친절히 인사하는 그의 배려에 난 미안하기도 하고 고맙기도 했다.

"그동안 수고했다."

그리고 마지막 신을 끝내고, 그는 내게 손을 내밀며 다정히 웃었다.

"고맙습니다."

난 그의 손을 맞잡으며 진심으로 말했다.

모든 스텝들 한 명, 한 명에게 인사하고, 난 정현과 연화와 함께 스튜디오에서 나왔다. 매너 좋은 우빈은 마지막에 정현과 연화와 악수도 해주고, 사진도 같이 찍어주는 것을 잊지 않았다. 밖으로 나오며 정현과 연화는 성수를 받은 양, 손바닥을 들고선 부들부들 떨었다.

"이 손을 찍어놔야겠어."

정현은 휴대폰을 꺼내 자신의 손바닥을 찍어대며 호들갑을 떨었다. 그 행동에, 연화도 '나도, 나도' 하면서 질세라 휴대폰을 꺼냈다. 혜영이 그런 둘을 귀엽다는 듯이 쿡쿡 웃으며 지켜봤다.

방송국 주차장의 밴을 향해 다가갔다. 그 옆으로 검은 밴이 주차하려 후진으로 줄을 맞추고 있었다.

"유지이!"

검은 밴이 주차되자마자 뒷문이 열리며, 누군가 내 이름을 크게 불렀다. 현성이었다. 창피한 것도 모르고 그는 밖으로 뛰듯이 나와 촐랑대며 내게 달려왔다.

현성의 뒤에서 그가 속해 있는 그룹의 멤버들이 차에서 나왔다. 그들이 내게 손짓하며 손을 흔들거나 고개를 숙이거나 했다. 나보다 나이가 어린 친구들이었다.

"헉⋯⋯! 현성이다."

"어머, 로이스다."

곁에 서 있던 정현과 연화가 그 자리에서 얼어붙었다.

"유지이! 어디 가? 촬영했어?"

"어. 이제 끝났어. 넌?"

해맑은 표정으로 다가온 현성이, 껴안으려는 포즈로 내 어깨를 감쌌다. 내가 그의 손등을 손으로 탁 치며 거부하자, 뭐가 좋다고 현성이 실없이 웃어젖혔다.

"우린 심야 예능 게스트."

"그렇구나."

"친구들?"

자신을 향해, 초롱초롱한 눈길을 보내는 정현과 연화를 현성이 그제야 알아챘다.

"그럼 나랑 동갑이겠네. 반가워."

내가 개략적으로 친구들을 소개해 주자 현성이 발랄하게 손을 내밀었다. 아무튼 참 구김살 없이 능청스러운 녀석이다. 덕분에 정현과 연화는 우빈에 이어 현성까지 악수를 했다. 뒤에서 로이스의 매니저가 현성에게 시간 없다며 빨리 오라고 성화였다. 현성은 미련이 가득한 표정으로 나와 친구들에게 인사를 하고, 팀원들을 향해 달려갔다.

"아, 오늘 정말 안구정화 제대로 했다."

취한 것처럼 정현이 황홀감에 빠져 중얼거렸다. 정현과 연화의 얼굴에 행복감이 깃들었다. 그들의 모습에 나도 즐겁고 뿌듯했다.

그리고 나는 일상으로 돌아왔다.

✼     ✼     ✼

수능이 얼마 남지 않은 학교의 분위기는 첨예한 날이 설 정도로 예민해졌다. 보통의 연예인들이 선택하는 수시에도, 수능에도 관심이 없는 나와 애초부터 공부에 관심이 없는 정현만 한가했다. 정현은 엄마의 말을 인용해, 자신을 '어차피, 밥 굶을 걱정 없는 년'이라고 했다. 생활력 하나는 자신 있으니까 굳이 대학을 갈 필요가 없다며 그녀는 털털하게 웃었다.

"근데 너희는 밥도 안 먹고 연애질만 하면 좋냐?"

점심시간이 되어, 아이들이 모두 빠져나가고 옥상으로 향하려는 내게 정현이 물었다. 빨리 가서 밥 먹으라는 나의 재촉에도 끝끝내 내 옆에 남아 있었다.

"어."

그녀와 교실에서 나오면서 난 입술을 늘이며 웃었다.

"아주 좋아 죽네, 죽어."

"얼른 가, 연화가 같이 밥 먹자고 했잖아."

"알았다. 간다, 간다. 네년 목적이 나 밥 먹이는 데 있겠냐? 날 빨리 보내고 옥상으로 가고 싶은 게지."

그녀가 나를 삐뚤게 보며 투덜거렸다.

"정답."

"얄미운 년."

나의 말에 정현이 입술을 오물거리며 흘기더니, '간다, 가' 하며 엉덩이로 툭 나의 엉덩이를 밀쳤다. 그러더니 복도를 걸어갔다. 그녀의 등을 잠시 보다 난 재빨리 옥상으로 걸음을 옮겼다. 걸음이 저절로 빨라졌다.

옥상으로 가니, 옥상 담벼락에 팔을 대고 서서 교정을 내다보는 준수의 등이 보였다. 그가 문이 열리는 기척에 고개를 돌리다 나를 보고 환히 웃었다.

나는 뛰듯이 그에게 달려갔다. 그러다 발끝이 바닥에 걸렸다. 순간 나의 몸이 휘청거리며 중심을 잃었다.

"넘어질 뻔했잖아."

준수가 부리나케 몸을 움직여 나를 안다시피 잡아줘서 넘어지는 걸 간신히 모면했다.

"네가 잡아줬잖아."

싱긋 웃으며 내가 말하자, 준수가 기막혀 하며 웃었다.

우린 나란히 담벼락에 팔을 대고 교정을 내려다봤다.

교정은 벌써 앙상해지는 나뭇가지들 아래, 가을의 색이 길을 메우고 있었다. 노랗고 붉은색의 낙엽들이 융단처럼 가득 길을 덮고 있었다. 그사이에 벌써 식사를 마친 아이들의 모습이 간간이 보였다.

"근데 옥상은 왜 아무도 안 와?"

"잠겨 있는 줄 아니까."

의아해서 묻는데, 당연하다는 듯 준수가 말했다.

"잠겨 있었어?"

"어."

"그럼 넌 어떻게 들어온 거야?"

"선생님 협박해서."

피식 준수가 웃었다.

"진짜? 또 나 놀리는 거지?"

"그냥 부탁했어. 처음에 아이들과 어울리기 힘들어서. 사정 아시니까 들어주시더라고."

그가 쓴웃음을 지었다.

학교에 온다는 것 자체가 그에겐 힘든 일이었을 것이다. 학교라는 장소가 그에겐 두려운 곳이었을 것이다. 그런 그가 나를 만나기 위해 이곳으로 왔다. 그리고 지금 내 옆에 있다.

손을 뻗어 그의 손을 잡았다. 내가 손을 잡자 그의 시선이 내게 돌아왔다. 그가 부드럽게 웃으며, 내 손에 깍지를 꼈다. 그의 손가락과 내 손가락이 엉켰다.

"수능은 안 봐?"

무거워지는 분위기를 돌리기 위해서 그가 화제를 바꿨다.

"어."

"연예인들은 어차피 수시로 거의 합격한다며. 종훈이가 묻던데? 유지이는 수시 왜 안 했느냐고."

그와 가장 친한 친구 이름은 종훈이었다. 종훈은 의대가 목표인 녀석인데, 공부를 열심히 하는 것 같진 않은데 성적은 기막히게 나온다고 했다. 그러면서 그 녀석은 천재인 모양이라고 덧붙였었다.

"대학은 안 갈 거니까. 공부도 별로 한 적 없는데, 모양새만 그 럴듯하게 대학에 가고 싶진 않았어. 너는?"

"나는 뭐…… 지금 수업도 무슨 소리인지 거의 모르는걸. 어차 피 기부금 편입 한 거잖아."

나의 질문에 준수가 우습다는 듯 쿡 웃었다. 2년 전만 해도 일 본에서 학교를 다녔기에, 한국의 수업에 적응하긴 힘들 것이다. 그런데다 1년은 죽은 듯 어둠 속에 박혀 있었고, 이제야 빛을 보고 있는 그이기에.

"진짜로 기부금 편입 했어? 엄청나게 돈을 주고?"

"금액은 모르는데, 아마 저기 잔디가 우리 엄마 돈일걸?"

준수가 손가락으로 교문 옆에 휴식의 공간으로 만들어진 산책 로를 가리켰다.

"정말?"

내가 신기해하며 고개를 쑥 내밀고 잔디가 깔린 산책로를 보려 고 하자, 준수가 위험하다며 내 이마를 안으로 밀었다. 그러면서 웃으며 내 윗머리를 마구 헝클었다.

또 당했다.

내가 헝클어진 머리카락을 쓱쓱 정리하며 흘기자, 그가 기분 좋 게 웃었다.

"근데 정말 기부금 편입은 맞아. 안 그랬으면, 이 학교에 못 오고 학년을 맞출 수도 없었을 테니까. 부자 엄마를 둔 덕이야."

2년 가까이 학교생활을 안 했기 때문에, 쉽지 않았음을 얘기하는 것이었다.

"그렇구나."

잠시 정적이 흘렀다. 무겁지 않은 잠잠한 침묵이었다.

"엄마가 일본으로 가셨어."

"그럼 혼자 있어?"

나의 질문에 그가 머리를 주억거렸다.

"그래도 괜찮아?"

"괜찮아."

"언제 오시는데?"

"글쎄…… 20년 가까이 가게밖에 모르고 사셨던 엄마가 나 때문에 한국에서 지내는 게 버거워 보였어. 그래서 돌아가라고 말했어."

준수는 눈을 내리깔고 교정 아래만 응시했다. 그가 다음 말을 망설였다.

"사실은……."

망설이던 그가 입을 열다 말고 다시 망설였다.

"같이 일본에 돌아가자는 걸 미뤘어."

쿵. 그의 말에 심장이 바닥으로 추락했다.

"……돌아가야 하는 거야?"

"국적 문제도 있어서······."

준수는 나를 보지 않았다. 그저 눈꺼풀만 내리깐 채, 초점 없는 눈동자로 운동장 어딘가를 주시했다.

"왜? 뭐가 문제인데?"

"내가 한국 오면서 이중국적을 받았는데 한국은 군대만 다녀오면 이중국적이 인정되지만, 일본은 만 22세 전에 국적 선택을 해야 돼."

무덤덤한 어조로 준수는 차근히 설명했다.

"부모님은 일본 국적을 포기하는 걸 원치 않으셔. 그래서 어차피 일본으로 돌아가야 하니까, 지금 오길 바라시는 거야."

"그래서 가야 해?"

눈동자가 파르르 떨렸다. 싸한 전율이 등을 타고 올라갔다.

"안 갈 거야."

나를 보지 않은 채, 나의 손과 깍지를 낀 그의 손가락 힘이 강해졌다. 교정 어딘가를 보면서 그는 강하게 손아귀에 힘을 줬다. 어떤 말을 해야 될지 몰라, 난 입만 슬쩍 벌리고 멍하니 그의 옆모습을 응시했다.

그때였다.

"지이야! 서준수!"

옥상 문이 쾅 열렸다. 소리의 방향을 보니 정현이었다. 그녀가 벌겋게 상기된 얼굴로 숨을 거칠게 헐떡이며 옥상으로 들어섰다.

"무슨 일이야?"

놀란 나는 준수와 함께 그녀에게 빠르게 다가갔다.

"네 친구가……."

헐레벌떡 뛰어오느라 숨이 찬지, 정현이 말을 못 잇고 헉헉거렸다.

"그니까 김상권이 학교에 왔는데…… 식당으로 와서 네 친구를 데려갔어. 너 오라면서."

"뭐?"

경악한 준수의 동공이 커졌다.

"……체…… 체육관 뒤로……."

정현의 말이 채 끝나기도 전에 준수가 그녀의 옆을 지나쳐 옥상 문밖으로 뛰쳐나갔다.

"준수야!"

나는 기겁해서 그를 불렀다. 준수가 급하게 계단을 뛰어 내려가 사라졌다.

불안감이, 두려움이 일렁이며 내 주위에 맴돌았다.

"안 돼! 안 돼, 지이야!"

쫓아가려는 나를 정현은 죽자고 매달리며 말렸다. 난 고개를 흔들며 그녀의 손을 뿌리치려고 애썼다.

"정현아, 놔줘. 내가 가야 돼."

"가지 마, 넌 안 돼."

"왜 안 돼? 왜?! 준수가 다칠지도 모르잖아! 준수가 다치면 어 떡해?!"

무섭다. 준수가 또 다칠까 봐. 아픔도 못 느끼는 준수가, 아픈 게 맞는 건데 자기가 아픈지도 모르고 더 아프게 될까 봐 무섭다.

"그래도 넌 안 돼! 네가 가면 아이들이 이상하게 볼 거란 말이 야."

"상관없어. 그게 무슨 상관이야?!"

"왜 상관이 없어?! 학교뿐만 아니라 소문이 다 날 텐데!"

정현이 안타까워하며 내 팔을 잡고 흔들었다.

"난 괜찮아. 갈래."

"지이야, 진짜 안 돼. 진짜로 나쁜 소문이 다 퍼질 거란 말이 야."

"그럼 준수, 어떡해? 준수는 다치면 안 된단 말이야. 정현 아…… 정현아……."

나의 팔을 아프도록 꽉 잡고 매달리는 정현에게 애원했다. 하지 만 정현은 안 된다고 고개만 흔들었다. 눈에서 촉촉한 액체가 쏟 아졌다. 그녀의 눈도 벌게졌다. 계속된 실랑이를 하며, 우리는 울 었다.

"아! 음악실! 지이야, 음악실 가자."

불현듯 떠올랐는지 정현이 내 손을 잡아끌었다.

"……음악실?"

"그래, 내 기억에 거기가 체육관 뒤가 보이는 건물이잖아. 바로 체육관 옆쪽."

그녀의 말에 부들거리는 손을 맞잡고, 우린 준수가 사라져 간 방향으로 뛰었다. 그를 향해 뛰었다.

숨을 헐떡이며 음악실에 도착했다. 비어 있는 음악실 창문에 달려들었지만, 체육관의 앞부분만 보이고 준수의 모습은 찾을 수가 없었다.

"미, 미술실인가 봐."

정현의 말에 다시 황급히 음악실에 나와서 교실을 돌았다. 그리고 역시나 비어 있는 미술실 문을 열고 들어갔다. 정현이 먼저 창문으로 부리나케 달려갔다.

"지이야! 여기, 여기로 와."

찾았는지, 정현이 다급하게 내게 손짓했다. 창문으로 가려다 말고 우뚝 발을 멈췄다.

무서웠다. 그가, 준수가 어쩌고 있을지 무서웠다. 볼 자신이 없었다.

입술을 이빨로 아프게 악다물고, 가까스로 창문으로 다가갔다.

2층 미술실 창문 밖으로 체육관 뒤편이 보였다. 체육관 뒤에는 좁은 공터가 있었고, 그 뒤로 담까지 울창하게 나무들이 심어져 있었다. 나무들에서 떨어진 낙엽이 바닥을 덮듯이 깔려 있었다.

그 틈으로 준수가 있었다. 준수는 거리를 두고 다섯 명의 남학생과 대립 중이었다. 그들 사이에 준수의 친구 종훈이 있었다. 종훈은 양팔을 남학생 둘에게 잡힌 채 무릎을 꿇고 있었다. 입술은 터져 부어오르고, 오른쪽 눈도 푸르스름했다.

그들 틈으로 김상권이 악랄한 눈빛을 번뜩이고 있었다. 김상권 옆에는 다른 두 명이 나란히 버티고 있었다. 상권은 야구방망이를 들고, 그 야구방망이의 끝으로 종훈의 팔을 위협하고 있었다.

그들과 마주 보고 서 있는 준수의 등이 보였다. 섣불리 그들에게 다가가지 못하고, 그는 멈춰 있었다. 준수 뒤로 멀찌감치 떨어져 몇몇의 아이들이 빙 둘러 구경하고 있었다.

"김상권이가, 구경하고 싶은 애들 오라고 큰 소리 쳤어."

정현이 말하며 혹시나 밖에서 볼까 싶어, 창문 밑으로 몸을 구부리며 앉았다. 그녀가 나를 옆에 꿇어앉히고 창문을 열었다.

"거기서 한 발이라도 떼봐라. 이 새끼, 팔 아작 난다."

위협적인 자세로 야구방망이 끝으로 툭툭 종훈의 팔을 치며 상권이 협박했다.

"나랑 해. 나하고만 하라고!"

준수가 분노하며 일갈했다.

"무릎 꿇어, 새끼야. 이 새끼, 팔 부러지게 하고 싶으면 계속 그렇게 버텨라."

무섭도록 눈을 번득이며 상권이 준수에게 명령했다.

준수의 얼굴이 보이지 않았지만, 그의 어깨가 크게 들썩거리고 있었다. 분노로 준수가 바들거렸다.

"빨리! 꿇어!"

준수가 움직이지 않자, 상권이 야구방망이를 공중으로 크게 휘둘러 올렸다. 금방이라도 종훈의 팔로 내려칠 기세였다. 어깨를 들썩거리던 준수가 다리를 굽혀 바닥에 무릎을 꿇고 앉았다.

"부탁이다. 나하고만 하자."

무릎을 꿇은 준수가 상권에게 애원했다.

상권이 비딱하게 고개를 기울이며 눈을 찡그렸다. 그러더니 야구방망이를 곁의 친구에게 넘겨주었다. 곁의 친구가 야구방망이를 받아 들고, 상권처럼 종훈의 팔에 앞부분을 올려놓았다.

상권이 슬슬 거드름을 피우듯 걸어, 준수에게 다가갔다.

"내가 얼마나 쪽팔린 줄 아냐? 내가 그때 방심만 안 했어도 넌 죽었어, 새끼야. 근데 내가 참을 줄 알았냐? 어?"

준수 앞에 선 상권이 돌연 발을 휙 들어, 그대로 준수의 얼굴을 향해 돌렸다. 그의 발이 거침없이 준수의 얼굴을 가격했다. 준수가 맥없이 옆으로 쓰러졌다.

"헉. 준……."

소리침이 나오려는 나를 정현이 아프게 잡았다. 난 소리를 꿀꺽 삼켰다.

뚝, 굵은 눈물이 떨어졌다.

"정현아, 어떡해."

난 애타게 그녀를 봤다. 정현은 안타까워하며, 고개만 흔들었다. 안 된다고, 내가 나서선 안 된다고.

"네 엄마가 돈을 엄청 처바르셨더만? 근데 그거야 우리 엄마가 받은 거고. 당하긴 내가 당했는데 난 뭐냐고? 어? 이 새끼야, 쪽만 팔렸잖아!"

옆으로 쓰러진 준수의 옆구리를 상권이 거칠게 발로 차대기 시작했다. 준수는 꼼짝 안 하고 당하고 있었다.

"니 새끼, 아픈 줄 모른다며? 아픈 것도 못 느낀다며?"

준수 앞에 상권이 쭈그려 앉았다. 그러면서 손바닥으로 준수의 뒤통수를 갈겨댔다.

"야, 아픈지도 모르는데 그게 사람이냐? 시체지? 어? 좀비 같은 새끼. 차라리 죽어, 새끼야!"

벌떡 몸을 일으킨 상권이 갑자기 광기 어린 표정으로 준수를 밟고 차댔다. 그의 포악한 발길질이 준수의 몸을 짓밟았다. 나머지 두 명도 달려와, 준수를 빙 둘러싸고 때리기 시작했다. 준수는 몸을 웅크린 채 맞고만 있었다. 그의 시선은 상권 패거리에 잡혀 있는 종훈에게만 박혀 있었다.

몸이 부들부들 떨렸다. 흐느낌이 쏟아졌다.

"가야겠어."

흐느끼면서 몸을 일으키는 나를 정현이 잡아 앉혔다. 그녀가 나의 어깨를 안았다.

"정현아, 놔줘."

"미안해. 미안해."

정현도 울었다.

"정현아, 준수. 우리 준수 어떡해."

아픈지도 모른단 말이야. 그래서 저렇게 버티는 거란 말이야.

아픈 건데, 많이 아픈 건데, 그것도 모르고 맞고 있는 거란 말이야.

"그만해!!"

그때였다. 고함 소리가 들려왔다. 우리의 시선이 밖으로 이동했다.

남학생 둘이 헐레벌떡 구경꾼 아이들을 뚫고 달려왔다. 준수를 짓밟던 상권 패거리가 행동을 멈췄다.

"뭐야? 니들은?"

"그만해."

그들이 상권 앞에 서며 그들과 준수 사이를 가로막았다.

"허, 뭐냐? 이것들은. 이 녀석 패거리냐?"

상권의 입술이 비웃듯 비뚤게 올라갔다.

"우린 니들 같은 패거리 아냐! 우린 준수 친구들이야. 그러니까 그만해."

안경을 낀 친구 하나가 단호하게 말했다.

"아, 이런 XX 새끼들이 어디서. 코미디를 찍어라, 새끼들아."

"안 돼!"

준수의 소리침과 동시에 상권이 패거리가 준수의 친구들에게 발길질을, 주먹질을 해댔다. 운동조차 안 해본 것처럼 허약해 보이는 두 친구가 힘없이 그들에게 맞아 나가떨어졌다.

"그만둬!"

준수가 분노하며 벌떡 일어나, 상권에게 달려들었다. 상권이 예상치 못한 준수의 공격에 벌러덩 떨어졌다.

"서준수! 멈춰라, XX아!"

멀찍이 떨어져 종훈의 팔을 잡고 있던 녀석이, 야구방망이를 종훈의 이마에 갖다 대며 위협했다.

우뚝, 상권에게 달려들려던 준수가 멈칫했다. 그 순간을 놓치지 않고, 상권의 발이 준수의 배를 찼다. 그리곤 무자비한 공격을 해댔다. 준수의 친구들을 때리던 두 녀석도 준수에게 달려들었다. 아무것도 못하고, 준수는 그대로 무참하게 짓밟혔다. 그의 온몸이 거칠고 포악한 공격을 그대로 받았다.

"시끄럽다, 시끄러워."

그때, 구경꾼 아이들을 뚫고 이태주가 설렁설렁 걸어 나왔다. 태주는 열 명 가까운 아이들과 함께였다. 난 절망하고 말았다. 벌어지고 있는 이 끔찍한 상황을 어떡해야 될지 몰라 눈앞이 캄캄했다.

"야, 이제 오냐? 한창 재미있었는데."

상권이 쓰러진 준수의 등에 발을 올려놓고 히죽거리며, 반갑게 태주를 맞이했다.

"안 되겠어. 선생님을 불러와야겠어. 애들이 선생님을 부를 생각을 안 하는 것 같아."

정현이가 부들거리며 속삭였다.

"너 나가면 안 돼. 여기 있어. 꼼짝 말고 있어. 내가 갔다 올게."

그녀가 일어서려는 찰나,

"그만 좀 해라. 재미없다."

껄렁거리는 태주의 말이 들렸다.

"뭐?"

황당하다는 듯 눈썹을 일그러뜨리며 상권이 태주를 봤다.

"그만 좀 하라고. 야, 우리 이제 내일모레면 스무 살이다. 아직도 이러고 노냐? 너는?"

태주가 귀찮다는 듯 머리를 긁적거리며 빈정거렸다.

"와, 이 새끼 봐라. 너 지금 뭐라 했냐?"

기분 상한 상권이 고개를 갸웃거리며 슬슬 태주 앞으로 걸어갔다.

"정신 좀 차리라고. 어?"

기죽지 않고 태주가 빈정거렸다.

"네가 지금 해보자는 거냐, 나랑?"

"뭐? 해볼까? 진짜? 딱 까놓고, 너랑 나랑 붙으면 누가 이기는데? 내가 니 새끼랑 불알친구라 봐주고 있다는 거 알면서 그러냐?"

비아냥거리는 태주의 말이 사실인지 상권이 반박하지 못하고 움찔했다.

"그리고 진작 상황 역전된 거 보면 모르냐? 네 눈은 동태눈이냐?"

태주가 자신의 무리를 슬며시 턱짓하며 가리켰다. 상권 패거리보다 두 배 되는 인원이 태주 뒤에 있었다.

"조용히 살자, 조용히."

태주가 귀를 긁적거리더니, 종훈을 잡고 있는 녀석들에게 '야, 그거 놔' 하고 명령했다. 상권이 달려들 태세를 보일 듯 말 듯하며 우물쭈물 망설였다. 그의 모습에 녀석들이 쭈뼛대다가 종훈을 놔줬다.

"이태주, 이 새끼랑 뭐냐?"

상권이 어이없다는 듯 입술 끝을 올리며 태주를 노려봤다.

"서준수, 이 새끼 내 거야. 건드려도 내가 건들 거거든? 그러니까 넌 건들지 마라."

태주가 바닥에 쓰러져 있는 준수를 발끝으로 톡 가볍게 건드렸다.

"뭐 해?! 새끼들아! 다 당장 꺼져!"

그러더니 주변을 둘러보면서 버럭 윽박질렀다. 구경하던 애들이 화들짝 놀라며 발을 움직여 서서히 떠났다.

"너 이 새끼, 내가 가만히 있을 것 같냐?"

상권이 태주 가까이 다가가 얼굴을 일그러뜨리며 위협했다.

"언제든지 해봐."

태주는 눈썹 하나 까딱 안 하고 어깨를 으쓱했다. 상권이와 같이 있던 녀석들이 스멀스멀 물러나려 했다. 그걸 눈치채고 상권이 욕을 내뱉더니 걸어가 버렸다.

주변이 정리되자 남아 있는 사람은 준수와 준수 친구들, 그리고 태주와 태주 패거리뿐이었다. 태주가 바닥에 쓰러져 있는 준수를 물끄러미 내려다봤다.

"너 이 새끼, 눈에 띄지 말라 했지?"

태주가 준수에게 말했다. 목소리에 담긴 감정이 악하지 않았다. 그러더니 태주가 미련 없이 뒤돌아섰다. 곧 태주의 패거리가 그 자리에서 떠났다. 그리고 준수와 준수 친구들만 남았다.

종훈이 달려가 준수를 일으켰다. 다른 친구들도 준수에게 다가 갔다.

상황이 종료되었다. 태주 덕분에 끔찍했던 일이 끝났다.

안도감에 난 바닥에 털썩 주저앉았다. 창문 밖으로 친구들 틈에 있는 준수가 보였다. 그의 상태가 걱정스러웠다.

"괜찮을 거야. 지이야, 괜찮을 거야."

정현이 나를 안심시키며 달랬다.

친구들이 그를 부축해 일으켰다. 그의 다리가 휘청거렸다. 준수가 힘겹게 친구들에게 의지해서 걸어갔다.

굵은 눈물이 방울져 떨어졌다. 걱정돼서 달려가고 싶어도 못 간다, 나는.

나는 이렇게 아픈 너를 보면서도 달려갈 수가 없다.

준수야, 준수야.


흔들리는 다리를 간신히 움직여 교실로 돌아왔다. 자리에 앉자마자 수업이 시작돼 오도 가도 못하고 잡혔다.

"지이야, 서준수 친구한테 물어보니까, 양호실로 갔는데 너무 많이 맞아서 병원으로 가라고 했대. 양호선생님이 휴대폰도 찾아주고, 조퇴증도 끊어줬나 봐."

쉬는 시간이 되어 정현은 부랴부랴 2학년 교실로 다녀왔다.

"그리고 체육관 사건이 선생님들 귀에 들어가서 지금 난리 났대."

"준수도 문제되는 거야?"

"아니. 준수랑 친구들은 구경한 증인들이 있어서 피해자인 걸로 인정받았고, 김상권네만. 안 그래도 선생님들이 벼르고 있어서 정학 아니면 퇴학이라더라."

"준수는 병원 갔어?"

"모르겠어. 아마 그랬겠지?"

그녀는 내게 연거푸 괜찮을 거라며 안심시켰다.

애타는 속을 억지로 누르며 시간을 보냈다. 휴대폰도 없어 무턱대고 선생님에게 조퇴를 하겠다고 할 수도 없었다. 그저 나는 시간이 빨리 흐르기를 기다리며 걱정만할 뿐이었다.

수업이 끝나고 휴대폰을 받아 준수에게 전화를 걸어봤지만 전원이 꺼져 있었다. 정현이 휴대폰을 들고서 다가왔다.

"내가 아까 준수 친구한테 휴대폰 번호 물어봤거든? 지금 물어보니까 준수네 집으로 간 모양이야. 너 준수네 집 알아?"

"아니."

난 도리질했다. 정현은 잠깐만, 하더니 문자를 보냈다. 애타는 심정으로 준수 친구의 답을 기다렸다.

"여기 설명해 준 대로 갈 수 있겠어? 여기까지만 가면 찾긴 쉽대. 내가 전달해 줄게."

정현이 빠른 손길로 휴대폰의 문자를 보냈다. 잠시 후, 내 휴대폰이 징 하고 울렸다.

"같이 갈까?"

"택시 타고 가면 돼."

난 고개를 흔들었다.

"재웅 오빠는?"

"……너희 집에 가는 걸로."

나의 말에 정현이 알아들었다는 듯 고개를 주억거렸다. 그녀와 함께 서둘러 교실을 나왔다. 복도로 나서다 말고, 정현이 내 손을 불끈 잡았다.

"괜찮을 거야, 지이야. 너무 걱정하지 마."

나의 손을 잡은 그녀의 손아귀에 힘이 들어갔다. 고개를 끄덕이며 뜨거워지는 눈시울을 가까스로 억눌렀다.

무섭다.

너무 무섭다. 너에게로 가는 내 발길이 무섭다.

무서워, 준수야.


준수 친구의 설명대로 택시가 멈춘 곳에는 지붕이 오렌지색으로 칠해진 어여쁜 2층 높이의 주택이 있었다. 1층이 주차장인 2층 집이었다. 주변의 다른 주택과 달리 특이하게 설계된 집이라 눈에 쉽게 띄었다. 난 오픈되어 있는 나무 울타리를 열고 들어서서 돌디딤대가 놓인 작은 정원을 지나 오픈된 계단을 올라갔다.

2층 현관문 앞에서 심호흡을 했다.

초인종을 누르고 기다리니 준수의 친구 종훈이 현관문을 열어 주었다. 그가 자신의 눈앞에 있는 내 모습에 소스라치게 놀랐다.

"준수는……?"

"어…… 어…… 약 먹고 잠들었어요."

뒤에서 누구냐면서 나온 안경 낀 친구도 현관에 서 있는 날 발견하고, 기겁해서 입을 벌렸다. 둘의 얼굴도 엉망이었다. 보기 흉하게 멍이 들고 깨져 있었다.

"병원 갔다 왔어요?"

"네. 다행히 부러진 곳은 없대요. 얼굴은 많이 맞지 않아서 입가랑 눈만 좀 찢어지고요. 그래서 상처 치료하고, 주사 맞고, 약 먹었어요. 약에 항생제 있어서 잠이 올 거라 하더니, 약 먹고 잠들었어요."

종훈은 곧 침착해져서 나의 질문에 성실히 답했다.

"……들어가도 돼요?"

나의 말에 종훈이 부리나케 한편으로 비켜섰다. 신발을 벗는 나의 발이 덜덜 떨렸다.

"준수 방은 저기……."

안경 낀 친구가 닫힌 방문을 가리켰다. 발이 떨어지지 않았다. 내가 쉽게 다가가지 못하고 주저하자, 친구들이 부스럭거리며 현관으로 나갔다.

"저…… 저희는 갈게요."

종훈이 신발을 신으며 말을 이었다.

"저기 약은 식탁 위에 있고요…… 연고도 있어요. 파랑색은 멍 빼는 연고라고 했고요. 다른 건 상처 연고예요. 좀 전에 저희가 발라줬어요."

난 턱만 움직였다.

"근데…… 누나."

종훈이 현관문을 나서려다 말고 고개를 돌렸다. 난 가만히 그를 쳐다봤다.

"……몸에 멍이 많이 들었어요."

놀라지 말라는 투였다. 난 다시 알았다고 고개만 주억거렸다. 그들이 조심스레 현관을 닫고 나갔다.

집 안은 일순간 쥐죽은 듯 무거운 침묵이 감돌았다. 난 느리게 메고 있던 가방을 바닥에 내려놓았다. 무거운 발을 움직여 닫혀 있는 그의 방으로 걸음을 옮겼다.

손잡이를 돌리는 손이 내 손이 아닌 것처럼 겉돌았다.

조심스럽게 문을 열고 들어서니 준수가 침대에 누워 있었다. 그의 얼굴이 벽 쪽으로 기울어져 안 보였다. 그에게 천천히 다가갔다.

잠든 준수의 얼굴이 시야에 들어왔다.

평온하게 잠들어 있었지만 상처가 있는 그의 왼쪽 눈썹 위는 퍼렇게 멍들어 부었고, 왼쪽 입가는 찢어져 갈라져 있었다. 상권의 발길질에 다친 상처인 듯했다.

덮여진 이불로 가려지지 않은 그의 벗은 어깨에는 진열이 된 듯 지져진 고통의 담배 자국들 위로 덮어씌워진 듯 붉고 푸른 멍들이 번져 있었다.

그 순간 참아왔던 뜨거운 눈물이 툭 떨어졌다.

7화_우리들의 시간

없었으면 좋았을 일이 생겼다.

그나마 다행인 건, 부러진 곳 없고 크게 찢어진 곳 없다는 것 하나뿐이었다.

뇌리에 상권에게 맞고 있던 준수의 모습이 사라지지 않는다. 끔찍하고 무서운 공포의 순간이었다.

만약 태주가 오지 않았다면, 아니, 태주가 변하지 않았다면 준수가 어떻게 되었을지 상상도 하기 싫을 정도로 무섭다.

친구들 덕분에 준수가 살았다. 그래도 친구들이 있었다. 힘은 없지만 그를 위해 나서는 친구들이 있었다. 나약했지만 그를 보호해 주려 애써주는 친구들이 생겼다. 다행이다.

태주 덕분에 준수가 살았다. 그를 미워했던 태주가, 그를 미워하면서도 보호해 줬다. 준수을 싫어하지만 멈추게 해줬다.

태주가 변해서, 달라져서 다행이다. 다행이다. 정말 다행이다. 이렇게 끝나서. 그래도 이렇게 끝나서 다행이다.

준수의 머리맡에 놓인 의자에 앉아, 잠들어 있는 준수를 보면서 난 그제야 안도했다.

그러는 사이, 해가 지는지 방 안이 은은하게 어스름해졌다. 어둑해지는 방 안의 불을 켜기 위해 조심스럽게 스위치를 눌렀다. 방 안이 환해졌다.

환한 빛으로 벽 쪽으로 기울어졌던 그의 머리가 움직였다. 준수의 눈꺼풀이 스르륵 들어 올려졌다. 눈이 쉽게 떠지지 않는지, 그의 눈꺼풀이 희미하게 떨렸다. 난 다가가 조용히 내려다봤다.

그가 눈을 떴다.

초점 없는 그의 눈동자가 나를 멍하니 쳐다봤다. 눈앞이 뿌연 탓에 내가 잘 보이지 않는지, 마른 입술을 슬며시 벌리며 눈만 깜빡거렸다.

"⋯⋯지이야."

드디어 보이는지, 준수가 힘겹게 내 이름을 내뱉으며 다정히 웃었다.

"깼어?"

쓱 그의 얼굴 가까이로 얼굴을 숙였다.

"괜찮아?"

걱정스러움이 가득한 내 얼굴을 그가 시선을 놓지 않고 올려다
봤다. 이불 밖으로 벗은 그의 팔이 올라왔다. 그의 손이 나의 목덜
미를 잡고 끌어당겼다. 난 그대로 그의 목에 얼굴을 묻었다.

"……미안해."

그가 낮게 속삭였다.

내게 미안한 건 없는 건데 그가 내게 사과했다. 걱정시켜서, 미
안하다고 사과했다.

울컥, 다시 눈물이 쏟아졌다. 그리고 나는 토해내듯 흐느꼈다.
나의 들썩이는 등을 그의 손바닥이 부드럽게 안았다.


힘겹게 일으킨 준수의 몸은 온통 멍투성이였다. 잔혹한 상처 위
에 물감을 덧칠한 듯 검붉게 부어 있었다. 일어나지 말라고 말리
는 나를 안심시키며 준수는 침대에서 내려왔다. 옷장에서 반팔 티
셔츠 하나를 꺼내 걸쳤다.

티셔츠 하나를 걸칠 뿐인데도 몸짓이 힘겨웠다. 옆구리는 검붉
고 푸른 멍이 가득했다. 김상권이 무자비하게 발로 차던 옆구리였
다. 옷을 입는 그의 등을 난 마른 눈으로 응시했다. 선명한 X 자
상처는 다시 봐도 무서울 정도로 아파 보였다.

열려진 옷장 옷걸이에서 집업 재킷을 꺼내는 준수를 멍하니 보
다, 난 흠칫 정신을 차렸다.

"어디 가게?"

"데려다 줄게."

그가 나를 향해 뒤돌아서며 빙긋 웃었다.

"……안 갈 거야."

"뭐?"

나의 단호한 말에 준수가 놀랐다.

"안 갈 거라고. 엄마한테도 문자 해놨어."

준수의 엄마도 일본으로 가셔서 안 계신다고 했다. 혹시라도 혼자 있는 준수가 밤에 아플까 걱정스러웠다. 그래서 난 아픈 준수를 두고 갈 수 없다고 결단을 내렸다. 다른 건 다 상관없다. 오롯이 준수만이 전부니까.

"지이야……."

"너 뭐라도 먹어야지. 그래야 약 먹지."

난 의자에서 일어나 방에서 나가기 위해 그의 옆을 지나쳤다.

"괜찮아. 데려다 줄게."

그가 내 팔을 잡았다.

"죽 같은 거 배달 시킬까 봐. 너 입도 그 모양이니까."

난 쓱 그의 손을 풀고 방에서 나왔다. 그런 나를 준수가 멈춰 선 채 지켜봤다. 거실 바닥에 떨어진 가방을 집어 휴대폰을 꺼냈다.

준수는 어떠냐는 걱정스런 정현의 문자가 와 있었다. 괜찮다는 답을 해놓고, 근처 죽 배달 전문점을 찾았다. 그리고 전화를 걸어 주문을 했다. 그런 나를 보면서 준수는 더 이상 뭐라 하지 않았다.

물을 마시기 위해 정수기로 다가가는 준수의 몸이 삐거덕거렸다. 그런 그에게 다가가 휙 컵을 뺏어 들고 물을 따라서 건넸다. 나의 행동에 그가 픽 웃었다.

"넌 웃음이 나와?! 이 와중에?!"

순간, 난 버럭했다. 조금 전까지 너무 안쓰럽고 불쌍했던 나의 애틋한 준수가 별안간 미워졌다. 녹슨 기계마냥 몸을 삐거덕거리는 그의 몸을 보니 화가 났다.

"도망가지. 그냥 도망가 버리지?! 그걸 다 맞고 있어?!"

멈췄던 눈물이 다시 쏟아졌다. 뜨겁고 짠 눈물이 쏟아졌다.

"친구가 뭐라고?! 네가, 네 몸이 더 중요하지, 친구가 뭐라고?!"

"미안해……."

준수가 진심으로 말했다. 난 고개를 숙였다. 새어 나오는 흐느낌을 멈추기 위해 입술을 깨물었다. 그의 따스한 손이 내 머리 위에 얹어졌다.

자정이 가까워지자, 준수는 다시 내게 데려다 준다고 무거운 몸을 억지로 일으켰다. 난 가지 않겠다고 고집을 부렸다. 결국 그도 내 고집을 꺾을 순 없었다.

"약 발라줄게."

내가 그를 소파에 앉혀놓고 식탁 위에 놓인 연고를 가져와 말하자 준수는 거부했다.

"괜찮아. 내가 이따 바를게."

"등을 무슨 수로?! 벗어."

"지이야, 괜찮아. 정말."

"됐으니까, 빨리 벗어."

이번에도 내가 고집을 꺾지 않자 준수는 당혹스러워했다. 그가 입고 있는 티셔츠를 벗지 않아 난 그의 옷자락을 잡고 흔들며 재촉했다. 하는 수 없다는 듯 그가 힘겹게 티셔츠를 벗었다.

"이게 뭐야. 아주 훈장이다, 훈장. 좋은 일 하셨어."

공연히 그를 타박하며 난 연고를 그의 등에 발랐다. 등을 바르는데, 그의 X 자 상처 부위가 오돌토돌하게 올라와 있음을 느꼈다. 벌어진 피부를 잡아당겨 실로 꿰매어 생긴 수술 상흔의 감촉이었다.

얼마나 아팠을까…… 얼마나 죽을 것처럼 아팠을까…….

아픈지 못 느껴도 진짜는 아팠을 것이다. 정말로 많이 아팠을 것이다.

"지이야."

등에 닿는 내 손길을 느끼며 준수가 조용히 불렀다.

"응."

"내가…… 이제 좀 느낌이 온다."

"응?"

"아픈 것 같은 느낌."

그가 고개를 뒤로 돌렸다. 연고를 바르던 손을 멈추고 난 그의 얼굴을 봤다.

"아파?"

"아니, 아직은……. 근데 그런 느낌이 와. 너를 만나고 내가 살아나나 봐."

그의 입술이 웃었다. 일희일비한 감정이 복합적으로 겹치는 듯, 그렇게 웃었다.

"……다행이다. 아픈 건 좋은 게 아닌 건데……. 그래도 다행이다."

내가 슬프게 웃자, 그가 손을 뻗어 내 손을 잡았다. 나의 손을 잡은 그의 섬세한 손가락에 힘이 가해졌다.


환한 햇살이 방 안을 침투하며 들어왔다. 깊게 잠들어 있던 정신을 깨우는 빛이었다. 간신히 눈을 뜨고 침대에서 몸을 일으켰다. 낯선 공간에 누워 있어, 잠시 내가 꿈을 꾸는 건지 헷갈렸다. 그러다 문득 이 방이 낯설지 않음을 깨달았다. 준수의 방이다.

전날 새벽녘까지 소파에 앉아 준수와 얘기하다 꾸벅꾸벅 졸았던 기억이 났다. 우린 아침이 밝아오기 직전까지 깨어 있었다.

벽에 걸린 시계를 보니 벌써 정오가 가까워지고 있었다.

침대에서 내려와 방에서 나가 보니 준수는 소파에서 자고 있었다. 몸도 성치 않으면서 잠든 나를 안아 자신의 방 침대에 눕혀놓은 모양이다.

이불도 없이…….

방에서 이불을 꺼내와 그의 몸에 덮어주었다. 약까지 먹고 새벽녘에 잠든 그는 깊게 잠들어 있었다. 조심스레 걸어 욕실에 가니 새 칫솔이 있어 양치질을 하고 세수를 했다. 욕실에서 나올 때까지 준수는 다행히 깨지 않았다.

주방으로 향하며, 그가 일어나면 무언가를 먹고 약을 먹여야 된다는 생각만 들었다. 엄마의 마음이란 이런 거구나. 새삼 모성애가 어떤 건지 비스름한 감정을 느끼며 실없이 웃었다. 냉장고 문을 여니 텅 비어 있을 거라 예상했던 것과 달리 반찬이 꽉 차 있었다. 냄비도 들어 있어 꺼내보니 손도 대지 않은 소고기전골이 들어 있었다. 오래되어 보이지 않고 새로 만든 듯했다.

"일어났어?"

뒤에서 준수의 목소리가 들렸다. 나의 부스럭거림에 잠에서 깬 듯했다.

"어. 근데 냉장고에 반찬이 완전 많아."

"평일엔 아줌마가 왔다 가시거든. 어제 해놓고 가신 걸 거야. 금요일은 특히 더 많이 해놓으셔. 주말에 먹으라고."

소파에서 몸을 일으키며 그가 말했다. 내가 덮어준 이불을 보고 준수가 미소 지었다.

"아줌마?"

"응. 도우미 아줌마."

"아, 역시……."

평범하지 않아. 나보다 더 일반인이 아닌 것 같아.

속으로만 중얼거리며 난 냉장고에서 반찬들을 꺼냈다. 준수가 소파에서 일어나 내게로 다가왔다.

"혼자서 불편하진 않겠네."

가스레인지에 냄비를 올려놓고, 밥통에 있는 밥을 펐다. 그저 차리고 먹고 치우기만 하면 되었다.

"불편하지 않아."

"다행이네."

나를 도우려는 준수에게 난 그냥 앉아 있으라고 손시늉을 했다. 나의 고집스러운 손놀림에 그가 포기하고 의자에 앉았다.

"솔직히 편하다면 편해. 엄마랑은 원래 데면데면하거든."

"그래?"

"아무래도 엄마는 오랜 세월 가게만이 전부였으니까. 나에 대한 죄책감 때문에 억지로 한국에 와서 같이 있었던 거지, 속으론 가게 걱정뿐이었을걸."

"아닐 거야."

내가 단정적으로 말하자, 물을 마시던 준수가 멈칫했다.

"우리 엄마가 그러는데 자식은 떼어내려고 해도 떼어지지 않는 심장 같은 거래. 우리 엄마도 예전에 아빠가 바람나서 다른 여자한테 갔을 때 나 버리고 도망치고 싶었었대. 근데 그럴 수 없었대.
자는 내 모습이 너무 짠해서……. 아마 표현을 못할 뿐이지 네 엄
마도 그럴 거야."

나의 말을 듣는 준수의 입술이 빙그레 웃었다. 그의 그윽한 시
선이 내게 머물렀다.

"나 밥 먹고 집에 갔다 온다. 이놈의 교복. 빨리 갈아입어야지.
불편해 죽겠네."

괜스레 시큰해지는 화제를 돌리며, 난 투정부리듯 빠르게 말했
다.

"갔다 와?"

준수의 눈썹이 슬쩍 치켜 올라갔다.

"왜? 다시 오지 말라고?"

"아니…… 어제도 외박하고……."

내가 앙칼지게 묻자 준수가 얼버무렸다.

"내가 알아서 할게."

퉁명스럽게 말하며, 난 끓어오르는 냄비를 보고 가스레인지를
껐다.

밥을 먹은 후, 준수를 두고 집에 다녀온다며 나왔다. 씻고, 옷을
갈아입고 가방을 챙겨 나서는 나를 엄마가 의아하다는 듯 물었다.
엄마에게 정현이랑 놀러 간다며 거짓말을 했다. 그런 나를 엄마가
잡았다.

"너……."

엄마의 눈빛이 불안하다는 듯 약하게 흔들렸다. 그러나 이내 엄마는 조심히 다녀오라고 말했다. 여자의 직감은 무섭다는 말이 있듯 엄마가 내 거짓말을 눈치챈 것이 아닐까, 라는 생각을 하며 집에서 나왔다. 그래도 할 수 없다. 나는 지금 준수 걱정뿐이니까. 절대 혼자 둘 수 없다.

내가 가방까지 챙겨 들고 나타나자 준수는 당황했다. 갓 씻고 나온 듯 그의 머리카락이 젖어 있었다. 젖은 머리카락 사이로 이마의 상처와 눈썹 위의 멍이 보였다. 속상함이 다시 밀려왔다.

"내가 있는 게 싫어?"

"그게 아니라…… 걱정돼서."

내가 불퉁거리자 준수가 변명하듯 말했다.

"약은?"

타박하듯 딱딱한 나의 말에 준수가 먹었다고 대답했다.

"몸도 버거운 주제에 그냥 있지, 씻긴 왜 씻어?"

"많이 괜찮아졌어, 어제보단 훨씬."

씻은 게 나쁜 것도 아닌데 흘기며 그를 소파에 앉혀놓고, 욕실에서 드라이기를 가져와 그의 머리카락을 말려주었다. 부드러운 머리카락이 내 손가락에 연약하게 의지한 채, 뜨거운 바람결에 따라 흔들렸다. 그는 어린아이처럼 얌전히 앉아 내 손길을 받았다.

"그래도 열심히 발라야 빨리 낫지!"

머리를 말린 후, 옷을 벗는 걸 또 거부하는 준수를 매섭게 타박하고 내가 이겼다. 그의 벗은 등과 어깨에 연고를 발라주고, 난 그의 손바닥에 탁 연고를 넘겨주며 나머진 네가 알아서 하라고 신경질을 부리고, 베란다 테라스로 나갔다.

나무 바닥인 테라스에 맨발로 나가니, 외부 방충창이 없어 실외 정원 같았다. 테라스는 미니 정원이 아기자기하게 꾸며져 있었다. 거실 창 쪽으론 벤치 모양의 의자도 놓여 있었다. 바닥과 같은 나무색인 베란다 펜스 너머로 주택가가 보였다.

멀리 놀이터에서 놀고 있는 아이들의 까르르거리는 웃음소리도 들려왔고, 도시의 소음도 들려왔다. 늦은 기상 탓에 어느덧 시간이 오후로 접어들고 있었다.

난 연고를 다 바르고 남방을 걸치는 준수를 쳐다봤다.

"너 정말 괜찮아졌어?"

나의 활기찬 물음에 준수가 고개를 끄덕였다.

"그럼 우리 나가자."

"그래도 돼?"

나의 제안에 준수가 화들짝 놀랐다. 난 크게 고개를 주억거리고, 그의 손을 잡고 밖으로 나왔다. 야구 모자를 머리에 푹 뒤집어 쓰고.

토요일 오후의 주택가는 한산했다. 날이 좋은 탓이었다. 단풍 구경이 한창일 때라 많은 인파가 도시를 빠져나간 모양이었다. 덕분에 우린 한가로이 손을 잡고 주택가를 거닐었다.

혹시나 알아보는 사람이 있을까 우려스러워 번화가 쪽으론 나가지 않고 작은 구멍가게에서 아이스크림을 사먹으며 함께 길을 걸었다.

어디든, 어느 곳이든 상관없었다.

둘이 함께 걷는 것이 중요했고, 둘이 함께 있는 것이 즐거웠다.

어린아이들이 놀다 버리고 간 모래놀이 하는 갈고리 모양의 삽이 놀이터 모래 틈에 박혀 있었다. 비어 있는 놀이터에 들어서다 말고 난 후다닥 달려가 삽을 들었다.

"득템."

뒤따라 들어서는 준수에게 보이며 장난감을 흔들어댔다. 그게 뭐냐는 듯 준수가 웃었다. 아이들의 흔적으로 한 구덩이가 움푹 파여 있고, 모래가 산등성이를 이루며 쌓여 있었다. 난 갈고리로 산등성이를 파헤쳤다. 또 뭐가 나올지도 모른다는 기대감에 젖어.

"뭐 해?"

"왜? 나 이런 거 한 번도 해본 적 없단 말이야."

준수가 내 뒤쪽 그네에 앉았다. 그의 긴 다리가 쭉 길게 나왔다. 그네에 앉은 건지, 바닥에 앉은 건지 분간이 되지 않았다.

"그거 우리 건데요?"

유치원생인 듯한 녀석과 더 작은 여자아이가 뿌루퉁하게 혹은 한심하다는 듯 쭈그려 앉아 모래를 파고 있는 날 봤다. 녀석과 내 눈높이가 비슷했다.

난 입맛을 다시며 녀석에게 삽을 돌려줬다. 녀석은 낚아채듯 삽을 가져가더니, 작은 여자아이와 휙 몸을 돌려 놀이터를 뛰어나갔다. 내가 아쉬워하며 그들을 응시하자, 준수의 웃음소리가 들렸다.

모래가 묻은 손을 털고 일어나 그의 곁으로 가서 빈 그네에 앉았다. 그와 나란히 그네에 앉아 구름 없이 말간 하늘을 올려다봤다.

다리를 까닥거리며 느긋한 오후를 느꼈다. 오후의 공기가 우리 곁에 얌전히 머물렀다.


별 하나 보이지 않는 칠흑 같은 어둠의 하늘이다. 선선한 가을 바람이 제법 한기가 들며 쌀쌀했다. 다음 주면 벌써 11월이고, 곧 겨울인 탓이다. 서늘한 가을 공기지만 나는 봄날을 맞이한 것처럼 따스함을 느꼈다. 이 시간이, 따스하고 좋았다.

준수가 무릎담요를 들고서 베란다 테라스로 나왔다.

거실 창에 등을 기대고 있는 나의 곁으로 온 준수가, 내 무릎에 담요를 덮어주며 벤치에 앉았다. 그의 세심한 배려에 절로 미소가 흘러나왔다.

자정이 다가오는 시각이라 거리는, 도시는 고요했다. 고요함 속에서 문득문득 들려오는 작은 소음들이 이 시간이 깨어 있는 시간임을 알려주었다.

오늘도 가지 않겠다는 나를 준수는 애써 돌려보내려 하지 않았다. 나의 고집에 포기한 것도 있겠지만, 어느새 나와 함께하는 것에 익숙해진 탓도 있었다. 어쩌면 나와 떨어지기 싫은 것도 있을 것이다. 나처럼.

곁에 앉은 그가 손을 뻗어 내 손을 잡았다. 준수도 나처럼 거실 창에 등을 기대고 하늘로 턱을 들었다.

"물어보고 싶은 게 있어."

나의 자그마한 속삭임에 그는 흘끔 봤다.

"왜, 처음에 봤을 때 말이야…… 너 정말 껄렁거렸다 해야 하나? 지금의 너 안 같았다는 기억이 나."

처음 옥상에서 만났을 때, '유지이네' 하며 나타났던 준수가 새삼 상기됐다.

"아…… 상상도 못했어. 널 거기서 볼 거라곤……."

그가 피식 웃으며 말을 이었다.

"옥상에서 조퇴하고 가는 널 몇 번 본 적이 있어. 나에겐 그게 전부였거든. 근데 내가 있는 공간에 네가 미리 와서 있으니, 꿈인가? 긴가민가했어."

"날 봤었어?"

"응."

그는 학교에 온 후에도 날 지켜봤구나.

"그때 눈앞에 진짜로 나타난 너에게 장난치고 싶은, 짓궂은 마음이 생겼어. 네 반응이 궁금했어. 놀리면 어떤 반응일까, 궁금했어."

지나간 기억이 떠오른다는 듯 그의 입가에 웃음이 흘렀다.

"그럼…… 그때, 그것도 장난친 거였어?"

우물쭈물거리다, 그가 내게 벼락키스를 한 것을 물었다.

"응? 아…… 아니…….."

그 키스가 상기된 듯 준수가 픽 웃었다.

"꿈 같아서……. 솔직히 몇 번이나 상상했던 거니까, 진짜로 해보고 싶고……. 처음이자 마지막일 것 같아서…… 충동적으로."

솔직하게 말하며 준수가 쑥스러워했다.

"……첫 키스였어."

"뭐? 진짜?"

난 그의 고백에 깜짝 놀랐다.

"당연한 거 아니야? 내가 누구랑 해?"

"완전 속았어. 너 완전 불량스러워 보였다고. 완전 나쁜 놈처럼……."

"세 보이고 싶었어…… 당하지 않으려고. 이젠 더 이상 당하지 않으려고."

태연자약하게 나를 놀리던 준수의 내면은 이랬었나 보다. 그의 불량스러워 보였던 모습이 과장이었음을 인지했다. 지금 생각해 보면 어깨에 힘이 잔뜩 들어가고 말투도 딱딱했다. 연기였던 게 맞았던 것 같다.

"나한테까지 그럴 필요는 없었는데······."

"그러게 말이야. 오버한 거지. 내가 싫었지?"

"당연하지. 학교도 가기 싫었어. 그렇지 않아도 싫은 학교가 너 때문에 더 싫었어. 근데······ 네 이마 상처를 본 다음부턴 자꾸 신경이 쓰였어. 이상하게······."

나의 앞을 가로막고 서서, 태주에게서 나를 보호하던 준수의 모습이 떠올랐다. 머리가 헝클어져 드러난 이마의 상처와 감정 없이 텅 비어 있던 차가운 눈동자.

"동정심이 생겼어?"

지금 그의 눈은 따스하다. 그전의 준수는 완전히 소멸된 것처럼, 그는 지금 따스하다.

"그런 건 아닌 것 같고······."

"무섭진 않았어?"

"그러지도 않았어. 그냥 신경이 쓰였어."

나의 대꾸에 준수는 흘리듯 가볍게 웃었다.

"근데······ 네가 구해준다는 그 말이, 너무 달콤해서 내가 흔들렸어. 정말 마음속으로 누군가가 구해주길 바라고 있었거든······. 타이밍이 너무 기막혔어."

"내가 널 구해준 걸까? 넌 날 구해줬는데······."

"어. 구해줬어."

나의 말에 내 손을 잡은 준수의 손에 힘이 들어갔다.

"근데…… 너…… 진짜 나랑 키스하는 거 상상했어?"

돌연 떠올라 다시 질문했다. 나와의 키스를 몇 번이나 상상했다는 말이 우습기도 하고 설레기도 했다.

"……어. 많이, 여러 번."

씨익 준수가 웃었다.

"근데 왜…… 이제는…….."

피해? 라고 해야 되나? 안 해? 라고 해야 하나?

다음 말을 고민하던 순간, 내가 무슨 생각을 하는 건지, 무슨 말을 하려는지 깨닫고 서둘러 입을 다물었다. 이건 내가 키스를 왜 안 해주냐고 투정부리는 것 같잖아. 나 왜 이러니?

화끈거리는 얼굴을 진정시키려 애쓰며 입술을 깨물었다. 그런 나를 그가 옆에서 빙긋이 웃으며 봤다.

"……아까워서."

준수가 하늘로 눈을 돌리며 혼잣말처럼 낮게 중얼거렸다. 난 그에게 눈을 돌렸다. 그의 반듯한 옆모습이 보였다. 그의 입술이 잔잔하게 웃고 있었다.

그가 내게 눈을 돌렸다.

우리의 눈이 마주쳤다.

그 순간, 난 그에게 턱을 올렸다. 그리고 그의 입술에 내 입술을 겹쳤다. 준수가 조금 주춤했다. 주춤한 것도 잠시, 그의 고개가 숙여졌다. 준수의 손이 올라왔다. 그의 손이 내 머리를 감쌌다. 그의 벌어진 부드러운 입술이 내 윗입술을 감싸듯 포개었다.

천천히 서로의 입술이 떨어졌다. 누가 먼저랄 것도 없이 서로의 눈을 보면서 화사하게 웃었다. 손을 잡고 베란다에서 나왔다. 준수가 방의 문을 열어주며 나를 지그시 내려다봤다.

"잘 자."

준수가 빙그레 웃으며 인사했다. 웃어주며 들어서다 말고 난 양팔을 들었다. 그의 목을 감으며 뒤꿈치를 들었다. 서로의 입술이 다시 닿았다. 준수가 긴 팔로 내 허리를 끌어안았다. 준수의 손이 올라와 내 뺨을 쓰다듬듯 감쌌다. 목에 감겨 있던 팔을 풀고 그의 등을 강하게 안았다. 주춤대며 움직이는 다리가 방 안으로 물러났다. 방문이 소리 없이 등 뒤에서 닫혔다.

조심스럽고 조심스럽게 우리는 서로를 보듬었다.


잠에서 깨어났을 땐 혼자였다. 같이 있던 준수가 없이, 나 혼자 있었다.

방 안은 창밖의 가로등 불빛이 새어 들어와 어스름하게 어두웠다. 침대에서 내려오다 말고, 문득 어둠 속에 맞은편 벽에 걸려 있는 벽걸이 TV를 봤다. 난 다시 침대에 앉았다. 그는 이 자리에서, 이곳에서 나를 보고 있었겠구나. 이렇듯 어둡고 깜깜한 방 안에서 혼자 있었겠구나.

나를 보며, 내게 손을 내밀고 싶어 하며.

이젠 괜찮다, 내가 있을 거니까.

네 곁에, 내가 있을 거니까.

방에서 나가니 어두운 거실 너머 베란다 밖에 준수가 있었다. 맨발인 내 발소리를 듣지 못하고, 그는 벤치에 앉아 등을 기대고 서 깊은 상념에 빠져 있었다.

"언제 깼어?"

빙긋이 웃으며 묻는 나에게 준수의 고개가 돌려졌다. 그가 깊고 깊은 눈길로 나를 올려다봤다. 그의 눈빛이 가라앉은 듯 어두웠다. 난 베란다 문을 잡은 채 날 보는 그를 마주 봤다. 그가 손을 뻗었다. 난 그의 손을 잡고 그의 곁에 앉았다.

우린 고요한 정적의 밤을 말없이 지켜봤다.

"……지이야."

한참 동안의 정적을 깨고 준수가 나지막하게 나를 불렀다.

"응."

"우리 말이야……."

그가 어렵다는 듯 말을 꺼내다 말고 가슴 깊은 곳에서 우러나오는 숨을 내쉬었다. 순간, 싸한 전율이 가슴골을 타고 흘러내렸다. 별안간 불안한 예감이 엄습해 왔다. 난 묻지도 못하고, 불안한 시선으로 그의 무표정한 옆모습을 봤다.

"……좀 후에 만날까?"

"무, 무슨 소리야? 갑자기?"

예감은 적중했다. 그는 한없이 무거워져 있었다.

"이래선 안 되는 거였어…… 우리……."

그가 고개를 숙였다. 그의 시선 끝에 어둠이 있었다.

"후회하는 거야?"

나의 질문에 그가 고개를 저었다.

"그런데 왜……."

"무서워졌어……. 널 지킬 수 없을까 봐…… 무서워졌어."

그가 내게 고개를 돌렸다. 그의 동공이 붉게 물들어 있었다. 금방이라도 굵은 눈물을 떨어뜨릴 것처럼 눈동자가 그렁그렁했다.

"우린…… 넌 열아홉이고, 난 열여덟이고…… 아직은 우린 이래선 안 되는 거였잖아. 나는 상관없지만 너는 일반인이 아니잖아. 혹시나 네게 타격이 갈까 무서워."

"그게 뭐? 난 상관없어. 그리고 난 다음 달이면 스무 살이야. 근데 뭐?"

무섭다, 준수가 갑자기 내게 이러는 게.

"지금은…… 널 지킬 수 없을까 봐 무서워. 두려워졌어. 널 안은 걸 후회하는 게 아니야. 좀 더 후에…… 우리가 어른이 될 때까지 기다렸어야 했다는 생각이 들어."

준수가 내 눈을 피했다.

"몇 년 후에 우리 다시 만나면 너도 어른이 되고, 나도 어른이 되니…… 우리 그때 만나면 당당해질 수 있지 않을까?"

"지금도 당당해, 나는."

"내가 힘이 없어서 널 지켜줄 수 없을까 봐 무서워. 그래서 어른이 되고 싶어. 어른이 돼서 보고 싶어졌어."

"나중엔 괜찮고, 지금은 아니라는 말 웃겨."

입술을 악다물고 뜨거워지는 눈시울을 애써 참으며 난 고개를 반대쪽으로 돌렸다.

"지이야……."

그의 손이 내 어깨에 얹어졌다. 그의 손을 탁 치워 버렸다.

"난 후회 안 해. 난 절대로 후회 안 해. 난 안 무서워. 안 무서워."

참으려고 했는데 흐느낌이 새어 나왔다.

준수의 팔이 내 어깨를 안았다.

"미안해…… 미안해…… 울지 마. 울지 마, 지이야."

"……그런 말 하지 마. 너 안 보고 내가 어떡해? 무섭단 말이야."

"미안해, 미안해. 내가 잘못했어…… 잘못했어."

그가 나를 놓치지 않겠다는 듯 꽉 안았다. 그의 가슴팍에 안겨 난 터질 것 같은 심장을 억누르며 자그마하게 흐느꼈다. 그의 다정한 손이 나의 머리카락을 쓰다듬었다.

주택가 골목 끝, 어둠이 걷히며 어스름하게 아침이 밝아왔다.

"도착해서 문자할게."

현관문을 나서면서 준수를 보며 웃었다. 준수가 데려다 준다며 나서는 걸 간신히 말리고, 혼자서 나오는 길이었다.

"데려다 준다니까."

"편의점 앞으로 콜택시 불렀잖아. 곧 도착할 텐데 뭘……."

현관문을 열고 나오니, 아침 공기가 상쾌하게 입안으로 들어와 폐를 자극했다.

"그럼 택시 올 때까지 같이 기다릴게."

"안 돼. 그게 더 이상하잖아, 이 시각에."

나의 말을 이해한 준수가 어쩔 수 없이 현관 밖으로 나오지 못했다. 현관 앞에서 그에게 손을 흔들며 인사했다. 계단을 내려오기 위해 돌아서려는 순간, 준수의 팔이 쑥 나와 내 팔을 잡았다. 그의 몸이 슬쩍 나왔다. 그리고 그가 고개를 숙여, 내 입술에 입을 맞췄다.

"도착해서 전화해."

짧은 입맞춤을 하고 떨어지며 그가 화사하게 웃었다.

"응."

나도 그에게 마주 웃었다. 그리고 몸을 돌려 그에게서 멀어졌다. 내가 계단을 다 내려가고 골목길로 나와 택시를 부른 골목 언저리 편의점까지 걸어가는 동안, 그는 그 자리에 멈춰서 내려다보고 있었다. 골목 언저리에 다다를 때쯤 고개를 돌려보니, 희미하게 작아진 준수가 환히 웃으며 손을 흔들었다.

나도 슬그머니 손을 흔들며 웃었다. 아침햇살처럼 환하게.

그것이 내가 보게 되는, 네가 보게 되는 우리의 마지막 미소였던 것임을 그때까지는 몰랐다.

그것이, 우리의 시간이, 준수의 불안한 예견처럼 우리의 삶을 송두리째 바꿔놓을 거라고 그때까지는 꿈에도 생각지 못했다.

다음날, 사고를 멈추게 하는 자극적인 텍스트와 함께 조간신문 메인 기사가 떠오르기 전까지는 상상조차 못했다.

—[단독] 10대 유지이, 열여덟 살 남자친구와 은밀한 동거 포착.

짝!

잔인하게 들릴 정도로 첨예한 울림이 침잠한 거실에 울렸다.

"김 대표! 아무리 그래도 애 뺨을······."

넋 놓고 소파에 앉아 있던 엄마가 소스라치게 놀라 벌떡 일어났다.

"어머니! 모르시는 소리 하지 마세요! 지이가 무슨 짓을 한지 아세요?! 어머니!"

격앙된 소속사 김 대표의 소리침이 거실에 쩌렁쩌렁 울렸다.

"13년 동안 쌓아 올린 공든 탑을 한 번에 다 무너뜨렸어요! 다 끝났다고요!"

미친 듯이 소리를 질러대는 대표를 재웅이 곁에서 진정하라며 말렸다.

소파에서 일어났던 엄마는 다시 풀썩 꺾여 바닥에 주저앉았다.

맞아서 아픈 볼은 상관없었다. 정오가 넘어서며 시끄러워지는 대문 앞도 신경 쓰이지 않았다. 몰려든 기자들을 뚫고 집으로 들어온 소속사 김 대표와 재웅이 흥분해서 소리치는 것도 대수롭지 않았다. 그저 빙빙 도는 내 머릿속은 온통 혼자 있을, 어쩌고 있을지 모를 준수가 걱정되었다.

"네가 제정신이야?! 대가리만 커서 이게 할 짓 안 할 짓 구분 못하고!"

김 대표가 조간 연예스포츠신문 뭉치들을 바닥에 내팽개치며 폭발했다.

조간신문의 1면엔 현관에서 슬쩍 나온 준수와 나의 입맞춤 사진이 반 이상 크게 실려 있었다. 그 아래로 멀리서 어둡게 포착된 준수와 내가 베란다 테라스에서 키스하는 장면에 친절하게도 붉은색 동그라미까지 그려놓았고, 교복을 입은 내가 그의 집에서 들어가고 나오는 사진, 둘이 손잡고 골목길을 거닐던 사진, 놀이터에서 그네를 타고 있는 사진까지 배열되어 있었다.

기사의 내용 또한 자극적이었다.

우리가 이틀 동안, 집 안에서 나오지 않았을 뿐만 아니라 베란다 테라스에서 키스를 하고, 집 안으로 들어갔다가 새벽녘에 테라스에서 안았고, 이른 아침에 나왔다는 내용까지 적나라하게 낱낱이 기재되어 있었다.

다른 신문들도 마찬가지였다. 하나의 특종이 나오자마자, 복사가 되어 무수히 많은 기사가 쏟아져 나왔다. 대한민국이 일순간 나와 준수의 스캔들로 들썩거렸다.


—[특종] 열아홉 살 유지이, 열여덟 살 남자친구와의 섹스 스캔들.

—10대 유지이의 섹스 스캔들—무분별한 10대의 성, 이대로 좋은가.

—열아홉 살 유지이, 한 살 어린 남자친구와 선을 넘다.

—[칼럼] 몸만 어른인 아이들, 유지이 섹스 스캔들로 바라본 우리 아이들의 성.


각각의 신문들은 점점 더 자극적으로 기사를 썼다. 시간이 갈수록 더 자극적인 기사가 도배되었다.

기자들은 현성과 나의 스캔들 루머에 관심을 보였으나 특별한 것을 포착하지 못하여 접었던 상태였다. 그러다 내가 방송국 주차장에서 친구들과 함께 현성과 만나는 것을 보고 확신을 가져 다시 며칠 동안 잠복하며 나와 현성을 지켜봤다고 했다.

그러던 중, 내가 학교에서 나와 그것도 밴을 타지 않고 혼자서 택시를 타고 어딘가로 향하자 밀착하여 뒤따랐다. 그리고 내가 이틀 동안 준수의 집을 들락거리는 것을 보고, 준수의 집 주변을 돌면서 확인을 했다고 했다. 현성의 다른 집인가 의심했다가 현성은 다른 곳에 있는 걸 확인했고, 의혹이 생겨 지켜봤다.

처음엔 나만 그 집을 혼자 나왔다 들어갔다 해서 의아했다. 포기하려던 시점에 우리가 집에서 손을 잡고 나왔고, 그들은 한낮의 거리를 걷는 우리를 뒤쫓았다. 그리고 그날 밤, 우리가 베란다 테라스에서 서로를 안고 키스하는 걸 멀리서 포착했다. 남자의 정체를 파악하는 데 시간이 좀 걸렸다. 그리고 남자가 나와 같은 학교를 다니는 열여덟 살 준수임을 알게 되었다. 그렇게 특종이 터졌다.

"돌지 않고서야 어떻게 이런 짓을 해?! 네가 어떻게 나한테 이렇게 해?!"

"대표님, 그만 진정하세요. 제가 잘 말할게요. 대표님, 빨리 수습하셔야죠."

재웅이 광분한 김 대표를 말렸다.

"너도 끝장인 줄 알아! 뭐 했어, 새끼야?! 애 간수 하나 못하고 뭐 했어?!"

김 대표가 몸을 돌려 거칠게 재웅의 뺨을 갈겼다. 벌게진 볼을 하고서도 재웅은 김 대표를 내게서 떨어뜨리고 밖으로 내보냈다.

김 대표는 흥분을 간신히 가라앉히고 기자들이 점령한 대문 밖으로 나갔다.

"할 말 없습니다. 기사 내용은 사실과 다릅니다. 자세한 내용 확인 후, 입장 발표하겠습니다. 물의를 일으켜서 죄송합니다."

급격하게 흥분했던 김 대표는 기자들 틈에서는 냉정함을 유지하며, 차분한 어조로 말하고 준비된 차량에 올라타 황급히 현장을 떠났다.

"지이야…… 왜 그랬어? 대체 왜 그랬어? 그냥 만나지…… 그냥 만나기만 했으면 됐잖아……."

김 대표가 집 안에서 떠나자, 거실은 무거운 침묵이 흘렀다. 침묵을 깨고 재웅이 내게 다가와 팔을 잡고 흔들었다. 금방이라도 울 것처럼 재웅의 눈이 벌겠다. 이내 엄마가 손으로 입을 가리고 흐느끼기 시작했다.

"……사랑한단 말이야."

스캔들이 터지고, 단 한 마디도 하지 않았었다. 굳은 듯 붙어버렸던 입술을 떼었다.

"사랑? 사랑해? 그럼 그냥 건전하게 만나지?! 그냥 다른 애들처럼 건전하게 만나지 그랬어? 누가 만나는 거 뭐라 했어? 그냥 만났으면 됐잖아?"

"왜?! 내가 왜?! 우리가 왜?!"

숙였던 머리를 번쩍 들어 재웅을 봤다. 보면서 소리쳤다.

"우리가 뭐?! 뭘 잘못했는데?! 사랑하는데 왜? 그게 뭐?"

"뭐라고?! 넌 아직도 네가 뭘 잘못했는지 몰라?"

"사랑한다고. 사랑하는데 왜? 오빠도 혜영 언니 사랑해서 잤잖아. 근데 우리는 왜? 우리도 사랑해. 사랑하는데 왜? 왜 우린 안 되는데? 오빠랑 혜영 언니는 되고, 왜 우리는 안 돼?!"

이해할 수 없다. 왜 다들 난리지? 우리가 왜?

"어른들은 사랑하면 사랑하는 표현으로 안고, 키스하고, 밤을 보내는데 왜 우리는 안 되는데? 드라마에서도, 영화에서도, 소설에서도 사랑하면 다 자잖아. 다 서로를 안잖아. 근데 왜 우리는 이렇게 끔찍한 공격을 받아야 하는데?"

이해할 수 없다. 왜 우리만 질타를 받아야 하는지, 이해가 되지 않는다.

"우리랑 너랑 같아?! 넌 미성년자야! 넌 이제 열아홉밖에 안 됐어?! 그걸 몰라?"

"한 달 있으면 나 스무 살이야. 그럼 한 달만 참았으면 됐어? 그럼 됐어?! 왜 열아홉에는 안 되고 스물에는 되는데? 미성년자가 뭐?!"

"넌 왜 미성년자가 있는지도 몰라?"

"나이 때문이잖아. 단지 나이 때문에 정해진 거잖아! 나이 많아도, 어른이라도 미성숙한 인간은 미성숙해. 나이로, 나이 때문에 왜 우리 사랑은 더러운 거야?"

참으려 애써왔던 뜨거운 눈물이 왈칵 쏟아지려고 해서, 난 입술을 악다물었다.

"아직 애라서, 판단력이 떨어지는 미성숙한 애라서 미성년자인 거야. 미성년자가 괜히 정해져 있는 줄 알아?! 네가 어른들 틈에서 어려서부터 사회생활을 해서 네가 어른 같은 줄 알아? 넌 몸만 어른이지 머리는 아직 애라고. 애니까 이런 짓도 하지? 판단력이 부족해서."

"아니야. 애라서 그런 게 아니라, 판단력이 부족해서 그런 게 아니라, 사랑해서 그런 거라고! 우리가 장난하는 걸로 보여? 우리도 진지해! 우리도 진지하게 사랑해. 너무 사랑해서 그런 거야! 오빠도 사랑해서 그런 거잖아?! 우리도 사랑한단 말이야!"

짝.

날카로운 아픔이 뺨에 느껴졌다. 고개를 돌리니, 시뻘게진 눈으로 온 얼굴이 눈물범벅인 엄마가 허공에 손바닥을 멈춘 채, 날 보며 어깨를 들썩이고 있었다. 그리고 엄마는 내게서 등을 돌리고 느릿느릿한 걸음으로 소파에 가서 털썩 주저앉았다.

일순간, 끔찍한 정적이 집 안에 감돌았다.

"지이야……."

재웅이 무겁게 입을 열었다.

"오빠가 미안해……. 너한테 그런 모습을 보여서 네가 착각했던 모양이야. 네가 당연지사 여겼나 봐……. 오빠가 잘못했어."

재웅의 눈가에 투명한 액체가 어른거렸다.

"그런데 지이야…… 사랑에도 책임을 져야 하는 거야. 사랑에도 책임이라는 게 있는 거야. 그런데 너희는 아직 책임을 질 수 없는 나이잖아. 너희는 아직 어려서, 서로를 보호해 줄 수 있는 나이가 아니잖아. 그래서 다른 거야. 오빠랑 혜영 언니와는 다른 거야."

재웅의 말을 들으며 준수가 떠올랐다.

내게 무섭다고, 지켜주지 못할 것 같아서 두렵다고 했던 준수의 말이 떠올랐다.

"지이야…… 어른들이, 세상이, 이 사회가 지금 사랑하면 그러는 게 당연지사 된 세상이라도…… 너희는 아직은 안 되는 거야. 네 말이 맞아. 나이가 어린 것뿐인데 어른은 되고, 너희는 안 되는 게 말이 안 된다고……. 맞아. 어른도 사실은 지켜야 하는 거야. 어른도 책임을 져야 하는 거야. 사랑이라는 건 그런 거야."

재웅의 입술이 안타까움에 바르르 떨렸다.

"근데 지이야, 나이가 열아홉밖에 안 된 네가 사랑을 지키기 위해 할 수 있는 게 없잖아. 너 지금 아무것도 못하잖아. 그 녀석도 너한테 지금 아무것도 해줄 수 없잖아. 그래서 안 되는 거야. 그래서 어른이 되어야 하는 거야. 그래서 우선, 어른이 될 때까지 기다렸어야 했던 거야……."

기다렸어야 했다고…… 어른이 되고 싶다고 떨던 준수가 떠올랐다.

멈췄던, 참았던 눈물이 흘렀다. 난 그대로 털썩 쭈그려 앉아 얼굴을 무릎에 묻었다.

"미안해…… 지이야……."

결국 재웅도 울음을 토해냈다.

"오빠가 잘못했어……."

뇌는 알았다 하는데, 심장은 모르겠다 말한다.

머리는 그러냐 하는데, 심장은 아니라 외친다.

심장이 조여왔다. 심장이 쥐어짜듯 조여왔다.

가슴이 떨렸다.

가슴이 들썩들썩 떨렸다.

흐느낌이 새어 나왔다.

흐느낌을 참기 위해 입술을 악다물어도 새어 나왔다.

아무리 참아도 새어 나왔다.

준수야…….

준수야…….


사랑에도 책임이 있다고 했다. 사랑함으로 그냥 사랑만 하면 되는 것이 아니라, 사랑을 지키기 위해 노력해야 하고, 사랑을 함부로 하지 않기 위해 책임을 져야 한다고 했다.

나는, 준수는 우리를 책임질 수 없을까?

어째서 책임을 지지 못할까?

우리가 어려서?

그랬다. 우리는 너무 어렸다. 아직 학생이고, 아직 스무 살도 되지 않았다. 어려서부터 사회에 나와 돈을 벌고 있는 나는 삶을 책임질 수 있는 나이가 아니었다. 난 그런 줄 알았는데, 아니었다. 아니었나 보다.

세상은 나를 질타한다. 숨 가쁘게 돌아가던 세상이 나와 준수에게 멈췄다. 잘못됨에 있어서, 용서하지 않는다. 그들의 매서운 채찍질에 난 몸서리치도록 아팠다.

우리는 아니라고 하는 그 말에 아팠다.

그렇다. 우리는 아니었다. 사랑함에 있어서 우리는 그냥 만나기만 했어야 했다. 난 그를 안아선 안 되는 것이었다. 그는 나를 안아선 안 되는 것이었다.

몰랐다. 난 내가 다 커버린 줄 알았는데…… 다 컸다 생각했는데…… 다 커서 괜찮다 생각했는데…… 아니었나 보다. 난 아직도 한참은 더 컸어야 했나 보다.

그래서 이렇게 다 내게, 우리에게 손가락질을 하나 보다.

준수가 그날 밤, 어두운 베란다 테라스에 앉아 혼자 두려움에 떨었던 것을 이제야 이해했다. 그 무서움이 무엇인지 이제야 깨달았다.

준수는 어쩌고 있을지, 준수가 괜찮은지 알 수도 없는 나를 보며…… 그를 지켜줄 수 없는 나를 이제야 깨달았다.

어두운 방 안에 웅크리고 앉아 하염없이 준수만 생각했다. 얼마 전까지 그는 이렇듯 세상이 무서워 어두운 방 안에서 웅크리고 있었다. 그런데 나로 인해 다시 갇혀 있을까 봐 겁이 났다. 그가 나로 인해 힘들어졌을까 봐 무서웠다.

이것이었다. 재웅이 내게 말한 것이, 세상이 내게 말하는 것이 이것이었다.

나는 준수를 위해 할 수 있는 일이 아무것도 없었다.


―물의를 일으켜서 죄송하고, 같은 공간에서 지낸 것은 맞지만, 실제로 상상하는 일은 하지 않았다.


둘러대는 소속사의 입장발표 후에도, 거세지는 맹렬한 비난에서 비켜갈 수는 없었다. 수많은 기사와 시사프로그램에서 '10대들의 성'이 재조명되며 너도나도 할 것 없이 목소리를 높였다.

TV도 무서웠고, 인터넷도 무서웠다.

그런데도 난 준수가 어쩌고 있는지만 걱정했다.

시간이 흐르자, 소란스럽게 진을 치고 있던 기자들이 집 앞에서 하나둘 떠나더니 고집 센 한두 명만 남았다.

그리고 수능시험 날이 왔다.

당당히 수능시험을 보지 않는 정현이 세상이 수능으로 인해 시들해진 분위기를 틈타 정오가 될 무렵 찾아왔다.

"내가 진작 알아봤어, 이년아! 니들이 그렇게 불붙을 때부터 알아봤어!"

그녀는 넋이 나간 엄마보다도, 더 엄마처럼 날 흔들며 힐책했다.

"좀 참지! 이년아, 세상 눈 무서운 줄도 모르고…… 겁도 없이……."

"정현아……."

"내가 못살아, 못살아. 학교가 난리야, 난리였어!"

그녀가 철퍼덕 침대에 앉으며 한탄을 했다.

"준수는…… 준수는…… 정현아……."

"이년아, 네가 지금 준수 걱정할 때야?"

정현의 아픈 손바닥이 내 등을 갈겼다.

"준수는…… 정현아. 어? 어?"

애타게 그녀의 팔을 잡고 매달렸다.

"……준수, 퇴학당할 거래."

그녀의 말에 어깨가 푹 꺾였다.

그가 어떻게 결심하고 온 학교인데…… 그가, 어둠 속에서 벗어나 겨우 결심하고 온 학교인데…….

나 때문에…… 나 때문에…….

엄마를 통해 들은 내 거취 문제는 보류 중이라고 했다. 나는 3개월 후면 졸업인데다, 학교 인지도를 높이는 데 공헌했기 때문이라 했다. 그러나 한편으론 학교 명예를 실추시켰다는 학부형의 반발도 있어, 학교 측에서는 난감한 입장이라고 했다.

"학교도 계속 못 왔어. 준수 엄마가 일본에서 왔대. 너처럼 준수도 핸드폰 정지당한 상태인가 봐. 연락이 안 된대. 준수네 집 앞에도 기자들이 진 치고 있는 모양이야. 너네는 빌라니까 내가 현관 비밀번호 누르고 들어오니까 기자들이 내버려 두던데, 준수네는 아니라며. 그래서 친구들도 못 가고 있대."

머리가 지끈 어지러웠다. 숨을 쉴 수 없을 정도로 가슴이 답답했다.

"아무튼 그래서 준수도 꼼짝 못하고 집에 있대."

난 파르르 떨리는 눈을 감았다. 뜨거움이 왈칵 올라와 눈시울을 또 달궜다.

"이년아…… 어째…… 어째……."

눈물을 참고 있는 내 대신 정현이가 울었다. 눈이 시뻘게지고, 코가 벌개져서 그녀가 울었다.

"정현아…… 나 준수 좀……. 어? 준수 좀……."

"뭘? 뭘 어쩌라고?!"

우는 그녀의 팔을 잡고 매달리자, 손등으로 눈물을 닦으며 그녀가 버럭 윽박질렀다.

"연락 좀 하게 해줘…… 정현아. ……걱정돼서 미치겠어. 정현아, 준수 걱정돼서 죽을 것 같아……."

끝내 고개를 숙이고 울음을 쏟아냈다.

가슴을 들썩이며 우는 나를 보며 정현이도 울었다. 못 살겠다 하면서 울었다. 숨죽이고 우는 나보다 그녀가 더 크게 울었다. 나 대신 더 크게 울었다. 통곡하듯 오열하며 대신 울었다.


"기다려. 종훈이가 금방 간다고 했어. 뛰어서 들어갈 거라고."

정현이가 울다 지쳐 넋이 나간 나를 달랬다. 난 고개만 주억거렸다. 정현은 이 사건으로 인해 종훈이의 연락처를 받아온 상태였다. 욕하면서도 혹시 몰라 그의 친구 전화번호를 알아온 세심한 그녀의 배려에 고마웠다.

그 덕에 정현이가 종훈에게 전화 연결을 부탁했다. 휴대폰이 없는 나 대신 정현이가, 전화가 끊긴 준수 대신 종훈이 연결을 해주기로 했다.

멍하니 초조한 시간을 보냈다. 종훈이 실패할까 봐, 겁을 내면서.

가라앉은 침묵만이 방 안을 채웠다. 나와 마찬가지로 울다 지친 정현이도 멍하니 내 옆에 앉아 허공을 응시했다. 우리는 나란히 침대에 앉아 벽에 등을 기대고 초점 없이 허공만 봤다.

그때 휴대폰이 울렸다.

잠자고 있던 심장이 쿵 하고 떨어졌다. 날카로운 소름이 등줄기를 타고 올라와 어깨를 훑으며 팔을 타고 다시 내려왔다.

"종훈이."

발신자를 확인한 정현이 내게 휴대폰을 내밀었다. 휴대폰을 잡는 내 손끝이 바들바들 떨렸다.

〈지이야…….〉

휴대폰 너머로 그립던, 너무 그리워서 미칠 것 같던 준수의 목소리가 들려왔다. 난 왈칵 토해지는 눈물과 흐느낌을 참기 위해 손으로 입을 막았다.

〈괜찮아? 너 괜찮아?〉

다급한 준수의 음성이 떨렸다. 얼마나 나를 걱정했으면…….

"……준수야."

간신히 토해내듯 그를 불렀다. 그를 간신히 불렀다.

〈지이야…….〉

내가 자신의 이름을 부르자, 그도 푹 꺾이듯 숨을 크게 내쉬었다.

〈난 괜찮아. 걱정하지 마…….〉

그리고 날 안심시키려고 애썼다.

〈네가 걱정이야…… 지이야, 미안해…… 미안해.〉

그의 음성이 눈물을 삼키는지 숨을 몰아쉬며 어렵게 어렵게 말했다.

내가 미안한 건데 그는 내게 미안하다고 한다. 나 때문인데……
나 때문인 건데…….

"……미안해."

난 겨우 말했다. 흐느끼며 겨우 말했다.

〈아니야…… 지이야…… 내가 미안해.〉

토해내듯, 그가 말했다.

〈내가 너무 미안해…… 널…… 지켜줄 수 없어서…….〉

그는 내게 계속 미안하다고 한다. 미안하다는 말만 한다.

〈내가…… 아무것도 못해서…… 할 수 없어서 미안해…….〉

가슴이 들썩거렸다.

〈미안해…… 지이야…….〉

울음을 참는 그의 미안하다는 말이 가슴을 갈기갈기 찢었다.

심장이 세차게 요동치며, 가슴이 크게 들썩거렸다. 들썩거리는 가슴팍을 누르며, 머리를 숙였다. 머리를 무릎에 묻었다.

미안해…….

미안해…….

미안해…….

## 8화_ 너는 없다

시간이 흘렀다.

그날이 있은 후로, 벌써 2주일이라는 시간이 흘렀다. 떠들썩하던 세상은 조금 잠잠해졌다. 집 앞에 버티고 있던 기자들도 뿔뿔이 흩어졌다. 연예계는 끊임없는 이슈의 세상이기에 톱스타도 아닌 나의 사건은 세간의 오랜 관심을 끌지 못했다. 그러나 여전히 사회적으로 문제시되는 '10대의 성'은 계속해서 회자가 되었다. 그 뒤에는 항상 내 이름이 덧붙여 나왔다.

몰랐다, 정말 몰랐다.

대수롭게 생각지 않았던 우리의 짧은 선택이 이렇듯 서로를 아프게 할 것이라곤 상상도 못했다. 상상할 수도 없었다.

나는 마녀가 되었다. 아니, 원래 마녀였는지도 모른다. 준수의 인생을 망친 마녀. 가까스로 세상에 발을 딛고, 혼자가 아니게 된 준수를 다시 혼자로 만들었다.

서글픔이 점점 증오로 바뀌었다. 나를 향한 증오.

나만 만나지 않았다면, 어쩌면 준수는 서서히 평온해지고, 나만 없었다면, 어쩌면 준수는 서서히 행복해졌을 것이다. 내가 그를 만난 것에 대해선 후회가 없었으나, 내가 그를 아프게 한 것에 대해선 후회스러웠다.

넋 놓고 지내는 나날이 늘었다. 그런 내게 엄마는 직소퍼즐 1,000피스짜리를 사다 건넸다. 처음엔 거들떠도 안 보던 퍼즐을 며칠 전부터 시작했다. 무념하게 퍼즐을 맞추다 보면, 시간이 흘렀다. 그래서 난 종일 퍼즐에만 매달렸다. 심장이 없어진 사람처럼.

그리고 1,000피스 퍼즐이 두 개째가 되었을 때, 정현이 찾아왔다. '대체 이걸 어떻게 맞춰……' 하며 투덜거리며 정현도 나를 따라 퍼즐을 맞췄다.

"지이야……."

퍼즐을 찾다 말고 돌연 그녀가 소곤하게 불렀다.

"어."

"준수……."

정현의 입에서 그의 이름이 나왔다.

내가 물어도 모른다는 말만 반복하던 정현이 준수의 이야기를 먼저 꺼냈다. 퍼즐에 집중하던 걸 멈추고 난 기대에 찬 눈빛으로 그녀를 봤다.

"어?"

어렵게 정현이 말을 이었다.

"준수, 인기가 좀 있었잖아."

말을 하다 말고 정현이 우물쭈물했다. 망설이는 그녀를 난 마른 침을 삼키며 기다렸다.

"준수 사진 찍어놨던 애들이 인터넷에 올려서 인터넷이 난리 났어. 신상 다 털려서……. 준수, 얼굴 다 팔리고…… 상처 난 거며 혼혈인 거며 다 까발려지고……."

들고 있던 퍼즐 피스 하나를 꽉 움켜쥐었다. 준수가 겪고 있는 상황에 머리가 지끈거렸다.

"그래서…… 일본 간대."

어렵게 정현이 말했다.

툭. 손에 쥔 퍼즐을 떨어뜨렸다.

"준수는 안 간다고 버티고 있나 봐. 근데 준수 엄마는 거의 준비를 끝낸 모양이야. 집도 팔리고……."

어지럽다.

"한국 국적도 포기시키려고 하시는데…… 준수가 거부하고 있대."

정현의 말이 멀리, 저 멀리서 들려오는 메아리처럼 아득하다.

"그래도…… 어떡해……. 이제 열여덟 살인데…… 마음대로 할 수 없잖아. 그렇다고 가출해서 혼자 살 수도 없는 거잖아……."

가물거리며 흐릿해지는 시야를 주체하지 못하겠다.

"……그러니까…… 가야 하겠지?"

준수가…… 간다고?

"지이야!"

정현의 외침이 들려온다.

멀리서, 저 멀리서.


깨어나 보니 꾸벅꾸벅 졸고 있는 엄마가 침대 곁에 있었다. 나의 팔에는 주사바늘이 꽂아져 있고, 공중에는 투명한 끈이 기다란 링거 대를 타고 올라가 그 끝점에 액체를 뚝뚝 떨어뜨리는 링거가 있었다.

"지이야."

졸던 엄마가 부스럭거림에 잠에서 깨었다.

"엄마……."

"정말 널 어쩌면 좋니?"

엄마가 약하게 떨면서 깊은 한숨을 쉬었다. 천성이 연약한 엄마가 고개를 돌리며 눈물을 흘렸다.

간신히 부탁하여 왕진을 다녀간 의사선생님이 수면 부족에 영양실조라고 말했다면서, 엄마는 죽을 내밀었지만 난 고개만 흔들었다.

"너 정말 안 먹고 안 자고! 죽으려고 그래?!"

엄마가 서글프게 소리쳤다. 힘없이 소리치는 엄마의 울림을 넋 놓고 듣기만 했다.

"엄마는…… 정말 엄마는 널 어떻게 해야 될지 모르겠다."

엄마가 의자에 털썩 앉으며 깊은 한숨을 내쉬었다.

"열아홉은 너무 어려…… 스무 살도 어려…….."

아련하게 울리는 엄마의 혼잣말 같은 중얼거림이 이어졌다.

"네가 스물셋만 됐어도…… 그 녀석이 스물둘만 됐어도…….."

다시 한 번 엄마가 가슴 깊숙이에서 쏟아져 나오는 숨을 내뱉었다.

"아니, 스물한 살만 됐어도…….."

엄마의 말뜻을 깨달았다.

우리가…… 열아홉을, 열여덟을 넘어 스물한 살만 되었어도 인정을 해줬을 것이라고.

한 살 차이이고, 두 살 차이인데…… 그 차이가 이렇게 큰 거구나…….

정말, 겨우 1년이고, 2년인데…….

굉장히 다른 거구나…….

우리가 1년만, 2년만 버티면 인정받을 수 있을까?

"좀 더 자."

엄마는 의자에서 일어나 방에서 나가려 했다.

"엄마…… 정현이는?"

정현이에게 마저 준수 이야기를 들어야 하는데, 그녀가 없었다. 밖에는 짙은 어둠이 깔려 있었다.

"네가 안 깨서 집에 갔어. 내일 온대. 넌 잠이나 좀 자."

엄마가 조명의 스위치를 끄고 방에서 나갔다. 어둠을 뚫어지게 응시하다가 난 무거운 몸을 억지로 일으켰다. 링거 대를 끌고 컴퓨터 앞으로 갔다.

지난 2주일 동안 단 한 번도 켜지 않던 컴퓨터를 켰다. 두려움에 부르르 떨리는 손을 억지로 움직여서, 마우스를 잡았다.

인터넷을 열고 유지이를 검색했다.

연관 검색어로 '유지이 섹스 스캔들', '유지이 동거' 등이 있었지만, 그 단어들 사이로 '유지이 서준수'가 있었다. 나 같은 연예인도 아닌, 일반인인 준수의 이름이 적나라하게 나란히 있었다. 그의 이름을 보자마자 심장이 아려왔다. 이빨을 굳게 악다물고 클릭했다.

그 순간 준수의 얼굴이 실렸음을 알려주는 작은 이미지가 달려 있는 블로그들이 나타났다. 지독하게 잔인한 제목들과 함께…….

블로그 하나를 클릭했다.

너무 보고 싶은, 너무나도 애타게 보고 싶은 나의 준수가 모니터 화면 속에 있었다.

운동장 계단에서 친구와 함께 앉아 있는 준수를 찍은 사진이었다. 헤어스타일이 변한 이후의 사진이다. 얼굴 윤곽이 다 보였다. 그는 친구와 웃고 있었다. 고개를 약간 기울이고, 그 특유의 기분 좋은 웃음을 짓고 있었다.

클로즈업 사진도 있었다. 어딘가를 주시하고 있는 그의 옆모습이었다. 그의 반듯한 옆얼굴이 선명하게 보였다.

준수…….

손을 뻗었다. 모니터에 손을 갖다 댔다.

모니터 안의 준수를 만졌다.

준수야…….

눈물이 시야를 가렸다.

어떡하지…….

어쩌면 좋지…….

우리, 어쩌면 좋지…….

뚝.

굵은 눈물이 키보드에 낙하했다.


집에 온 정현에게 부탁하여, 준수와 연결을 시도했다. 정현은 일본으로 가기로 결정한 후 준수가 버티고 있자 준수의 엄마가 친구들도 못 오게 한다며 내게 포기하라고 했다. 그러나 내가 애타게 매달리자 하는 수 없이 종훈과 통화했다.

"종훈이가 가보겠대. 근데 기대는 하지 말래. 저번에 찾아갔는데도 문전박대당했대. 오지 말라 했대. 준수 엄마는 준수에게 한국에 대한 미련을 완전히 끊게 할 생각인가 봐."

정현의 말을 들으면서도 난 창밖의 하늘만 가만히 응시했다. 떠오르는 수많은 생각들이 하나둘 마음속에 차곡차곡 쌓였다.

처음 준수를 만났을 때부터 마지막 미소를 봤을 때까지의 날까지 주마등처럼 순서대로 떠올랐다. 마치 어제의 일처럼 선명하게 떠올랐다.

한참을 기다려도 종훈의 전화는 없었다. 그래도 미련을 못 버리고 계속 기다렸다. 아무것도 하지 못하고 기다렸다. 지루해진 정현은 내가 맞추다 만 퍼즐을 맞추며 시간을 때웠다.

오랜 시간이 흘렀다.

그리고 정현의 말처럼 포기를 하려는 순간, 종훈의 전화가 왔다.

"준수야······."

저번에는 울기만 한 탓에, 그에게 말도 제대로 못했었다.

오늘의 나는 조용히 그리고 가라앉아 그를 불렀다.

〈괜찮아?〉

그는 먼저 내 걱정부터 했다.

"괜찮아. 너는?"

이번에 나는 또박또박 대답했다.

〈나도 괜찮아.〉

그도 시간이 흐른 탓에 진정이 되었는지, 목소리가 차분했다. 다행이다. 울컥거리지 않아서.

"……준수야."

나는 다시 한 번 그를 불렀다.

〈응.〉

그는 조용히 대답했고, 내 말을 기다렸다. 망설이는 내 말을……

"일본 간다며……."

나의 낮은 말에 그가 깊은 숨을 들이마셨다. 그러더니,

〈안 갈 거야.〉

라고 단호하게 말했다.

난 마른침을 꿀꺽 삼켰다. 마른 입술을 혀로 축였다.

그리고 눈을 질끈 감았다.

"……가."

그리고 내뱉었다.

휴대폰을 들고 있는 손에 소름이 올라와 팔을 타고, 온몸을 감쌌다. 머리카락이 쭈뼛 서며, 목덜미를 아프게 훑었다.

충격을 받은 듯 준수가 말을 잃었다.

잔인한 침묵이 흘렀다.

〈……안 갈 거야, 지이야.〉

잠시 후, 단호한 그의 말이 다시 들려왔다. 흔들리는 음성으로.

〈난 안 가. 안 가, 지이야. 네 곁에 있을 거야. 여기 있을 거야.〉

마치 자신에게 다독이듯 빠르고 강하게 준수가 말했다.

입술을 이빨로 물었다. 그의 말을 아프게 들었다.

"……가."

소리 없는 액체가 머물다 아랫눈썹 사이로 흘러내렸다.

순간, 무너지는 듯 그의 흐느낌이 들려왔다.

〈가지 않아. 가지 않을 거야…….〉

흐느낌 사이로 그의 말이 희미하게 들려왔다.

"가……."

〈지이야…… 지이야…….〉

애타게 그가 나를 불렀다.

"……가…… 가서 살아."

〈지이야…….〉

"가줘……."

참으려 해도, 참아보려 해도 울음소리가 바람처럼 새어 나왔다.
바람이 새듯, 멈추지 못했다.

"제발……."

토해내는 나의 부탁에 준수의 절망에 빠진 절규가 들려왔다.

그가 목 놓아 울었다. 내 이름을 부르며…… 나를 부르며…….

난 네게 아무것도 해줄 수가 없다.

여기에 있으면 안 되는 너를 잡고 있을 수가 없다.

우리는,

우리에게 아무것도 해줄 수가 없다.

이렇게,

이렇게 서로를 놓아줘야 한다.

✳    ✳    ✳

〈지이야.

내가 가는 곳이 어딘지, 내가 어디로 가는지 말하면, 너 나중에라도 나한테 연락을 줄 거야?

지이야.

지금은 힘들어 나를 보내도, 나중에 너 어른 되고, 나 어른이 되면 우리 다시 만날 수 있을까?

2년만 기다릴까? 3년만 기다릴까? 우리? 그것도 안 되면 4년……
5년…….

그럼 우리 다시 함께할 수 있을까? 난 얼마든지 기다릴 수 있어.

지이야, 나는 한없이 너한테 미안해.

내가 너한테 아무것도 못해줘서…… 너무 한심해서 미안해.

내가 힘이 없어서, 내가 어려서 미안해.

내가 이렇게 혼자 떠나는 게 너한테 너무 미안해. 나 혼자 도망가서 너무 미안해.

난 괜찮아, 지이야. 나 때문에 걱정하지는 마.

네가 걱정이야. 그곳에서 그 많은 시선을 받으며, 너 혼자 견딜 걸 생각하면 너무 무섭다.〉


굵은 눈물이 눈에서 흘러 뺨을 타고 내려왔다.

그 액체가 안타깝게 바르르 떨면서 내 뺨을 적시고, 내 입술을 적셨다.


〈지이야.

만약 못 견디겠으면 내게로 와. 기다릴게.

지금은 같이 떠나지 못해도, 지금은 내가 널 놓아도 난 널 놓지 않을 거야.

난 절대 널 놓지 않을 거야.

그러니까 그곳에서 힘들면 너무 애쓰지 말고, 혼자 견디지 말고 내게로 와.

아니면 말해줘. 내가 올게, 네게.

너를 만나러, 너를 구하러 내가 올게.

지이야, 내가 꼭 올게.〉


숨이 토해져 나오려 했다.

눈물이 울음으로 변했다.

〈지이야.

잘해주지 못해서 미안해. 더 잘해줬어야 했는데, 그러지 못해서 미안해.

네게 해주고 싶은 게 너무 많았는데, 못해줘서 미안해.

그래도 난 후회 안 해. 절대 난 후회 안 한다.

널 만나지 않았다면, 난 아무것도 아니었을 거야.

널 만난 것만으로도, 난 살 수 있어. 난 그것만으로도 평생 살 수 있을 것 같아.

사랑해. 사랑한다.

10년 전에 만났든, 10년 후에 만났든 널 사랑했을 거야.

아프지 마. 제발 아프지 마.

지이야, 사랑해.

미안하고, 사랑해.〉


그가 보내온 문자메시지 내용이 끝났다.

종훈의 휴대폰을 통해 날아온 문자메시지를 들고 정현이 부리나케 달려왔을 땐, 그가 이미 한국의 상공을 떠났다는 사실을 알았다. 이미 그와 내가 같은 공간에 없음을 알았다.

정현의 휴대폰을 가슴에 품고, 터져 나오는 울음을 참지 못하고 목 놓아 울었다.

터질 것처럼 부풀어 오르는 심장을 움켜쥐고, 소리 내어 울었다.

준수.

나의 준수.

그가 갔다.

그를 보냈다.

우리는 이렇게, 이렇게 서로를 놓았다.

우리는 이렇게, 이렇게 서로를 잃었다.


❊    ❊    ❊


미루고 미뤘던 기자회견을 수락했다.

준수는 이미 한국을 떠났고, 일본에선 한류스타가 아닌 나의 기자회견이 이슈가 될 확률은 적었기 때문에 결심한 것이었다.

기자회견장에 들어서서 내가 90도로 허리 굽혀 사죄 인사를 하고, 마이크 앞에 앉자마자 눈을 뜨지 못할 정도로 많은 플래시 세례가 날아왔다.

사회적으로 큰 파장을 일으키고, 거센 논란의 도마 위에 있던 내가 수면 위로 나타난 것에 기자들은 화색을 띠고, 마치 먹잇감을 발견한 상어처럼 달려들었다.

질문들이 화살이 되어 날아와 첨예하게 꽂혀도 담담할 수 있는 건, 내가 이젠 더 이상 잃을 것이 없었기 때문이다.

소속사 김 대표가 미리 준비한 회견문에는 '무조건 잘못했다와 언론에 노출이 된 사실은 과장된 보도이며, 같이 밤을 지새운 건 맞지만 보도와 같이 도를 넘는 일을 하진 않았다' 라고 적혀 있었다.

긴장한 것은 아니었고 슬픈 것도 아니었는데, 회견문을 잡은 손 끝이 바르르 떨렸다.

난 입을 열었다.

"사회적으로 물의를 일으키고, 심려 끼쳐 드린 점 죄송합니다. 사회에 모범이 되어야 할 공인으로서, 통념에 어긋한 행동을 한 것에 대해서 깊이 반성합니다."

텍스트에 써진 내용의 앞부분을 그대로 읽다, 난 고개를 들었다. 그리고 회견문을 스륵 내려놓았다. 수많은 기자들이 내 앞에서 눈을 번뜩이며 나를 보고 있었다.

난 더 이상 텍스트에게 시선을 두지 않았다. 앞만 보며, 입을 열었다.

"죄송합니다. 잘못했습니다."

눈물이 나오진 않았다. 짐짓 담담하고 차분하게 말이 나왔다.

"몰랐습니다. 나쁜 건 줄 몰랐어요. 그냥 우린 사랑하는 사이니까 자연스러운 것이라 생각했어요."

나의 말이 시작되자, 옆쪽에 자리 잡고 있던 김 대표가 화들짝 놀랐다. 텍스트에 써진 내용대로 읽지 않자 당황했다. 그가 급하게 손을 휘저으며 다가오려고 했다. 김 대표를 재웅이 말렸다. 이미 나의 입에서 쏟아져 나온 짧은 말로, 늦었다 판단해서였을 것이다.

　"TV에서, 영화에서 나오듯 우리도 사랑하는 사이니까, 괜찮은 거라 생각했어요. 그래도 후회는 했어요. 막상 무서웠거든요. 그렇지만 서로 사랑한 것에 대해 후회하진 않습니다."

　회견장에 무거운 침묵이 감돌았다. 바닥에서 울리듯 가라앉은 나의 조용한 말을 하나도 놓치지 않으려는 듯 내가 잠시 입을 다물자 고요함까지 흘렀다. 플래시만 가끔 터졌다.

　"죄송합니다. 잘못했습니다. 열아홉의 사랑은 나쁜 거란 걸 몰랐습니다. 열아홉에 사랑하는 게 스무 살에 사랑하는 거랑, 서른 살에 사랑하는 거랑 다르다는 건 생각 못했습니다. 떡볶이 먹으며 도서관 다니며 얌전히 건전히 만났어야 했는데, 저희가 어른 흉내를 냈습니다. 그래서 잘못했습니다."

　난 다시 한 번 고개를 숙였다.

　"서로를 책임질 수 없어서 사랑하면 안 된다 하시는데, 솔직히 잘 모르겠습니다. 저희가, 저희를 책임질 수 없다는 것을 어떻게 단정하시는지 모르겠습니다. 그래도 잘못했습니다. 사회 통념의 정도를 넘어선 건 맞습니다. 저흰 저희밖에 몰랐습니다. 저희밖에 안 보였어요. 그래서 잘못했습니다."

깊게 숨을 삼키고 말을 이었다.

"그래도…… 분명히 말씀드리고 싶은 건…… 정말, 장난치거나 가볍게 생각하거나 한 것은 아닙니다. 정말 진심으로 사랑합니다. 어린 주제에, 사랑이 뭔지도 모르는 주제에 함부로 말해서 죄송합니다. 그래도 저희는, 저희 나름대로 사랑합니다. 그것이 보시는 바와 같이 철부지들의 철없는 소리겠지만, 저희는, 저희는…… 저희가 전부입니다."

울컥, 애써 냉정해지려는 감정이 솟아올랐다. 메마른 입술을 축이고 마른침을 넘겼다.

"그러니 용서하세요. 저희의 철부지 사랑을 용서해 주세요. 저는 용서하지 않아도, 그 친구는 용서해 주세요. 저는 괜찮지만 그 친구는 용서해 주세요. 질타를 하시려거든 저에게만 하세요. 부탁드립니다. 죄송합니다."

난 일어났다. 그리고 다시 한 번 깊게 허리 숙여 사죄했다.

검은색 슈트를 입은 재웅이 황급히 질문은 받지 않습니다, 라고 말하며 나를 보호했다.

"유지이 양, 그 친구와는 계속 만날 생각입니까?"

어디선가 기자의 질문이 날아와 귀에 꽂혔다.

소리가 나온 방향으로 고개를 돌렸다. 순간, 울컥 굵은 눈물이 또르르 떨어졌다.

나도 만나고 싶어요, 라고 대답하고 싶었지만 하지 못했다.

급하게 고개를 다시 숙이고 단상에서 내려왔다.

도망치듯 그곳에서 나왔다.

❋　　❋　　❋

바람이 나를 달래도, 공기가 나를 안아도 나는 침잠하고 침잠했다.

그렇게 시간이 갔다.

아이러니하게도 눈물을 흘리지 않고 담담하게 기자회견을 한 내가 마지막 준수를 계속 만날 생각이냐는 질문에 눈물을 흘린 것에 대해서 동정 여론이 생겼다.

그때까지 일말의 용서나 동정이 없던 세상이 나를 안쓰러워하기도 했다.

행동이 잘못되었지만, 사랑한 것은 잘못이 아니라는 여론도 조성됐다.

그리고 내가 내뱉은 'TV에서, 영화에서 나오듯 우리도 사랑하는 사이니까 괜찮은 건지 알았다'는 말로, 발달한 미디어가 시청률이나 관심의 욕심으로 자극적인 소재로 만들어지는 탓이라는 논란이 일었다. 자극적인 화제는 아이들의 머릿속에 그릇됨이 잠식되어 사회적 부작용을 일으키고, 몸만 큰 어른 같은 아이들이

성의 옳고 그름을 판단할 수 없다며 우려스러워했다. 그렇기에 나의 스캔들은 나만의 잘못이 아니라 사회가 만든 희생양이라는 의견이 모아졌다.

물론 어린아이들의 미성숙한 관계를 미화시킨다는 반론 여론이 더 컸다.

그 말 하나하나가 가시가 되어 아팠다. 우리 사랑이 부작용이고, 희생양이고, 미화인 게 아팠다.

그래도 동정론 덕분에 나는 봇물처럼 터지던 질타에서 조금은 벗어날 수 있었다.

그리고……

너 없이,

난 스무 살이 되었다.


나의 시간은 멈춰 있었다.

시계 초침은 끊임없이 달리고 달리는데도 나의 시간은 정지되어 버린 채 하루가 가고, 한 달이 가고, 일 년이 갔다.

그의 소식은 끊겼다, 완전히.

일본으로 가자마자 그의 소식은 들려오지 않았다.

친구들에게나, 그 어디에게나.

그의 친구들도 오지 않는 소식에 바다 건너 있는 그를 찾을 순 없었다.

그의 소식을 아무리 찾으려 해도, 찾을 수가 없었다.

되짚어보니 일본의 그에 대해서 아는 것이 하나도 없었다.

어디에 사는지, 어디서 살았는지……

어느 학교를 다녔었는지, 어느 곳을 거닐었는지……

아는 것이 하나도 없었다.

메일 주소도 몰랐고, 아이디조차도 몰랐다.

그저 우린 서로를 보는 것만이 중요했다. 그에 대해서 아무것도 알아두지 않았었다.

그래서……

그는 마치 처음부터 없었던 것처럼, 그와 만났던 순간이 꿈이었던 것처럼 완전히 소멸했다.

어째서냐고 묻고 싶었다.

세상이 조용해지면, 우리 다시 연결되지 않을까?

내게 남겨진 문자메시지처럼, 아직도 내가 보는 문자메시지처럼 2년이 지나면…… 3년이 지나면 혹은 4년, 5년이 지나면 만날 수 있지 않을까? 하는 희망이 점점 사라졌다.

그 희망을 남몰래 꿈꿨는데, 아니었다.

준수는 사라졌다. 내게서 완전히…….

너는 없어졌다.

어느새 난 스물한 살을 맞이했다.

백수의 생활이라는 것이 지루해질 때쯤, 익숙해지기도 했고, 익숙해질 때쯤, 지루해지기도 했다.

학교 측의 배려로 고등학교 졸업장은 받긴 했지만, 캠퍼스 대학은 갈 수가 없었다. 아직도 남아 있는 사람들의 질타 어린 시선이 싫었고, 수군거림이 두려웠다. 대신 무료함을 달래기 위해, 하는 일 없이 지내는 시간이 너무 더디게 흘러가 사이버 대학에 입학했다.

학교 가는 날은 혜영 언니에게 부탁하여, 이상스럽게 화장하고 덥수룩하게 가린 헤어로 모자까지 뒤집어쓰고 다닌 탓에 알아보는 이는 없었다. 덕분에 난 잘 숨어 있을 수 있었다.

그렇게 보내는 시간 속에서 나는 점점 그를, 그 반듯하던 얼굴도 귓가에 먹먹하게 울리던 그 음성도 기억 속에서 사라짐을 느꼈다.

그렇게 뼛속 깊이 남아 애달프던 너를, 잊어갔다. 아니, 네가 없는 세상에 익숙해졌다. 너를 찾을 수 없음에, 너의 소멸로 인해, 나는 네가 없음에 익숙해졌다.

3년이었던 희망이 사라졌다. 4년이면, 5년이면 달라질까?

아닐 것이다. 희망이 더 이상 싹트지 않았다.

우린, 정말 끝이 난 모양이었다.

그는, 나를 완전히 보낸 모양이었다.

어째서…… 냐고 묻고 싶어도, 물을 곳이 없었다.

말해달라고 하고 싶어도, 대답해 주는 이는 없었다.

너는 이제 없다.

그렇게 나는 스물두 살이 되고, 스물세 살이 되었다.


그리고 스물세 살이 된, 바람이 부는 봄날.

나의 마지막 드라마 촬영 후 단 한 번도 만나지 못했고, 단 한 번도 연락이 없던 우빈이 나를 찾아왔다.

주위의 시선 때문에 숨은 듯 집에 갇혀 있는 나를 위해 엄마는 경기도 외곽에 위치한 작은 집으로 이사를 했다. 주위에 집이 많지 않은 한적한 곳이었다. 덕분에 나는 가끔 어슬렁거리며 산책도 할 수 있었다.

갓길 사이사이 피기 시작한 코스모스 같은 생김새의 노란 꽃을 구경하고 거닐며, 동네를 한 바퀴 산책하고 돌아왔는데 낯선 외제 차가 대문 앞에 주차되어 있었다.

이 동네에서 이렇게 비싼 차는 본 적이 없었다. 근처에 볼일 있어 온 외지 사람이 우리 집 앞에 주차시켰나 보다 생각하며 무심히 안으로 들어서는데, 엄마가 좁은 마당 한편에 만들어놓은 상추 텃밭 앞을 어슬렁거리는 우빈을 발견했다.

열아홉에 만났고, 내가 지금 스물셋이니 4년 만이었다. 그도 어느새 스물여덟이 됐다.

TV 화면 속의 그는 스물넷일 때보다 더 매력적으로 바뀌어가고 있었다. 한 살, 한 살 나이가 들수록 그가 가지고 있는 매력을 한껏 발산하며, 그는 그때보다 더 톱이 되었다. 최고라고 해도 과장이 아닐 정도로.

그런 사람이 우리 집 좁은 마당에서 나를 기다리고 있었다.

화면 속의 그보다, 실제로 맞닥뜨린 그의 모습은 숨이 막힐 정도로 빛이 났다. 마당에 쏟아지는 봄날의 화사한 햇살을 받고 있는 그는 금방 화보 속에서 튀어나온 듯 멋있었다.

대문에 들어서는 나를 보고 그의 입가에 환한 웃음이 번졌다.

"오랜만이야."

"……네…… 어떻게……."

상상도 못했던 우빈의 등장에 난 멍해졌다.

"뜬금없이 보고 싶더라고."

그는 넘기듯 농담을 했다. 그러면서 텃밭 옆에 엄마가 어디선가 얻어와 담벼락 아래 놓은, 나이테가 보이는 동그란 통나무 의자에 앉았다.

난 무엇을 해야 할지 몰라 쭈뼛거리며 주춤거렸다.

"역시 난 불편하지?"

세월이 지났지만, 지난 앙금이 남아 있다는 듯 그가 불쑥 말했다. 내가 당혹스러워하자 그가 시원하게 웃더니,

"지이야."

가볍게 불렀다.

"네."

"이제 나와라. 데리러 왔어."

"네?"

나의 눈썹이 움찔했다.

"이제 세상 밖으로 나와."

다정한 그의 눈빛을 회피하며 고개를 숙였다. 그 단어만으로도 겁이 나서 속이 울렁거렸다.

"내가 도와줄게."

"……아니요."

"도와줄게."

그는 다시 한 번 강하게 말하며, 의자에서 일어나 내게로 걸어왔다.

"지금쯤이면 괜찮다 생각해. 그만큼의 시간이 지났으니까. 그래서 일부러 온 거야. 널 내가 구해주러."

그윽한 그의 눈을 피하지 못하고 바라보다, '구해주러'라는 말에 숨이 멎는 것 같았다.

파르르 떨리는 입술을 이빨로 물었다.

잊혀져, 이제 얼굴도 가물가물한 뿌연 그림자가 떠올랐다.

가슴이 내려앉듯 먹먹해졌다.

"……난 이제 연예인 안 할 거예요. 자신도 없고요."

일렁이는 감정을 애써 억누르고, 그에게서 떨어져 등을 돌렸다.

"가세요."

"평생 낙인 속에 살 거야?"

등 뒤에서 그가 담담하게 물었다.

"영원히 관둘 거면 이대로 관두지 말고 네 자리를 만들어놓고, 네가 살 자리를 만들어놓고 관둬. 그래야 네가 살 거 아니야."

이어서 들린 그의 음성이 꾸짖듯 단호했다.

"……상관없어요. 어떻게 살든……."

"……네가 당당해져야 되지 않겠어?"

그는 물러서지 않았다.

"그래야 네 사랑도, 그 친구도 당당해지지 않을까?"

우빈의 입을 통해, 깊은 아래에 묻혀 있던 그의 존재가 일어났다.

"물론 나야, 그 친구와 무관하게 네가 당당해지길 바라지만."

움찔하여 난 고개를 휙 우빈에게 돌렸다.

"오빠가 무슨 상관이에요?!"

울컥해지는 마음에 나도 모르게 버럭 소리를 질렀다.

"신경이 쓰여서…… 내내 마음에 걸려서……."

그가 진심으로 말했다.

"지이야, 도와줄게. 도와주게 해줘."

그가 진심으로 부탁했다.

난, 멈췄던 시간이 꿈틀거리기 시작함을 느꼈다.

꿈틀거림이 박동을 시작하며 날 자극했다.
내게, 움직이라고.

그리고 난 이제 서른을 코앞에 둔, 스물아홉이 되었다.

## 9화_ 너를 그린다

화창한 여름을 닮은 가을날이다.

가을이 시작되었는데도 여름의 미련으로 한낮은 뜨거움을 내뿜고 있었다. 이런 날씨임에도 국립극장 앞은 수많은 인파로 인산인해를 이루며 소란스러웠다. 활기찬 소란스러움이다.

시뻘건 레드카펫이 깔린 길가를 막은 끈으로 된 바리케이드 너머 사람들이 피켓이나 카메라를 들고 있었다. 간간이 꽃이나 선물들을 든 사람도 있고, 단체로 구경 온 일본인, 중국인들도 꽤 되었다. 그들의 얼굴엔 달뜬 화색이 돌았다.

"말씀드린 순간, 차량이 또 한 대 도착하는데요."

포토 존에서 인터뷰를 위해 대기한 검은색 턱시도를 입은 MC의 음성도 흥분으로 한껏 달떴다.

국립극장의 입구를 지나친 검은색 리무진 차량이 미끄러지듯 들어와, 정확하게 레드카펫 앞에 멈췄다. 대기하고 있던 경호원이 뒷좌석의 문을 열었다.

고급스런 검은색 슈트 차림의 남자가 시원스럽게 차량에서 내렸다. 그가 내리자 여기저기서 탄성 소리가 울렸다. 플래시도 일제히 터졌다.

남자가 손길을 차량 안으로 뻗었다.

다정한 그의 손을 잡고, 나는 검은색 레이스 시스루 힐을 신고 있는 발을 먼저 카펫에 내려놓았다. 검은색 시스루 드레스 자락을 손으로 감싸며 차량에서 조심스레 몸을 빼내었다.

"현재 열렬하게 열애 중이신, 공식 커플 정우빈 씨와 유지이 씨가 지금 막 현장에 도착했습니다."

드레스 자락을 잡았던 손을 놓자 드레스가 물결치듯 부드럽게 아래로 퍼졌다.

레드카펫 위에서 난 현장에 있는 많은 팬들을 향해 환한 미소를 지었다. 여기저기서 '언니, 예뻐요!', '우빈 오빠! 여기 봐요!' 소리들이 정신없이 들려왔다. 눈이 부시도록 플래시 세례가 터졌다.

내 손을 잡았던 우빈이 내 손을 자신의 팔에 자연스럽게 걸치게 했다. 그의 팔을 잡고, 난 여유롭게 붉고 화려한 레드카펫을 걸었다. 정신없이 손을 들어주는 팬들에게 손짓하는 것도 잊지 않았다.

한 남학생이 붉은 장미 한 송이를 마구 흔들며 잡아달라는 신호를 보냈다. 우빈에게서 떨어져 그에게 다가가 장미를 건네받았다. 남학생이 고맙다면서 기뻐했다. 장미를 받아 고마운 사람은 나인데, 팬들은 항상 내게 고맙다 한다. 나를 이끌어주는 힘이었다.

남학생에게서 떠나 기다리는 우빈에게 걸어갔다. 다시 그의 팔에 손을 올려놓고 포토 존으로 향했다.

"두 분, 오늘의 드레스코드는 블랙이군요. 공식 커플 아니랄까봐 여기서도 커플룩이군요."

"일부러 맞춘 건 아닌데 통했네요."

우빈이 호탕한 웃음을 지으며 대답하자, MC가 닭살이라며 오버액션을 했다.

"유지이 씨, 작년 이곳에서 여우주연상을 수상하셨는데, 올해의 수상자를 예상하신다면 어느 분이 되실 것 같습니까?"

"후보자들이 만만치 않으셔서 모르겠네요."

가뿐히 대답하며 웃는데, 행사장으로 들어오는 다른 차량이 시야에 들어왔다. 우빈과 나는 익숙한 몸놀림으로 MC에게 웃어주고 포토 존에서 내려왔다.

우빈이 손을 뻗어 단상에서 내려오는 내 손을 잡았다. 그의 따뜻한 손을 잡고, 난 계단에서 내려와 시상식장 안으로 걸음을 옮겼다.

6년 전, 우리 집으로 나를 데리러 온 우빈을 따라 다시 연예계로 복귀했을 때만 해도, 두려움과 공포로 잔뜩 움츠러들었던 나였다. 그런데 6년이 지난 지금, 나는 이 자리에서 톱스타로 불린다.

지금의 내 모든 자리는 우빈 덕분이었다.

6년 전, 그가 자신이 출연하는 드라마에 당당히 나를 주연으로 지목했고, 난 불미스러운 일이 있는 여배우였음에도 톱의 지목에 주연으로 낙찰이 되었다. 역시나 많은 잡음이 있었다. 당연한 일이었다.

수없이 쏟아지는 화살을 대신 받아낸 것은 우빈이었다. 그는 언제나 먼저 나서서 수습했고, 화살받이 역할을 자처했다. 지난 6년 동안 우빈은 한결같이 내 옆에서 버팀목이 되어주었다. 그 덕에 난 지금의 자리까지 왔다. 톱스타라는 자리에.

그리고 지금, 내 옆에는 우빈이 있다.


"피곤하지?"

느긋이 자동차를 주차하며 우빈이 다정하게 물었다. 늦은 밤 주차장은 인적이 전혀 없었다. 오후에 시작된 시상식이 저녁 늦게 끝나고, 샵으로 이동해 드레스를 갈아입고 나온 것뿐인데도 벌써 자정이 가까워지고 있었다.

"뭐, 앉아서 웃기만 하다가 수상자 발표밖에 안 했는걸. 감회가 새롭더라. 거기서 상 받은 게 엊그제 같아."

"작년은 너의 해였어."

우빈도 새삼 떠오르는지 피식 웃었다.

"오빠 덕분이야."

"무슨. 그 드라마는 온전히 네 능력으로 한 건데……."

"오빠가 데리러 와준 덕분이야."

난 혼잣말처럼 작게 중얼거렸다.

구해주러…… 라곤 말할 수가 없다. 나를 구해준 첫 번째 사람에게 미안해서.


❋　　❋　　❋


작년에 16부작으로 제작된 드라마의 성공으로 인해, 여주인공이었던 나는 덕분에 각종 시상식에서 여우주연상을 받았다. 지금까지의 나의 노력을 인정받았고, 난 성취감을 느꼈다. 그리고 톱의 대열에 합류했다.

이제 사람들은 나의 10년 전 스캔들에 대해서 말하지 않는다. 물론 간간이 안티팬들이 댓글이나 블로그 같은 곳에 올리지만, 그건 소수라 타격이 그리 크지 않았다.

4년 전 우빈이 언론 인터뷰를 통해 나를 향한 짝사랑을 고백했을 때, 우빈 팬들이 나의 스캔들을 언급하며 분노했었다. 그때 잠시 나의 10년 전 스캔들은 수면 위로 올라왔었다.

그러나 시간이 지나도 우빈의 당당한 고백이 이어지자, 팬들도 자포자기를 했다. 그 덕분에 더 이상 입방아에 오르지 않았다. 그리고 세월이 훌쩍 지나도 우빈의 마음이 여전히 변함없자, 오히려 팬들은 내게 왜 받아주지 않느냐고 성화였다. 그런 와중에 우빈은 2년 전 전 국민이 지켜보는 생방송 연말 시상식 최우수연기상을 수상하는 자리에서 '항상 곁에 있는 지이야, 사랑한다'라고 폭탄 고백을 해버렸다.

'항상 곁'이라는 말로 언론은 '열애 중'이라고 떠들어댔고, 대부분의 사람들이 그와 나는 이미 '연인'이라고 단정 지었다.

수습하려 했지만 할 수도 없었다. 정정하기엔 톱스타인 우빈의 체면뿐만 아니라, 내가 너무 매정한 사람이 된다는 주변의 우려가 많았다. 매정한 사람뿐만 아니라 어쩌면 연인이었던 우빈을 버린 헤픈 여자로 또다시 언론의 질타를 받을 것이라고 했다. 그러면서 저절로 낙인처럼 찍힌 10년 전 스캔들이 다시 사람들 입방아에 오르내릴 것이라고 만류했다.

나를 향한 언론의 질타는 무섭지 않았다. 사람들의 눈길도 무섭지 않았다.

그러나 다시 10년 전 스캔들이 불거지면, 바다 건너 있는 사람이 언급될까 무서웠다.


"미안해, 내가 정정할게."

시상식이 끝난 후, 우빈은 내게 사과했다.

"오빠, 내가 어떻게 해야 될지 모르겠어."

라고 솔직히 대답했다.

"난 오빠가 좋은데, 좋은 건 분명한데 말이지……."
"오빠로서 뿐이라고?"

내가 말끝을 흐리자, 우빈이 대신 말했다. 난 긍정도 부정도 하지 않았다.

"지이야, 그냥 내 옆에만 있어주면 안 될까? 내 여자로."
"오빠…… 나는 오빠에게 해줄 게 없어."
"아무것도 필요 없어. 아무것도 바라지 않을게. 대외적으로만이라도, 내 여자로 있어주라. 난 기다리며 그것만으로도 만족할게."

더 이상 간절한 우빈의 말을 거절할 수 없었다.
오래전 열아홉인 내게, 감정이 생겼다고 조심스럽게 고백했던 그를 거절하고, 스물 셋인 날 어둠 속에서 끌어내 주고, 스물넷인 내게 다시 여자로서 좋아한다고 고백한 우빈을 내내 밀어내기만 했던 나였다. 그렇기에 전 국민 앞에서 사랑한다고 고백한 우빈을 망신 줄 자신이 없었다.

그래도 대외적으로만 그의 여자로 있는 건 한없이 미안한 일이었다. 그러나 그렇다고 그의 진짜 여자가 될 자신도 없었다.

우빈은 계속 괜찮다 했다. 그냥 곁에만 있어달라고.

지난 6년 동안 곁에서 지켜준 우빈을 냉정히 거절할 수 없었다.

지난 8년간 소식 없는 사람 때문에 마냥 우빈을 외면할 수 없었다.

하는 수 없이, 나는 그를 받아들였다.

그의 여자가 아닌, 그의 여자의 자리를.


❋    ❋    ❋


"오빠도 피곤한데 다시 되돌아가야 하잖아. 나 그냥 밴 타고 온다니까."

몸을 감싸고 있던 안전벨트를 풀며 걱정스러운 눈으로 그를 봤다.

"데려다 주고 싶었어."

길게 눈꼬리를 늘이며 매력적으로 그가 웃었다.

"조심히 운전해."

"응."

"지이야."

조수석 문을 열려는데 우빈의 손이 내 팔을 잡았다. 흘끔 그에게 고개를 돌린 순간, 그의 입술이 불쑥 다가왔다. 순간 나의 어깨가 반사적으로 움츠러들었다. 허공에서 우빈의 입술이 멈칫했다.

"미안. 내가 또 발정이 났나 봐."

민망한 상황을 덮으려 우빈이 농담조로 말하며 뒤로 물러났다.

"오빠……."

"오빠가 수도승이 아니잖아. 그래서 자꾸 이런다. 어서 들어가."

내가 미안함에 흔들리는 시선으로 보자, 우빈은 넘기듯 가볍게 웃었다.

"그러니까 다른 데서 풀라니까."

괜스레 무거워지는 분위기가 싫어 투덜거리듯 내뱉었다.

"또?"

우빈이 엄한 눈초리를 보냈다.

"네네, 죄송합니다."

내가 크게 말하며 조수석 문을 열자, 우빈은 어처구니없다는 듯 웃었다.

그런 그에게 조심히 가라고 다시 한 번 강조하고, 조수석 문을 닫았다. 우빈은 가볍게 손을 들어주고 지하주차장에서 떠났다.

멀어지는 그의 자동차를 응시하며, 난 짧게 한숨을 쉬었다.

이래선 안 되는 건데.

우빈은 언젠간 내가 받아줄 거라고 생각한다. 그리고 나도 마찬가지로 내가 언젠간 우빈에게 마음을 열 거라고 생각한다. 그런데 자꾸 몸이 거부한다. 몸이 자꾸 다가오는 그에게 움찔한다.

정말 이래선 안 되는 건데…….

그를 이젠 받아줘야 하는데…….


*　　*　　*


한가로이 기다란 4인용 소파에 누워, 널따란 창으로 보이는 청명한 가을 하늘을 응시한다. 코끝을 자극하는 향긋한 커피향이 은은하게 퍼진다. 느긋한 오후를 마음껏 즐기기엔 충분히 여유로운 시간이다. 한때는 아무것도 안 하는 무료한 시간이 못 견디게 갑갑했었다. 그런데 이제는 무료한 시간도 즐길 줄 알게 되었다.

"유지이, 너 뭐 해?"

문이 벌컥 열리며 목청 큰 음성이 들렸다. 난 눈을 질끈 감았다.

"이년, 자는 척하지 마."

소파로 다가온 그녀가 누가 들을세라 작게 말했다. 난 눈을 다시 뜨고 게슴츠레 그녀를 올려다봤다.

"안 실장, 그러니까 사무실에서는 욕 좀 하지 마. 체통머리 없어."

"너 진짜 백 감독 영화 안 할 거야?"

이를 갈 듯 입술을 움찔거리며 정현이 노려봤다.

"안 해. 귀찮아. 나 드라마 끝난 지 얼마나 됐다고."

손사래를 치며 소파 안쪽으로 돌아누웠다.

"뭘 얼마나 돼, 이년아?! 벌써 4개월이 넘었는데! 너 또 병 도졌어? 왜 꼭 이맘때는 다 손 놓고 게을러지는 거야. 그리고 누가 볼지 모르니까 내가 사무실에서 이러고 누워 있지 말랬지? 어떤 여배우가 소파에 이렇게 퍼질러 있냐?"

내 귀 가까이 다가와 속삭이던 정현이 결국은 으르렁거렸다.

"내 방인데 뭘⋯⋯. 아, 몰라. 아무튼 안 해. 한 번에 나 정도 버는 배우는 좀 놀아도 되지 않겠어? 그래야 다른 배우들에게 기회가 가지."

"아, 내가 어쩌다 이년에게 발목이 잡혀서는⋯⋯. 난 지금쯤 순두부나 끓이고 있어야 했다고. 그게 딱 내 적성인데⋯⋯."

소파에 길게 뻗어 있는 내 다리를 안쪽으로 밀어 넣고, 정현이 털썩 빈 공간에 앉으며 한탄했다.

"잘나가시는 안정현 마케팅 실장님, 그런 소리 하시면 우리 대표님 울어요."

내가 그녀에게 눈을 돌리며 이죽거리자 정현이 입을 삐죽대며,

"내가 우리 대표님 때문에 참는다."

하고 혼잣말처럼 중얼거렸다.

"지이야! 너 영화는 안 해도 프로젝트는 할 거지?"

말이 끝나기 무섭게 벌컥 문을 열고 대표님이 들어오셨다.

"아, 오빠!"

"노크 좀 하라고!"

나와 정현이 동시에 안으로 들어선 재웅에게 버럭 소리쳤다. 샤프한 감색 슈트를 입은 재웅이 기합 같은 우리의 외침에 화들짝 놀랐다.

"미안, 미안. 야, 그런데 우리끼리 왜 그러냐?"

사과를 하다 말고 금세 재웅이 서운하다는 듯 입술을 삐죽거렸다. 서른일곱이나 먹었으면서 툭하면 서운하다고, 툭하면 외롭다고 징징거리는 재웅이었다. 작년에 이혼한 후론 그의 투정이 점점 심해진다.

"이 대표님, 여긴 내 방이거든요? 저, 여자예요."

내가 날카롭게 흘기니 재웅이 그제야 귀찮다는 듯 '알았다, 알았어!' 했다. 그러면서도,

"아무튼 내일 허 작가 측과 프로젝트 컨셉 회의 있다. 계약도 할 거야."

라고 강경하게 말했다.

"나 귀찮은데……."

내가 한껏 투정부리며 미간을 찌푸리자,

"그래도 해!"

"이건 꼭 해야 돼!"

이번엔 정현과 재웅이 동시에 일갈했다.

"이건 허 작가가 먼저 제안한 거긴 하지만, 너나 우빈에겐 좋은 거잖아. 이런 화보 찍기 쉽겠어? 우빈도 듣자마자 적극적으로 좋다고 했으니까, 넌 당연히 해야 하는 거야."

재웅이 왔던 것처럼 시원스럽게 방에서 나갔다.

10년 전 사건으로 전 소속사에서 해고당한 재웅은 혼자 일어서 보겠다고 작은 기획사를 창업했다. 그러나 생각보다 쉽지 않았고, 몇 년을 허덕였다. 그러다 우빈과 나의 손을 잡은 것이 벌써 5년 전이었다.

정현도 그때부터 같이 일했다. 학교를 졸업하고 혼자 해보겠다고 여러 가지 간이장사를 하던 그녀에게 내가 도와달라고 매달렸다. 그녀가 곁에 있으면 든든할 것 같아서.

정현이 말로는 장사가 적성이라곤 하지만, 그녀는 마케팅이 천직이었다. 어려서부터 순두부가게에서 많은 손님과 부대끼고 살아온 탓에 사람을 상대하는 수완도 좋았고, 아이디어도 넘치는 그녀였다.

"안정현, 너 오후에 뭐 해?"

재웅이 나간 후, 난 넌지시 정현을 넘겨다봤다.

"나 내일 대전방송국 가야 하잖아. 신인 애들 데리고. 오늘은 한가해."

"너 출장이야? 내일 허 작가님이랑 계약할 때 너 없어? 난 너 없는 거 싫은데."

소파에서 몸을 일으키며 내가 끌어안자, 귀찮다는 듯 정현이 어깨를 들썩였다.

"이년, 말뿐인 년. 내가 며칠 전에 말했잖아. 내 말은 새겨듣지도 않으면서."

"그랬나?"

"아무튼 최 대리한테 말해놨으니까 잘 처리할 거야. 그리고 뭐, 허 작가님이랑 한두 번 일하나? 그리고 내가 언제까지 네 어미새 노릇해야 되냐?"

"평생 해줘야지. 당연한 거 아니야?"

"너, 정말 내가 예전에 알던 유지이 맞니? 널 보면 왠지 낯설지가 않은 게……."

한심하다는 듯 정현이 중얼거렸다.

"널 보는 것 같지? 내가 이렇게 된 건 다 네 탓이야. 그래도 난 욕은 안 한다."

맞는 말이었다. 그녀와 몇 년 동안 함께 부대끼고 있으므로 해서, 난 어느새 정현의 어투를 비슷하니 하고 있었다. 덕분에 나는 조금은 가벼워지고, 조금은 편해졌다.

"그래, 이년아. 좋은 것 좀 배우지. 톱여배우가 돼가지고……경망스럽게."

"네가 경망스러운 건 아나 보다. 장하다, 우리 정현이."

내가 대견하다는 듯 정현의 머리를 쓰다듬자 그녀가 '이년이' 하고 흘낏 째렸다.

"정현아, 나랑 어디 좀 가자. 한가하면."

쓰다듬던 그녀의 머리카락에서 손을 멈추며, 난 나직하게 중얼거렸다. 그녀의 시선이 의아한 듯 내 얼굴에 꽂혔다.

✳　✳　✳

"여긴…… 왜? 뜬금없이."

낯익은 학교의 담벼락이 보이기 시작하자 그제야 정현이 물었다. 내가 학교에 가자고 했을 때도 묻지 않고 묵묵히 따라줬으면서도.

"그냥, 문득 생각나서……. 주차 어디다 하지? 일요일이라 교문 닫혀 있는 건 아닌가?"

"저기 식당에 부탁하지, 뭐. 저기에 주차하고 건너오면 되겠네."

길 건너편 식당을 턱짓하더니, 그녀가 신호를 무시하고 불법 유턴을 했다. 내가 노려보자 오늘만, 하고 그녀가 헤헤거렸다.

"어머, 탤런트 유지이네. 여긴 웬일이래?"

식당 앞에 주차하고 내리는 나를 보더니, 안에서 내다보던 식당 아줌마가 반갑게 맞이했다.

"우리 지이, 여기 학교 졸업한 거 아시죠? 학교에 잠깐 들렀어요. 저희 여기에 잠깐 주차해도 될까요?"

정현이 아줌마의 팔을 살갑게 잡았다.

"맞다, 맞다. 이 학교 나왔다 했다."

"저도요. 저도 여기 졸업했어요. 학교가 너무 보고 싶어서 오랜만에 왔거든요."

"그래, 주차해 놓고 가."

아줌마가 시원스레 허락했다.

"대신, 갔다 와서 꼭 사인해 줘야 해."

"당연하죠."

정현이 내 허락 같은 건 받지도 않고 승낙했다. 그리고 감사하다고 가볍게 인사한 후, 우린 때마침 신호가 바뀌는 횡단보도를 건넜다.

큰 교문은 굳게 잠겨 있었고, 쪽문은 열려 있었다. 슬쩍 수위실을 건너다보니, 아저씨는 자리를 비운 듯 텅 비어 있었다.

우리는 자연스레 안으로 들어가, 운동장을 가로질렀다.

"와, 학교 진짜 오랜만이다. 졸업하고 처음이네."

교정은 10년 전과 별반 다르지 않았다. 페인트칠을 다시 한 듯 학교 외벽이 깨끗한 것만 빼고는 크게 변화된 것은 없었다.

내가 걷던 운동장, 계단, 복도, 모든 것이 마치 10년 전으로 돌아온 것처럼 그대로였다.

"어디 가?"

내가 3학년 교사로 들어가 복도를 걸어가자, 따라오며 정현이 물었다. 그러다 내가 대꾸 없이 복도 끝 지점까지 가자 그녀는 더 이상 묻지 않았다. 계단을 오르고 올랐다. 그리고 옥상 문에 다다랐다.

차가운 손잡이를 잡고 돌리니 잠겨 있었다.

내가 안타까워하며 정현을 뒤돌아보자, 그녀가 기다리라며 복도 끝으로 다시 걸어갔다. 난 옥상 문에 등을 기대고 서서, 힐을 신은 내 발끝만 보며 그녀를 기다렸다.

오래전 나는 단화를 신고 이곳에 왔었다. 어느새 나는 높은 힐을 신고 이곳에 와 있다.

한참 만에 수위 아저씨를 대동하고 의기양양하게 돌아온 그녀를 보며, 난 정말 정현이가 없으면 어찌 살까 싶었다. 수위 아저씨는 나를 반가워하며 흔쾌히 옥상 문을 열어주고 가셨다.

"미련한 년."

내가 옥상 벽에 배를 대고 아래의 교정을 멀거니 보고 있자, 정현이 툭 내뱉었다.

"뜬금없이 오자고 할 때부터 알아봤어."

"정현아."

저 아래, 산책로가 보였다.

"금액은 모르는데, 아마 저기 잔디가 우리 엄마 돈일걸?"

"정말?"

"위험해."


산책로가 기부금으로 만들어졌다고 장난치던 그의 말에, 깜짝 놀라며 밖을 내다보던 내 이마를 손으로 밀어 넣던 그. 그날이 학교에서의 마지막 추억이었다.

"10년 전 오늘 여기서 준수 처음 만났다."

나의 중얼거림에 정현이 깊은 한숨을 내쉬었다.

"넌 그걸 아직도 기억하니? 너 정말 징하다, 징해."

짜증이 섞인 목소리로 그녀가 이죽거렸다.

"우빈 오빠 알면 서운해 한다."

"알아."

"정말 이해가 안 된다. 어떻게 그 오래전 짧은 시간 동안 만난 그 녀석은 아직도 그렇게 애잔하고, 어떻게 5년을 한결같이 너만 보는 우빈 오빠는 받아주지 않는 거니?"

정현의 말투가 힐책으로 바뀌었다.

"그러게. 말이 안 되지?"

교정으로만 시선을 두며 난 쓴웃음을 지었다.

"당연한 거 아니니? 그런데다 솔직히 서준수가 정우빈한테 급이 되니? 정우빈인데? 대한민국 최고의? 누가 봐도 당연 정우빈이지?"

"그러니까 말이야. 정말 말 안 된다."

"그리고 그 녀석 10년 동안 단 한 번도 연락 없잖아. 너 6년 전 세상 밖으로 나왔는데, 그 녀석이 TV든 인터넷이든 단 한 번도 안 봤겠니? 너 뻔히 노출되어 있는데도 안 온 거 보면 몰라? 그러니까 네 소식 못 찾는다는 건 핑계고, 안 오고 싶으니까 안 오는 거지."

"그래. 그렇다니까."

웃음이 실없이 나왔다. 입안이 써지는 텁텁한 웃음이.

"그래서 이젠 잊으려고, 진짜로."

난 눈을 내리깔며 혼잣말처럼 나직하게 중얼거렸다. 내 말에 정현이 흠칫했다.

"우빈 오빠한테 가려고, 완전히."

그녀에게 눈을 돌렸다. 정현이 놀란 눈으로 우두커니 나를 봤다.

"그게 맞는 것 같아."

깊은 곳에서 울림이 올라와, 이번엔 웃음이 나오지 않았다. 애써 처연해지는 감정을 억누른 탓이었다.

옥상 벽에서 떨어져 뒤에 있는 그녀의 어깨를 팔로 감쌌다.

"술이나 마시러 가자."

"또? 야, 피부 망가져, 이년아!"

무거워지는 분위기를 깨려는 듯 정현이 신경질적으로 잔소리를 했다.

"마실 수 있을 때 마셔야지. 마시고 싶어도 못 마실 때가 있었는데……."

"너처럼 술 많이 마시는 여배우도 없을 거야."

"가자, 가자."

그녀를 재촉하며 난 옥상 문으로 걸음을 옮겼다. 정현은 하는 수 없다는 듯 혀를 찼다.

너와 내가 앉았던,

나와 네가 기대었던 옥상 벽을 등 뒤에 두고…….


투명한 사각얼음이 황색의 액체에 물들어 빛을 잃어간다. 잃어버린 빛을 찾기도 전에 얼음은 액체 속으로 깎이고 깎여 소멸된다. 마지막 발악으로 차디찬 이슬만 글라스 벽에 흘린 채.

입술을 축이며, 혀를 자극하고, 목구멍에 넘어오는 쓴 액체는 시간이 갈수록 나의 뇌를 침식한다. 쌓이는 곳은 위장인데 더부룩한 곳은 뇌다. 갖가지 떠오르는 상념에 빠진 뇌가 팽창하며 헐떡인다. 그만 멈추라고.

비어 있는 글라스를 채우기 위해 양주병을 드는데 정현이 휙 거칠게 뺏어갔다. 볼멘 표정으로 내가 넘겨보자, 그녀가 미간을 찌푸리며 빈 잔을 채워줬다.

"천천히 좀 마셔."

꾸짖듯 말하더니, 정현이 넘어가는 투로 말을 이었다.

"너 근데 진짜 우빈 오빠한테는 영 마음이 안 생겨?"

"왜? 나 우빈 오빠 좋아해."

난 천연덕스럽게 웃었다.

"좋아한다니까."

다시 한 번 강조하듯 반복했다. 그런 나를 정현이 뚫어지게 응시했다.

"정현아, 나 있지. 근사한 술집 가고 싶다. 멋진 바가 있고, 근사한 바텐더가 마주 보이는……."

술을 한 모금 마시며 정현에게 말했다.

"그래? 갈래? VIP들만 가는 바 아는데. 거긴 입단속이 철저해서 네가 미친년처럼 발광을 해도 별 탈 없다."

뱉어놓고는 정현이 킥킥거렸다. 나는 미간을 좁히며 흘겼다.

"됐다. 그냥 집에 있자. 뭐, 이러고 널브러질 수도 있고 좋잖아."

소파 뒤로 머리를 기대며 다리를 쭉 테이블 위로 뻗었다. 치렁치렁한 나의 머리카락이 어지럽게 소파 뒤로 넘어가 대롱거렸다. 아직도 나는 사람들 시선이 두렵다. 그래서 브라운관 밖의 나를 보여주는 것에 자신이 없다.

정현이 가늘어진 눈으로 날 보면서 한마디 했다.

"이 모습을 우빈 오빠가 봐야 되는데…… 그래야 정떨어지지."

"그러게 말이야."

난 킬킬대며 몸을 일으켜 글라스에 남아 있는 술을 쭉 들이켰다. 내가 좋아하는 느낌이 몰려왔다. 아슬아슬하니 흔들리는 느낌. 취기가 올라왔다.

"정말 우빈 오빠가 너한테 정떨어졌으면 좋겠어?"

정현의 말에 난 한 잔을 더 채웠다.

"……미안해서."

씁쓸히 웃어주고 연달아 쭉 들이켰다.

"이년아, 쉬엄쉬엄 마시라니까!"

버럭 정현이 소리쳤다.

"정현아!"

소파에서 툭 떨어져 내려와, 바닥에 앉아 있는 정현이의 어깨를 끌어안았다.

"키스해 주라."

"아이, 이년! 또 취했네! 저리 가!"

정현이 성질을 내며 날 밀쳐 냈다.

"키스, 키스해 줘."

"이년아, 키스는 우빈 오빠한테 해달라고 해! 우빈 오빠는 거부하면서, 왜 술만 처먹으면 나한테 지랄이야!"

달려드는 나의 이마를 손바닥으로 밀면서 정현이 욕설을 뱉었다.

"아이…… 키스하고 싶어."

거부하는 그녀를 끌어안으며, 난 고개를 흔들었다.

"교태 떨지 마! 이년아!"

나를 밀어내는 정현을 계속계속 안았다. 그녀를 가슴팍에 안고 막 흔들었다. 숨 막힌다며 정현이 소리를 질러댔다. 그래도 그녀를 계속 안았다.

아직도 잊혀지지 않는 나의 콧잔등을 스치는 너의 반듯한 콧날…….

아직도 잊혀지지 않는 나의 입술에 닿는 너의 따스한 입술…….

아직도 잊혀지지 않는 너의 뜨거운 숨…….

아직도 잊혀지지 않는……

아직도…….

## 10화_ 어째서

　전날의 과음에 따른 숙취로 관자놀이이 지끈거렸다. 억지로 무거운 몸을 일으켜 어슬렁거리며 주방으로 가니, 식탁에 식사가 차려져 있었다. 뚝배기를 열어보니 얼큰한 순두부찌개가 먹음직스럽게 담아 있었다.

　"치, 누가 순두부식당 딸내미 아니랄까 봐."

　피식 웃어버리고 정수기에서 냉수를 따라 마셨다. 한 잔 시원하게 들이켜니 울렁거리는 속이 내려갔다.

　그때 휴대폰이 울렸다.

　정현은 술판의 흔적을 완벽하게 치워놓고, 내 휴대폰까지 충전해 놓았다. 바지런도 해라. 흐뭇하니 웃으며 전화를 받았다.

　정현이었다.

〈너, 일어났어?〉

"어."

귀찮아서 건성으로 대답하면서 난 느른하게 소파로 걸어갔다.

〈너 밥 먹어. 내가 차려놓은 거 봤어?〉

"봤어."

〈꼭 먹어. 다 먹어.〉

"내가 저 많은 걸 어떻게 다 먹어?"

〈너 그러다 속 버려. 다 먹어.〉

정현은 꼭 엄마처럼 잔소리를 해댔다. 그녀의 따다닥거리는 울림에 귀가 아파 주방에서 나오던 발을 다시 식탁으로 돌렸다.

"언제 와?"

〈오늘 밤에나 될 것 같아. 온 김에 국장님한테 애들 인사시키고, PD님들한테도 한 바퀴 돌라고.〉

"언제 한 바퀴를 다 돌아?! 꼭 왜 안 해도 될 일을 네가 해? 네가 매니저야?"

난 신경질적으로 쏟아내며 식탁 의자를 끌어당겨 털썩 주저앉았다.

〈겸사겸사 하는 거지. 왜 또? 뭘 또 귀찮게 하려고?〉

"그냥. 밤에 혼자 있기 싫으니까."

〈이년아! 그럼 우빈 오빠를 불러! 끊어!〉

정현이 일갈하더니 전화를 끊어버렸다.

이게.

그녀를 보듯 휴대폰을 노려보다가 수저를 들었다. 정현이 정성껏 차린 밥을 외면할 순 없었다. 한 수저 뜨려는 찰나, 휴대폰이 또 울렸다.

잔소리쟁이, 하고 발신자를 보는데 낯선 번호였다.

"네."

〈유지이 씨 핸드폰인가요?〉

낯익은 여자의 음성이 들렸다. 불현듯 떠오른 이름에 내 입술이 활짝 벌어졌다.

"언니!"

〈지이야.〉

휴대폰 너머 통화가 되었음에 감격스러워하는 혜영의 음성이 들렸다.

✻　　✻　　✻

그녀는 나를 위한 배려로 인적이 드문 골목길의 아담한 카페를 선택했다. 내비게이션이 안내한 곳에 주차하고 카페 입구로 걸어가며 난 그녀가 아직까지도 섬세하게 날 배려한다는 사실을 깨달았다.

카페 안으로 들어서니 창가 테이블에 얌전히 앉아 있는 혜영이 보였다.

"언니, 정말 어떻게 된 거야? 언니가 몇 년 만에 연락한 줄 알아?"

그녀는 잔소리를 하는 내게 잔잔한 미소를 보냈다.

"미안해."

작게 속삭이듯 말한 그녀가 고개를 숙였다.

문득 그녀의 낯빛이 좋지 않음을 깨달았다.

눈 아래는 검푸른 기미가 낀 듯 어두웠고, 헤어스타일도 언제 미용 시술을 받았는지 질끈 묶어져만 있었다. 옷차림도 카키색 야상, 빛바랜 청바지에 오래되어 보이는 운동화를 신고 있었다.

"정말 오랜만이다. 작년에 너 수상했을 때도 축하 인사하고 싶었는데 못했어. 미안해."

혜영이 조곤하게 웃었다. 기력 없는 미소였다.

"언니 전화번호가 바뀌어서 나도 연락 못했잖아. 난 언니가 알던 번호 그대로였는데…… 너무해, 언니."

"서운했지?"

"아니, 뭐. 언젠간 연락 오겠지 하고 있었어. 근데 언니, 무슨 일 있어?"

그녀에게 풍기는 암울한 아우라에 걱정스러워 목소리가 저절로 가라앉았다.

"……이혼했어."

"뭐?"

"그 새끼랑 끝냈어."

혜영이가 입술을 잘근거리고 씹었다.

"언제?"

소스라치게 놀라는데 종업원이 다가왔다. 혜영에게 '뭐?' 하고 묻자, 혜영이 '아이스커피'라고 말했다. 그래서 종업원에게 아이스커피 두 잔을 주문하고, 혜영에게 눈을 돌렸다.

"한 1년 됐나?"

"그래? 근데 왜 이제 연락해?"

"쪽팔려서."

혜영이 미간을 찌푸리며 울상을 지었다.

"창피해 죽을 것 같아서. 내가 너무 한심해서."

금방이라도 그녀의 동그란 눈에서 눈물이 뚝 떨어질 것 같았다.

혜영과 재웅은 3년을 연애하고 이별했다. 재웅이 소속사를 나와 기획사를 차리면서 그들의 사이는 점점 나빠졌다. 기획사 운영이 힘들어진 재웅은 극도로 날카로워졌고, 혜영이 혼자 전전긍긍하며 벌어 그를 도와주다 보니 혜영도 지쳐 갔다.

둘의 싸우는 횟수는 늘어났고, 한 번 벌어진 틈은 쉽게 메워지지 않았다. 결국 둘은 틈을 채우지 못하고 3년 만에 이별을 했다.

1년 후 혜영은 연극배우와 결혼을 했고, 2년 후 아기를 낳았다. 그리고 소식이 끊겼었다.

"왜 이혼했는데?"

나의 질문에 그녀는 어물거리다 겨우 토해내듯 지나온 이야기를 했다.


그녀가 남편을 선택한 이유는 재웅과는 다른, 입에 발린 소리를 잘한다는 점이었다. 재웅은 연애 초에나 다정한 애정 멘트를 했지, 시간이 갈수록 무뚝뚝하니 할 말만 했다.

그런데다 벌려놓은 사업의 운영이 녹록치 않은 탓에 날이 갈수록 말수를 잃었다. 애정 표현에 목마르던 그녀는 재웅와 완전히 다른 무명의 연극배우인 남편에게 홀딱 반했다.

그녀는 연극배우와 만난 지 3개월 만에 결혼을 했다.

그러나 남편은 여자라면 다 좋아하는 소문난 바람둥이었다. 결혼 생활은 4년인데, 바람피운 횟수는 셀 수도 없었다. 돈벌이도 변변치 않으면서.

곧 생활고에 시달리기 시작했다. 친정에 손을 벌리는 횟수가 늘어났고, 그녀는 삶을 후회하며 지쳐 갔다. 늘어나기만 하는 빚. 세살이 된 아기.

마침내 그녀는 결심했다, 남편을 버리기로. 그리고 그녀는 혼자, 아니, 아기와 둘이 되었다.


"재웅 오빠 버린 벌을 받은 거야."

말을 끝내며 그녀는 그렇게 말했다.

"뭐, 언니가 버린 건가? 그냥 둘이 헤어진 거지."

"……그래도 내가 그때 정말 힘들었을 재웅 오빠를 왜 좀 더 감싸주지 못했을까 많이 후회했어. 오빠는 어떻게든 해보려고 애쓰는데, 난 왜 그걸 못 참았을까 했어. 미안하고, 후회하고, 내가 한심하고."

종업원이 가져온 아이스커피를 마시며 그녀는 쓴웃음을 지었다.

"순간의 선택이 평생을 좌우한다고, 정말 남자 한 번 잘못 만났다고 인생이 이렇게 한 번에 뒤바뀌더라. 되돌아갈 수도 없고, 아기가 있으니까 벗어날 수도 없고……. 어떻게 해보려 해도 되지 않고…… 지긋지긋하고 갑갑하고……."

"남자도 마찬가지겠지. 누구든 상대를 잘못 만나면 인생 꼬이는 거잖아."

나에게 하듯, 그녀에게 하듯 중얼거렸다.

준수도 나를 만나 꼬인 거고, 나도 그런 거고, 우빈도 그런 걸까? 우리가 그래서 이렇게 서로를 자유롭게 놔주지도, 잡지도 못하며 헤매고 있는 걸까? 우리의 선택이 잘못된 것일까?

"그래, 서로 마찬가지야. 그래도 여자가 더 심한 것 같아. 여자가 더 억울한 것 같아."

끝내 그녀는 눈물을 훔쳤다. 그녀의 감정이 가라앉을 때까지 난 차분히 기다려 줬다.

"재웅 오빠는 잘 있지? 우빈 씨랑 너 와서 기획사가 자리를 잡았다는 소식은 들었어. 그리고 이제 너도 탑이니 소속사도 잘 되겠다."

"그럼, 소속되어 있는 연예인이 몇 명인데……. 작년엔 소속사 건물도 새로 올렸어. 내 방도 따로 생겼는걸. 재웅 오빠 완전 잘나가셔. 옷도 명품만 입으신다."

일부러 얄궂게 말하며, 툭 이어 던졌다.

"이혼했어, 작년에."

"뭐?"

"재웅 오빠도 이혼했다고. 와이프랑 원래 잘 안 맞았거든."

나의 말에 혜영의 눈썹이 까닥거렸다.

"언니, 나랑 같이 일하자."

난 손을 뻗어 그녀의 손을 잡았다.

"지이야, 무슨…… 내가 손 놓은 지가 언제인데."

"언니 실력이야 누구든 인정하지. 언니 센스가 쉽게 사라지나? 같이 일하자, 언니."

"됐어. 내가 신세한탄해서 너한테 일자리 얻으려고 온 것 같잖아. 그리고…… 재웅 오빠가 있는데…… 오빠가 나랑 같이 일하고 싶겠니?"

얼마 전 재웅 오빠가 회식 자리에서 혜영과 같은 말을 했었다.

"혜영이를 놓은 탓에, 이렇게 인생을 허무하게 산다. 돈을 많이 벌면 뭐 하냐? 난 혜영이 고생만 시키다 헤어졌는데. 아무것도 못해주고……."

오빠도, 언니도 후회한다. 지난 선택에 대해서.

어쩌면 이들에게 이것이 희망이고, 이것이 기회일지도 모른다는 생각이 들었다.

새로운 시작을, 재시작을 위한 기회.

"언니, 그냥 눈 한 번 딱 감아. 해찬일 위해서."

아들 이름을 꺼내니 그녀가 움찔했다. 역시, 엄마는 아이를 위하는 길에는 약하다.

사무실에 도착하자마자 눈치 보며 어렵게 꺼낸 혜영의 거취 문제를 재웅은 의외로 흔쾌히 받아들였다. 일말의 생각조차 안 하고. 그의 흔쾌한 결단에 내가 놀라자 재웅은,

"혜영이가 솜씨는 좋잖아. 꼼꼼하고."

하고 경이하게 넘기듯 말했다.

그의 시원한 답을 듣고 기분이 좋아진 나는 가벼워진 뒤꿈치를 들썩이며 내 방으로 향했다. 다다랐을 때 우빈이 내 방에서 나왔다.

"어디 갔다 와?"

"재웅 오빠한테. 오빠는 언제 왔어? 촬영 끝났어?"

"응. 좀 전에 도착했어. 회의실 가자."

촬영이 끝나고 사무실에 도착하자마자 나에게 온 모양이었다.

"벌써 시간이 됐어?"

무심한 시선으로 벽에 걸린 시계를 보니, 시침이 열심히 오후 4시를 향해 달리고 있었다.

"촬영은 어땠어?"

"뭐, 항상."

우빈이 별거 없다는 듯 어깨를 으쓱했다. 그와 함께 엘리베이터를 타고 한 층 위에 위치한 비즈니스룸으로 이동했다. 깔끔하고 심플한 비즈니스룸에는 아무도 없었다.

최 대리가 미리 가져다 놓은 물과 가벼운 간식거리만 테이블 가운데 놓여 있었다.

"오빤 밤에 또 스케줄 있다며?"

재웅과 얘기 도중 우빈은 회의가 끝나면 바로 방송국으로 출발한다는 얘기를 전달받았었다. 우빈은 얼마 전 촬영이 들어간 드라마 때문에, 촬영뿐만 아니라 홍보 인터뷰 섭외 등으로 정신없었다. 바쁜 우빈을 배려하기 위해 화보 촬영도 여유롭게 진행된다고 했다.

"응, 심야 예능."

"완전 바쁘구나, 오빠."

걱정스레 보며 의자에 앉았다. 우빈이 바로 옆에 서며 엉덩이를 테이블에 기대었다.

"화보랑 드라마 끝나면, 우리 여행 갈까?"

그가 다정하게 웃으며 물었다.

"여행? 밀월여행?"

쿡 웃어주며 반문하니 우빈도 쿡 웃으며,

"그럼 나야 감사하지."

눈을 늘렸다.

"어디로?"

"어디든."

다시 서로를 보고 웃었다.

그래. 화보 촬영이 끝나고 오빠에게 갈게. 어디든, 그곳에서 오빠를 받아들일게.

속의 말을 아직 내뱉을 자신이 없었다. 편하게, 아무렇지도 않게, 아무런 생각도 안 한다는 듯 그를 보고 웃기만 했다.

"속눈썹 떨어졌다."

그의 손가락이 내 눈 아래 부분에 닿았다.

얇고 가는 속눈썹이 생각보다 진득하게 내 살갗에 매달려 있자, 그가 고개를 숙였다. 그의 진지한 눈길이 이탈한 나의 속눈썹 하나에 꽂혔다. 난 익숙한 듯 그의 다정한 손길을 받았다.

"성공."

우빈이 장난스럽게 말하며 가까워진 내 눈을 마주 봤다.

"어머."

문이 벌컥 열리며 들어온 최 대리가 짧게 당황했다. 그녀의 등장에 우빈의 얼굴이 내 눈앞에서 떨어졌다.

"우리가 방해했네. 어우, 정말 닭살커플 아니랄까 봐 시도 때도 없이."

최 대리 뒤로 낯익은 허 작가의 높은 소프라노 음성이 들렸다. 우빈이 내게서 완전히 비켜서며 그들 쪽으로 돌아섰다.

"아니에요."

난 머쓱하게 웃으며 허 작가에게 고개를 돌렸다.

"자기, 부끄러워하네."

허 작가가 특유의 경박한 웃음으로 깔깔거렸다. 그녀의 뒤를 허경스튜디오 기획팀장 한시완 씨가 따랐다.

시완 씨가 나와 우빈에게 '오랜만입니다' 하고 반갑게 웃었다.

그에게 나도 가볍게 목례하며 맞이했다. 그의 뒤를 따라서 시완의 어깨 너머 한 뼘은 큰 사람이 이어서 들어왔다. 무심히 그 사람에게 눈을 돌렸다.

남자의 단단해 보이는 가슴팍을 지나, 얼굴로 시선을 올렸다.

남자의 얼굴이 명확히 보였다. 깔끔하게 잘려진 머리카락, 반듯하고 깨끗한 이마, 그려놓은 듯 잘 자란 눈썹…… 그리고 눈…….

무심히 넘겨보던 그 순간,

준수.

쿵. 깊은 곳에서 잠자고 있던 심장이 울컥하며, 바닥으로 추락했다.

웃고 있던 입술이 굳었다.

준수……?

경악으로 동공이 커진 나의 눈동자와 얼음처럼 차가운 그의 메마른 눈동자가 마주쳤다.

난 그 자리에 얼어붙고 말았다. 지금 내 눈앞에 있는, 방금 내가 있는 곳으로 들어선 그의 얼굴에 입술만 뻐끔거린 채 넋이 나갔다.

준수의 얼굴이다, 분명.

검은색 머리카락이 10년 전 준수의 인상보다 조금 강렬해 보이게 했지만, 준수가 맞다. 깨끗하고 반듯한 이마엔 상처 하나 티끌 하나 없었지만, 준수가 맞다.

분명히, 준수다.

준수가 내 앞에 있다.

내게 왔다.

그는 나와 눈이 마주쳤음에도 눈꺼풀조차 꿈틀하지 않았다. 낯설고 냉한 눈동자로 나를 볼 뿐이었다. 마치 나를 모른다는 듯이.

너는 나를 왜 이렇게 보지?

한기를 느끼는 것처럼 등줄기가 오싹했다.

순간 헷갈렸다.

내가 지금 환상 속에 있는 건지, 현실 속에 있는 건지.

"인사해. 이쪽은 이번 프로젝트에 함께할 일본에서 특별히 모셔온 야마다 쥰스이 작가."

허 작가가 나와 우빈에게 뿌듯한 음색으로 그를 소개시켰다.

야마다 쥰스이?

그녀가 말한 그의 이름을 다시 되새겼다.

준수인데, 준수가 분명한데…….

"반갑습니다."

우빈이 먼저 그에게 손을 내밀었다.

"네."

닫혀 있던 그의 입술이 벌어지며 그의 목소리가 나왔다.

"반갑습니다."

그가 우빈의 손을 맞잡았다.

준수가 맞다.

이젠 가물가물은커녕 완전히 잊어 기억도 안 난다 생각했던 그의 목소리. 나의 귀에 먹먹하게 울리던 그의 듣기 좋은 울림.

준수다. 준수다.

"키가 크시네요. 나도 작은 키는 아닌데……. 누가 보면 사진작가가 아니라 모델인 줄 알겠어요."

우빈이 자신보다 조금 더 큰 그를 보며 편안하게 말을 이었다.

"그런데 얼굴이 낯익네요. 우리 본 적 있나?"

"그럴 리가요."

우빈의 질문에 그가 가볍게 대꾸했다. 그리고 망설임 없이 내게 눈을 돌렸다.

내가 기겁해 벌어진 입을 다물지도 못하고 넋 나가 있는데도, 그는 무감정한 눈으로 나를 봤다. 그와 내 흔들리는 눈이 마주쳤다. 나의 흔들림을 보면서도, 바르르 떠는 나를 보면서도 그의 눈동자는 동요하지 않았다.

"처음 뵙겠습니다. 야마다 준스이입니다."

그가 무뚝뚝하게 말하며 내게 손을 내밀었다.

처음 뵙겠습니다?

멈춰 버린 뇌가, 그의 말을 되짚었다.

10년이 지났지만, 10년 만이지만 분명 준수의 얼굴을 한, 물론 이마가 상처 하나 없이 깨끗하고 머리카락 색이 검지만.

분명히 준수의 얼굴을 가지고 있으면서, 준수의 깊은 곳에서 울리는 듯 듣기 좋은 음성을 내면서 그가 내게 말했다. 처음 뵙는다고.

우리가 처음인가? 정말 처음인가?

테이블 아래 축 늘어져 덜덜 떨리는 손을 꽉 맞잡았다.

혼란스러움에 그가 내민 손을 잡지도 못하고, 꽉 맞잡은 손을 풀지도 못하고 난 굳어 있었다. 흔들리던 시선을 그의 커다란 손으로 옮겼다.

저 손이다. 내 머리카락을 쓱쓱 거리며 헝클이던, 내 손을 잡고 깍지를 껴주던, 나의 등을 포근히 감싸던 손이다.

조금 낯설다. 어른의 손이라, 남자의 손이라 낯설다.

눈을 들었다. 나와 눈을 마주한 그의 눈은 여전히 흔들림이 없었다.

정말 처음 보는 사람처럼, 그는 나를 그렇게 내려다보고 있었다. 짐짓 냉랭한 듯 무표정하게.

그와 나 사이에 흐르는 얇은 긴장감을 다른 이들은 눈치채지 못하고 있었다.

내가 손을 잡지 않자 그는 아쉽지 않다는 듯 손을 거뒀다. 그리곤 허 작가 옆자리에 여유롭게 앉았다.

"지이 씨, 왜 그래요?"

기획서 바인더를 나눠주던 최 대리가 안색이 창백해진 나를 발견했다. 그녀가 걱정스러운 눈빛을 보냈다. 그제야 허 작가와 한담하던 우빈의 시선이 내게로 돌려졌다.

"어디 안 좋아?"

우빈이 슬며시 놀라며 내 팔에 손을 얹었다. 온기가 담긴 우빈의 손길에도 난 굳어서 고개만 흔들었다. 여전히 그에게서 시선을 떼지 못하고.

그는 나를 보지 않았다. 최 대리가 넘겨준 기획서만 무심히 볼

뿐이었다.

우빈의 시선이 잠시 고개를 숙이고 있는 그에게 돌려졌다.

"지이 씨, 컨디션 안 좋으면 잠깐 쉬었다 할까요?"

최 대리가 물었다.

"자기, 어지러워?"

허 작가도 걱정했다.

다들 나를 걱정하는데, 그는 나를 안 본다. 눈썹 하나 꿈쩍하지 않는다.

"아니에요. 괜찮아요."

난 황급히 시선을 거뒀다. 눈길을 아래로 내리며, 힘줘서 맞잡은 두 손만 노려봤다.

정신이 아득하니 혼미해지는 기분이 들었다.

이곳에 있으면서도 이곳에 없는 듯 정신이 붕 떴다.

현실을 믿을 수가 없어서.

"허 작가님하고는 두 분 다 작업을 많이 해보셨으니까, 소개는 생략하고요. 여기 야마다 준스이 작가님은 기획서에 나와 있다시피, 현재 일본 광고계에서 총망받고 있는 포토그래퍼이십니다. 이번 프로젝트를 위해 기꺼이 한국으로 와주셨어요."

"기꺼이는 아니야, 내가 얼마나 매달렸는데."

최 대리의 소개에 허 작가가 불쑥 끼어들었다.

어째서?

"그럼 야마다 작가님의 프로필은 기획서로 확인하시고요. 이번 프로젝트 컨셉에 대해 시완 씨가 설명해 주실 거예요."

최 대리가 프로젝터를 켠 후에 자리에 앉았다. 시완이 빔스크린 앞으로 걸음을 옮겼다.

"오랜만입니다. 이번 저희 허경 작가님과 야마다 준스이 작가님의 공동 화보 촬영을 총괄 기획하게 된 한시완입니다."

시완이 간단하게 인사하고 리모컨을 들었다.

어째서? 너는, 당신은 준수의 얼굴이지?

준수가 아닌 것처럼 하고.

"이번 화보 프로젝트는 허경 작가님이 여기 계신 두 분, 정우빈 씨와 유지이 씨의 모습을 담고 싶어서 기획하신 건데요, 컨셉의 주제는 '사랑의 시선'입니다. 사랑의 시선은 단어 그대로 서로 사랑하는 사람들이 서로를 바라보는 시선을 담는 것입니다. 그러므로 실제 커플인 정우빈 씨와 유지이 씨께서 꾸밈없이 있는 그대로 촬영을 진행하시면, 아주 자연스럽고 멋진 화보가 탄생할 것이라고 생각합니다."

어째서? 너는, 준수의 목소리를 갖고 있지?

정말 나를 처음 본 양 낯설게 보면서.

시완의 설명을 듣지도 않고, 난 고개만 숙이고 있었다.

살며시 눈꺼풀만 올려 맞은편 그를 훔쳐보니, 그는 침착한 눈빛으로 스크린만 응시하고 있었다. 냉담하게 느껴지는 옆모습이었다. 옆모습도 분명히 준수가 맞는데…….

그의 반듯한 콧날, 그의 선홍색 입술, 그의 긴 속눈썹…….

"총 촬영은 6회로, 2회는 사랑하는 두 사람이 서로를 바라보는 시선을 담습니다. 정우빈 씨와 유지이 씨가 함께 촬영하게 될 것이며, 허 작가님과 야마다 작가님 두 분과 촬영을 진행합니다. 작가님들 두 분의 각기 다른 시점과 교차점을 찾아 작업할 예정입니다. 카메라는 필카와 디카를 병행할 예정이며, 디카로 진행할 시에는 현장 모니터를 하게 되고, 필카로 진행 시는 촬영이 모두 끝나고 셀렉 시 확인할 수 있으실 겁니다."

시완의 프레젠테이션이 계속되는 동안에도 나는 그에게서 시선을 떼지 못했다. 그도 나의 시선을 아마 느끼고 있을 것이다. 그러나 그는 눈썹도 까딱하지 않았다.

다른 이는 모르겠지만, 그와 나 사이에 숨 막히는 기류가 흐르는 듯했다. 나만 느끼는지는 모르겠지만 숨이 막혔다. 숨이 막혀 뛰쳐나가고 싶었다.

누군가 날카로운 송곳을 내 심장에 꽂고 힘줘서, 느리게 느리게 누르듯 심장이 아렸다. 숨을 쉴 수 없을 정도로 심장이 서서히 아려왔다.

"그리고 2회 촬영은 남자가 연인을 바라보는 시선입니다. 이 촬영은 야마다 작가님이 유지이 씨를 촬영하게 되며 두 분의 단독 촬영이며, 허경 작가님은 참여하지 않습니다. 야마다 작가님과 저희 스텝들이 작업합니다."

어째서? 준수가 아니고 야마다 준스이지?

어째서? 당신이 너가 아닌 거지?

"나머지 2회는 여자가 바라보는 연인의 모습입니다. 허 작가님이 정우빈 씨를 촬영하며, 마찬가지로 두 분의 단독 촬영입니다. 야마다 작가님은 참여하지 않습니다. 현재 두 분이 같이 진행할 2회분 촬영에 대한 컨셉 기획은 마친 상태이며, 기획서에 기재되어 있으니 살펴보시기 바랍니다. 그리고 나머지 4회분 단독 촬영에 대해서는 아직 완전히 결정된 바가 없어, 저희 팀에서 아이디어 회의를 통해 결정할 예정이며, 결정이 되는대로 알려 드리겠습니다."

컨셉 설명을 마친 시완이 촬영 날짜와 촬영 장소를 말하기 시작했다.

어째서…… 어째서……

머릿속에서 끊임없이 질문이 맴돌았지만, 답은 돌아오지 않았다. 난 바르르 약하게 떨면서 치밀어 오르는 수많은 감정을 애써 누르며, 참고 참았다.

눈꺼풀이 아릿했다. 금방이라도 뜨거운 눈물이 흘러내릴 것 같았다.

서러워, 준수야.

준수야, 나 좀 봐.

나 좀 봐줘.

"괜찮아?"

우빈이 속삭이듯 물었다.

"그래. 자기, 점점 더 낯빛이 안 좋다. 어디 안 좋은 거 아냐?"

허 작가와 최 대리의 시선이 내게 다시 왔다. 그의 시선이 드디어 들어 올려졌다. 건조한 텅 빈 눈동자가 차갑게 나를 봤다. 너무 시리도록 차가워서 목구멍에 차오른 숨이 멎는 것 같았다.

"조금…… 피곤해서……."

그의 시선을 피하며, 막힌 숨을 내쉬고 어렵사리 토해내듯 말했다.

"어우, 우리 이렇게 새로 시작하니까 오늘 한잔하려고 했는데. 자기 때문에 안 되겠네."

"네. 우리 지이 씨가 오늘 컨디션이 안 좋나보네요."

최 대리가 걱정하며 나를 보고 또 봤다.

"그럼 빨리빨리 사인하고 일어나야겠네."

시원스럽게 허 작가가 바인더를 달라고 손짓했다.

"오늘은 고문 변호사님께서 지방에 가셔서 저희들끼리 우선 계약서를 작성하고요. 변호사님이 오시면 공증을 할 예정입니다."

최 대리가 서둘러 계약서 바인더를 꺼내 허 작가와 우빈에게 각각 건넸다.

허 작가와 우빈이 계약서를 훑어본 후에 사인을 하고, 우빈은 내게, 허 작가는 야마다 작가라 불리는 그에게 넘겼다.

계약서의 상세한 내용은 눈에 들어오지 않았다.

하단에 위치한 '허경&야마다 준스이'라고 써진 텍스트만 명료하게 망막에 스며들었다. 그 아래에 '정우빈&유지이'라고 써져 있었다. 우빈의 부분에만 사인이 되어 있었다.

바르르 떨리는 손을 들어 내 이름 위에 사인을 했다. 허 작가에게 계약서를 건네받은 그도 사인을 했다.

최 대리가 계약서를 받아 들고, 교환을 해서 우빈에게 건넸다. 한차례 사인을 끝낸 우빈이 내게 건네줬다.

사인이 된 허경&야마다 준스이 부분을 멍하니 봤다. 야마다 준스이라는 이름을 덮고 있는 그의 사인을 봤다.

이게 너의 사인이구나. 힘이 느껴지는 어른의 필체. 낯설다. 그의 사인. 처음 봐서 그런지 더욱 낯설다.

정말 너는, 당신은 준수가 아닌 걸까?

야마다 준스이 아래에 위치한 내 이름 위에 사인을 했다.

그의 사인과 내 사인이 좁은 공간 틈에 엉키듯 겹치며 맞닿았다.

사인을 끝낸 나는 부랴부랴 테이블 밑으로 손을 치웠다. 그리고 다시 꽉 마주 잡았다.

그는 여전히 나를 전혀 의식하지 않았다.

"다음에 한잔하자고. 첫 촬영 때도 좋고, 그전에도 좋고."

허 작가가 먼저 몸을 일으켰다. 그와 시완도 일어났다. 우빈도, 최 대리도 일어서 멈춰 있던 나도 힘겹게 의자에서 엉덩이를 떼었다.

"잘해보자고."

허 작가가 가볍게 악수를 청했다. 그들이 룸에서 나가려는 찰나 우빈이,

"야마다 쥰스이 작가님."

하고 불렀다. 그가 나가려다 말고 우빈에게 눈을 돌렸다.

허 작가가 '쥰스이, 난 니코틴이 급해서 먼저 내려간다' 하더니, 시완과 먼저 방에서 나갔다.

"근데 몇 살이에요? 나보단 한참 어린 것 같은데."

우빈이 그에게 물었다.

"스물여덟입니다."

"한국말을 잘 하네요?"

"어머니가 한국분이세요."

일말의 거리낌 없이 그가 질문에 답했다. 딱딱하지만 예의상 부드러운 음색이었다.

그의 대답을 들으며 나는 떨리는 눈동자를 올렸다.

스물여덟, 한국인 어머니.

너는 준수가 맞는데, 맞는 것 같은데…….

어째서…… 어째서…….

"다음에 한잔해요. 술 좋아해요?"

"즐기진 않지만 잘 마십니다."

나의 흔들리는 시선을 받으면서도 그는 여유롭게 우빈과 대화했다. 아직도 나를 의식하지 않았다. 아니, 내게 관심조차 없었다.

　정말 준수가 아닌 거야?

　준수야.

　준수야, 나 좀 보면 안 돼?

　"그럼 꼭 해요."

　"그럼."

　준수가 가뿐히 목례를 하고 그제야 나를 힐끔 일별했다. 그가 내게 의례적인 턱짓을 하고 가차 없이 등을 돌렸다.

　준수야, 말해줘.

　네가 준수라고.

　준수야.

　가지 마. 말해줘.

　그가 룸에서 나갔다.

　내가 있는 공간에서, 나갔다.

　"정말 어디 안 좋아? 왜 그래? 병원 갈까?"

　우빈이 내게 고개를 돌렸다. 그의 따스한 손이 내 이마를 짚었다. 난 고개만 흔들었다.

　그가 갔다.

　준수의 얼굴을 한, 준수의 목소리를 가진, 준수만큼의 나이면서, 준수의 어머니와 같은 한국 어머니를 둔 그가 갔다.

상처 없이 깨끗한 이마와 검은색 머리카락만 달랐다. 이마와 머리카락색만 다르고, 다 준수다. 그런데 왜? 어째서?

나는 벌떡 일어났다.

"지이야?!"

뒤에서 날 부르는 우빈을 두고 방에서 뛰쳐나왔다.

비즈니스룸을 나와 복도를 뛰었다. 그를 찾아서, 눈앞에서 사라진 준수를 찾아서.

다급하게 복도를 지나 엘리베이터 앞으로 갔다.

그가 보였다.

바지 주머니에 손을 꽂은 채 그는 무표정하게 바닥을 보고 있었다. 그의 특유의 자세다. 우리 준수의 습관적인 자세다. 몸짓도 그다. 분명, 준수다.

우뚝, 걸음을 멈추고 그를 봤다.

엘리베이터가 열렸다. 그가 그 안으로 발을 들여놨다.

엘리베이터 문이 닫히려 했다.

재빨리 뛰어 버튼을 눌렀다.

아슬아슬하게 닫히려던 문이 다시 열렸다.

서서히 열린 문 너머 엘리베이터 안의 그와 밖의 내 눈이 부딪쳤다. 다시 강렬하게 부딪쳤다.

"……저……."

마른침을 꿀꺽 삼키며, 겨우, 겨우 입을 뗐다.

"저…… 정말 몰라요?"

물었다. 그에게 나 좀 알아봐 달라고 애타게 바라보며.

그의 눈동자는 흔들리지 않았다. 시리도록 메마른 그의 눈동자가 나를 봤다. 그가 입을 열었다.

"절 아세요?"

소름이 끼치도록 냉랭한 어투였다.

그의 답이 서늘하게 내 가슴을 관통하고, 아프게 심장을 찔렀다.

"정말…… 저 몰라요?"

다시 물었다.

"다른 분과 착각하셨나 보네요."

다시 서늘한 답이 왔다.

스르륵 버튼을 놓치고 말았다. 툭, 팔이 떨어졌다.

기다림에 지쳤다는 듯 엘리베이터가 일말의 망설임도 없이 스르륵 닫혔다. 그의 무표정한 얼굴이 닫혔다.

준수야……

너 아니야? 진짜?

난 그대로, 그 자리에서 굳었다.

## 11화_ 사랑의 시선

어둠에 둘러싸인 깜깜한 공간에 빠른 기계음이 들렸다. 벌컥 문이 열리며, 현관등이 환히 불을 밝혔다. 무심히 안으로 들어서던 정현의 시선이 어둑한 거실 한편으로 돌려졌다.

"아이! 깜짝이야! 뭐 해?! 불도 안 켜고."

그녀의 소리침에 이어 거실등이 눈을 떴다. 그제야 망각했던 현실로 돌아왔다.

"어?"

내가 넋 나간 시선으로 자신을 올려다보자, 정현이 미간을 찌푸리며 다가왔다.

"뭐 해? 이 깜깜한 속에서?"

"몇 신데?"

"열한 시가 넘었어. 왜 그래, 너?"

정현이 내 앞에 털썩 앉으며 의아하게 봤다.

몰랐다. 거실이 어둠에 묻히는지도, 시간이 이렇게 많이 흘렀는지도.

"……이상한 일이 있어서."

멍청하게 웅얼거렸다.

"무슨? 왜?"

그녀의 질문에 발밑에 놓여 있는 기획서 바인더를 집어 넘겼다. 이게 뭐냐는 표정으로 정현이 바인더를 받아 열었다. 첫 장을 넘긴 정현이 두 번째 장을 무심히 봤다. 두 번째 장에는 야마다 쥰스이 프로필이 나열되어 있다.

"허경스튜디오 프로젝트 기획서네."

야마다 쥰스이의 사진은 없었기에 정현은 다음 장으로 넘기려 했다. 탁. 내 손바닥을 그 장에 올려놓고, 그녀의 손을 멈추게 했다.

정현이 흠칫 놀랐다.

"……왜? 야마다 쥰스이가 왜?"

"알아? 너?"

"어. 같이 공동 촬영 진행하는 일본 사진작가잖아. 일부러 이번 촬영을 위해 지난달에 왔다고 들었어."

별 관심 없다는 투로 정현이 말했다.

"지난달에?"

한쪽 눈썹이 예리하게 치켜 올라갔다.

"이 사람, 누군지 너 몰랐어? 얼굴 못 봤어?"

"못 봤지. 이 프로젝트는 내가 추진한 게 아니잖아. 왜? 완전히 이상한 사람이야?"

"……준수."

"어?"

나의 흐릿한 중얼거림을 정현이 못 들었다.

"준수."

강조하듯 낮게, 정확하게 말했다.

"뭐가 준수야……?"

정확하게 들었음에도 정현은 제대로 이해하지 못했다.

"준수 같아. 아니, 준수야."

"뭐? ……설마."

나의 확신에 찬 어조에 정현이 믿을 수 없다는 표정을 지었다.

"진짜?!"

짧은 정적 후, 그제야 정현이 이해한 듯 기겁했다. 난 빠르게 힘줘서 고개를 주억거렸다.

"인사했어?"

난 고개만 흔들었다.

"그럼?"

"날 처음 봤대. 모른대."

멍하니 중얼거렸다.

"이건 또 뭔 소리야? 자세히 말해봐."

답답하다는 듯 정현이 채근했다.

"그 개자식이 날 모른 척했다고!"

슬슬 쌓이던 분노를 억제하지 못하고 결국 폭발했다. 내가 버럭 소리치자 정현이 경악했다.

"유지이."

처음엔 서러웠다. 날 모른 척하는, 내게 모른다 하는 준수에게. 시리도록 차가운 어투로 날 아느냐 묻는 그로 인해 서러웠다. 그리고 헷갈렸다. 정말 준수가 맞는 건지, 아닌 건지……. 그런데 시간이 지날수록 화가 났다. 어째서, 어째서? 왜 나한테?

"나쁜 새끼. 10년 만에 나타나서 나한테 거지같이 굴었어."

난 속사포처럼 욕을 해대며 이를 바득바득 갈았다.

"야, 야. 진정해. 유지이, 넌 내가 아니야."

나의 흥분에 정현이 정신 차리라는 듯 어깨를 흔들었다.

"나쁜 놈. 어떻게 나한테 이래?! 어떻게?!"

눈에 핏발이 서도록 정현을 보며 소리쳤다.

"나도 정말 재회라도 하게 되면, 눈물을 뚝뚝 흘리며 감격할 줄 알았어. 근데! 그 자식이! 날 모른 척했다고!"

진정하라는 정현의 말은 들리지 않았다. 화가 났다.

"진정해, 진정하고 자세히 말해봐."

정현이 차분히 어깨를 토닥여 주더니, 벌떡 일어나 정수기에서 물을 따라 왔다. 입술이, 입안이, 목이 다 마른지도 모르고 몇 시간을 죽어 있었던 모양이다. 정현이 건네는 물을 받아 벌컥벌컥 마시고 나니 비로소 숨통이 트였다. 물을 마시고, 오후에 있었던 일을 상세히 설명했다.

"……준수가 아닌 거 아냐?"

"그치? 준수가 아니겠지? 준수라면 그럴 리가 없어. 나한테 왜? 우리 준수가."

"우리 준수 좋아하시네. 10년간 연락도 없던 놈을……."

이죽거리는 정현을 내가 죽일 듯이 노려보자, 그녀가 '알았어, 알았어' 하고 손사래를 쳤다.

"아무튼 이마에 상처도 없고 노랑머리도 아니라며. 물론 상처 쯤이야 성형수술하면 사라진다고 했고, 머리야 염색하면 되지만……. 뭐, 아무튼 널 처음 본다 했으니까 정말 닮은 사람 아니야?"

"목소리도 같고, 키도 크고, 스물여덟에 한국인 엄마까지 어떻게 죄다 똑같아?"

갈증이 나서 정수기로 갔다.

"근데 본인이 그런 것까지 당당히 밝히는 거 보면, 너한테 숨기는 거나 거리낌이 없다는 말인데…… 혹시 널 몰라보는 거 아냐?"

"몰라봐? 날?"

물을 따르다 말고 그녀를 넘겨다봤다.

"어째서 날 몰라봐? 나를? 왜?"

"뭐, 사고가 나서 기억이 없다거나……. 아! 그런가 보네. 10년 동안 연락이 없던 것도, 혹시 그런 것 때문이 아닐까? 사고로 인한 기억상실."

"쳇. 드라마를 찍어라. 기억상실, 웃기고 있네."

"이년아, 너 멘탈 좀 챙기지? 너 완전 이상해. 완전 삐뚤어졌어. 진짜 너는 울고불고 난리 쳐야 하는 거 아냐? 준수야, 준수야, 하면서?"

"내가 왜 그런 자식 때문에……."

밉다. 서럽던 기분이 가시고, 혼란스러움이 가신 후부턴 잠자고 있던 원망이 올라왔다. 10년간 나에게 오지 않는 것은 둘째 치고 연락조차 없는 그를 원망했었다는 걸 이제야 깨달았다. 나에게 보내는 서늘한 그의 눈빛으로 인해 깨달았다.

만약 그가 나타나 내게 미안하다고 한마디만 했으면, 이런 더러운 기분은 느끼지 않았을 것이다. 그런데 그게 뭐야? 내가 10년간 기다린 것이 아니라 버림받았다는 것을 깨닫게 해주는 그 서늘함.

"진짜 준수가 아닐 수도 있잖아. 네 말대로 준수가 너한테 그럴 일은 없을 것 같아, 솔직히."

오히려 정현이 날 달래듯 말했다.

물을 마시다 말고 움찔했다.

그래. 우리 준수라면 그럴 리가 없어…… 정말…….

울컥 가슴이 아렸다.

일순간 폭발했던 분노와 미움이 가시고 다시 서글픔이 솟아올랐다.

"……준수가 아니겠지?"

숨죽여 솟아오르는 감정을 애써 억누르는 내게 다가와 정현이 어깨를 잡았다.

"준수는 어디 있는 걸까? 왜 오지 않는 걸까? 왜…… 그렇게 똑 닮은 사람이 나타나서 날 미치게 만드는 거지? 차라리…… 차라리 아니었으면 좋겠어. 준수가 아닌 것보다 준수가 날 그렇게 본다는 게…… 날 그렇게 대한다는 게…… 더 미치겠어……."

깊은 곳에서 나오는 한숨이 흘러나왔다. 난 나직하게 중얼거렸다.

"내가 야마다 준스이에 대해서 알아볼게. 그러니까 진정해."

나의 어깨를 잡고 있는 정현의 손에 힘이 가해졌다. 그녀가 위로하듯 등을 다독거렸다.


정현이 욕실로 씻으러 간 틈에, 난 소파에 머리를 기대고 넋 놓고만 있었다. 저만치 떨어뜨려 놓은 기획서만 멀거니 보는데 우빈에게서 전화가 왔다. 지하주차장에 도착했다는 그의 말에 난 그때서야 내가 우빈에게 무슨 짓을 했는지 인지했다.

난 단 한 번도, 우빈을 보지 않았다.

난 단 한 번도, 우빈의 존재를 의식하지 않았다.

마치 그가 옆에 없는 듯 그의 존재는 까맣게 잊고 준수만, 아니,

준스이라는 사람만 봤다.

엘리베이터를 타고 사라져 버린 그에게 미련이 남아, 다시 뒤쫓아 밖으로 나갔지만 이미 그는 소속사 건물에서 완전히 사라진 후였다. 허망함과 절망에 빠져 그대로 집으로 왔다. 우빈에게 온다간다 말도 하지 않고.

나는 우빈을 전혀 배려하지 않았다.

"괜찮아?"

그럼에도 그는 날 걱정했다. 스케줄 때문에 바로 못 오고, 일정이 끝나자마자 내게 이렇게 달려왔다.

쭈뼛거리며 보조석에 올라탄 내 머리카락을 쓰다듬듯 매만지며, 우빈이 걱정스레 물었다. 울컥해지는 마음을 간신히 억눌렀다.

"어디가 안 좋았던 거야?"

죄지은 사람마냥 머리를 조아렸다. 머리카락을 흘러내려 내 얼굴을 가렸다. 우빈의 부드러운 손길이 내 머리카락을 쓱 넘기며 그가 고개를 기울였다.

"조금……."

슬며시 입을 벌려 대답했다. 그를 볼 자신이 없다, 너무 미안해서.

"병원은? 지금 갈까?"

그의 목소리 울림이 너무 부드러워서, 그의 눈빛이 한없이 그윽해서 속상함이 밀려왔다.

단 한 번도, 단 1초도 나는 우빈을 생각하지 못했다. 그런 내게 우빈은 이렇게 다정하다.

"사실은……."

조심스럽게 입을 열었다. 우빈은 말없이 내 말을 기다렸다.

"숙취 때문에. 어제 정현이랑 너무 달렸거든."

힐끗 눈을 찡그리며 미안한 기색을 하는 나를 우빈이 어이없다는 듯 봤다. 그에게 사실대로 밝힐 순 없다. 미안해서.

"너……."

그의 눈이 가늘어졌다.

"미안."

내가 입술을 오므리니, 우빈이 기막히다는 듯 웃었다.

"잘못했습니다."

내가 빙긋 웃으며 애교를 떨자, 우빈의 팔이 쑥 길게 다가왔다. 그가 팔로 내 등을 부드럽게 감싸며 끌어당겼다. 그의 어깨에, 가슴에 몸이 안겼다.

"지아야."

귓가에 나긋한 우빈의 음성이 울렸다.

"혹시 힘든 일 있으면 말해. 알았지?"

한없이 다정하게 그가 말했다. 난 눈을 스륵 감으며 고개를 주억거렸다.

✳    ✳    ✳

화가 난다. 참기 힘들 정도로 화가 난다. 소리를 빽 지를 수만 있다면.

정신없이 바삐 움직이는 사람들 틈에서 경계하듯 팔짱을 끼고 한편으로 물러나 난 한곳만 응시했다. 널따란 옥외정원처럼 꾸며진 공간에서 스텝들이 촬영 준비를 하느라 분주했다. 그 틈에 준스이가 있었다. 허 작가와 마주 보고 서서 컨셉 기획서를 훑어보는 그의 무표정한 얼굴을 나는 세세하게 살폈다. 이곳에 처음 도착했을 때도 그는 전과 다르지 않았다.

나를 무심히 보며,

"왔어요?"

하고 말했을 뿐이었다. 그리고 일말의 아쉬움 없이 등을 돌렸다.

야마다 준스이의 작업 스튜디오는 오피스텔 빌딩 옥외에 위치하고 있었다.

지난달 한국으로 온 야마다 쥰스이는 원래 텅 빈 창고만 있던 오피스텔 빌딩의 옥외를 스튜디오로 리모델링했다고 했다. 창고는 내부 스튜디오로, 외부는 휴식처 같은 정원으로 만들었다고 했다. 내부 스튜디오는 아직 들어가 보지 않아서 어떻게 꾸몄는지 모르겠지만, 겉은 심플하고 모던했다. 유리문만 투명함으로 존재했고, 반듯한 일자 외벽은 울퉁불퉁한 느낌의 회색으로 칠해져 있었다.

　나머지 부분은 마치 작은 산책로 같은 공간이었다.

　직진하다 유턴하듯 바닥에 박힌 일정하지 않은 크기의 돌이 만들어낸 길이, 건물의 유리문에서 옥상 벽까지 연결되어 있었다. 그 길 옆 모퉁이 부분에는 사각 원목 테이블이 등받이 없는 벤치와 함께 놓여 있었다. 옥상 벽으론 모던한 키 작은 검은색 가로등이 일렬로 간격 맞춰 세워져 있고, 중간중간에 들꽃 같은 꽃과 키 작은 나무들이 길 따라, 가로등 따라 심어져 있었다.

　부러 화사하게 꾸며지지도 않고, 부러 인위적인 느낌도 없었다. 그냥 흔하디흔한 자연스러운 길 같은 느낌이었다. 그곳에 잠시 쉬어가는 테이블에 있고, 그곳에 은은하게 어둠을 밝힐 가로등만 있을 뿐이었다. 화려하지 않는 자연스러운 느낌이 좋았다.

　그의 무뚝뚝한 등을 흘기며 난 부글거리는 감정을 억눌렀다.

　곧 [사랑의 시선] 촬영 컨셉에 따라 이곳에서 우빈과 함께 촬영을 할 예정이었다. 우빈은 라디오 스케줄이 지연된 탓에 도착이 늘어지고 있었다. 덕분에 나는 우빈을 기다리며 준스이를 지켜보고 있었다.

내가 연신 자기를 흘기고 가끔 무료하여 힐을 까딱거리며 지루해해도, 준스이는 내게 시선을 주지 않았다. 일부러 나를 외면하는 사람처럼.

"언니, 옷 왔어요."

옥상 계단을 올라오며, 메인 코디인 윤희가 내게 말했다. 옥상 바로 아래층까지만 엘리베이터가 운영되는 탓에 스튜디오로 올라오려면 계단을 이용해야 했다. 그 덕에 옷걸이로 옷을 옮기지 못하고, 윤희는 옷을 들고, 그녀의 뒤로 혜영이 옷걸이를 들고 올라왔다.

몇 년 만에 재개한 혜영은 나이도 있고 경력도 있지만, 새로 시작하는 탓에 아직은 어시스트코디였다. 그래도 그녀는 자신의 위치를 만족했다. 본인이 좋아하는 일을 다시 시작했다는 사실만으로 기꺼이 기뻐했다.

"오른편에 드레스룸 있어. 거기다 가져다 놔."

허 작가와 나란히 서 있던 스타일리스 현진이 윤희에게 스튜디오를 가리키며 지시했다.

"네!"

옷걸이를 들고 이동하면서 혜영이 대신 활기차게 대답했다. 그녀가 힐끔 나를 보고 환하게 웃었다. 나도 그녀에게 환히 웃어줬다.

"지이 씨, 이리 와. 왜 계속 혼자 거기 있어?"

"여기 있을래요."

현진이 내게 손짓했지만 난 심드렁하니 대답했다. 허 작가랑 현진이 의아한 듯 나를 잠시 봤지만 금세 일에 집중했다.

"정우빈 씨 곧 도착한다고 연락 왔으니 준비하시죠."

그때 쥰스이가 내게 다가와 사무적인 말투로 말했다. 그리곤 다시 내게서 등을 돌려 허 작가 쪽으로 걸어갔다.

매정하게 느껴지기까지 한 그의 등을 노려보며, 난 입술을 잘근잘근 씹었다.

보조스텝한테 전달하라고 시키면 될 것을 기껏 와서 말하면서도, 그는 내게 가벼운, 아니, 억지스런 미소조차 지어주지 않았다. 예의상 웃어주지도 않고, 건조한 시선만 보냈다.

어디서 준수의 얼굴을 하고 나한테 이렇게…….

치밀어 오르는 분노를 가라앉히며 스튜디오 안으로 들어갔다.

오픈된 유리문으로 들어서자, 왼편으로 짧은 복도가 있었다. 복도 양옆에는 야마다 쥰스이의 작품이 담긴 액자가 걸려 있었다. 우뚝 걸음을 멈추고, 그가 찍은 사진을 봤다.

순수작품들이었다. 뭔가 텅 빈 듯하면서 꽉 찬 느낌의 사진들이었다. 사막 사진도 있었고, 높은 정상에서 내려다보는 사진도 있었다. 구도나 색감이 독특하면서 인위적이지 않은, 여운이 남는 근사한 작품이었다.

사막도 다녀오셨어? 여기저기 잘도 다니셨구만.

괜히 삐뚤어지는 마음에 인상을 쓰고 그의 사진들을 보다, 사진 아래 새겨진 ヤマダ じゅん すい라는 이름을 봤다.

사실, 어디에도 준수의 표시는 없다.

사라진 그의 이마의 흉터처럼 아무도 그를 준수라 하지 않는다.

어쩌면 그는 진짜 준수가 아닐지도 모른다. 그런 생각이 들자, 삐뚤어졌던 마음이 사그라졌다. 돌연 그리움이 솟구쳤다.

정말 준수가 아닐지도…….

그의 사진에서 떨어져 안으로 들어섰다.

복층 구조인 훤한 스튜디오 실내가 눈에 먼저 들어왔다.

오른쪽과 마주 보이는 벽을 가득 채운 하얀색 촬영용 세트장 공간 위에는 호리존트 조명이 천장에 매달려 있었고, 팔각 우산 모양 조명박스를 단 키 큰 라이트스탠드 조명이 몇 개 놓여 있을 뿐 넓게 비어 있었다.

마주 보이는 벽에는 벽 따라 2층으로 올라가는 복층 계단이 있었고, 계단 위에는 뚫린 다락방 같은 곳이 있었다. 사무용 작업실인지 책들이 꽂혀 있는 책장과 컴퓨터가 놓인 책상이 보였다. 집기들이 깔끔하게 정리되어 있는 것이 멀리서도 한눈에 들어왔다.

마주 보이는 벽, 복도와 정면 앞은 문 크기만큼 뚫려 있었고, 그 너머로 방들이 있는 듯했다.

왼편 벽에는 등받이 없는 심플한 검은색 소파가 쭉 나열되어 있었고, 그 위의 벽에는 길쭉한 벽걸이 수족관이 있었다. 수족관 안에서 새끼손가락만 한 크기의 물고기들이 유유자적하며, 입만 뻐끔거리고 있었다.

니들이 제일 편하구나.

게슴츠레한 눈으로 물고기들을 지켜보는데,

"지이 씨, 여기서 뭐 해? 빨리 준비하자."

스타일리스트 현진이 안으로 들어와 내 어깨를 툭 쳤다. 그녀가 복도를 오른쪽으로 돌아 위치한 두 개의 방문 중 하나를 열었다.

"여기 옆이 욕실이야. 준비하기 전에 갔다 오던가."

현진이 턱짓으로 옆의 방문을 가리켰다. 난 고개를 흔들고 바로 안으로 들어섰다. 널따란 드레스룸은 테이블과 소파, 커다란 거울이 한쪽 벽을 차지하고 있었다. 오른편엔 전면 붙박이장이었고, 왼편에는 음료나 커피머신이 있는 바 테이블이 있었다.

"거기 잠깐 앉아 있어."

현진이 붉은색의 소파를 가리켰다. 소파는 푹신하게 내 몸에 감겼다. 편안한 소파였다. 이곳에 앉는 사람을 위한 배려가 담긴 소파처럼 느껴졌다.

드레스룸은 화려하진 않지만 의외로 차갑지도 않았다. 이 모든 공간 하나하나 세심하게 신경 쓴 듯 편안한 느낌이 들었다.

마치 이곳을 이용하는 사람의 편안함을 위해 설계한 듯한.

"커피 마실래? 아님 음료수 줄까?"

바 테이블에 서 있던 혜영이 내게 물었다.

난 고개를 흔들었다.

아무것도 먹고 싶지도, 하고 싶지도 않았다.

그냥 밖에서 좀 전처럼 쥰스이의 등만 계속 노려보고 싶었다. 밉고 미워서.

스타일리스트의 손길에 따라 화보 컨셉에 맞춰서 스타일을 바꾼 후에, 그녀들에게 메이크업과 헤어를 확인받고 있는데 노크 소리가 들렸다.

"네."

윤희가 대답했다.

문이 열리며 다정히 웃는 우빈이 들어섰다.

"어머, 우빈 씨. 오랜만."

현진이 우빈에게 환히 웃었다. 우빈도 그녀에게 웃으며 목례했다.

내내 서러웠던 마음이 그의 등장에 반가웠다.

"미안, 늦었지?"

우빈이 크게 걸어와 내 앞 소파에 앉으며 내 얼굴 가까이 마주보고 웃었다.

"왔어? 뭐가 잘못됐었어?"

"아니, 매니저랑 PD랑 말이 맞지 않았어. 우린 사전 녹화인 줄 알았는데, 생방송으로 진행하는 '보고 싶은 라디오'였어. 오래 기다렸어?"

내가 고개를 흔들며 빙그레 웃자, 우빈의 손이 쓱 올라와 내 어깨에 올려졌다.

"정말 예쁘다."

그가 고개를 숙여 내 귀에 귓속말을 했다.

"늦었습니다."

열려진 문 앞에서 불쑥 냉정한 쥰스이의 음성이 들렸다. 우빈이 내게서 떨어지며,

"미안해요. 서둘러 준비할게요."

라며 여유만만하게 웃었다. 나는 우빈의 어깨 너머로 문 앞의 쥰스이를 올려다봤다. 그의 눈동자는 메마르고 서늘했다. 쥰스이의 냉랭한 눈과 마주쳤다. 그는 눈 한 번 깜빡하지 않고 문에서 멀어졌다.

미웠던 마음이 소멸되고, 심장에 한기가 들었다.


"STOP! 자기, 오늘 대체 왜 그래?"

호탕하고 시원하던 허 작가의 첨예한 신경질에 촬영 현장은 일순간 찬물을 끼얹듯 냉해졌다.

"물 좀 가져와."

허 작가의 짜증에 보조스텝이 그녀에게 후다닥 생수병을 넘겼다. 속이 탄다는 듯 허 작가가 생수병을 받아 들고 벌컥벌컥 마셨다. 그녀의 옆으론 준스이가 입술을 굳게 다문 채, 우빈과 나를 지켜볼 뿐이었다.

"평소 같지 않아. 왜 그리 딱딱해? 머릿속에 딴생각만 가득하잖아."

물을 마신 허 작가가 나를 질타했다. 곁의 우빈도 당혹스러움을 감추지 못하고 나를 내려다봤다. 그가 눈으로 '컨디션이 좋지 않으냐' 물었다.

"두 사람, 평소처럼 하면 되잖아? 우리가 있어서 부끄러워서 그래?"

무거워지는 분위기가 금세 싫었는지 허 작가가 농담하듯 말했다.

"죄송해요."

할 말이 없어 난 작게 중얼거리기만 했다.

정말 불편하다. 저 사람, 준스이.

준수인 것 같은, 준수가 아닌 사람 앞에서 이러고 있는 게 불편하고 싫다.

내가 왜 이 계약을 파기하지 않았을까? 새삼 후회했다.

마음 한편에선 이렇게 촬영을 하게 되면 다시 한 번 보고, 다시 한 번 확인할 수 있을지도 모른다고 기대했다. 그러나 나의 착오였다.

그는 어려웠고, 그는 불편했다.

그리고 그의 앞에서 우빈과 이런 촬영을 하는 것도 힘들었다.

우빈과 한껏 사랑하는 사람의 포즈를 취하는 것이, 준수 같은 준스이 앞에서 보이는 것이 힘들었다.

겨우겨우 다부지게 마음먹고 촬영을 했는데, 허 작가는 마지막 촬영으로 나와 우빈에게 키스하기 직전 포즈를 취하라 지시했다. 닿을 듯 말 듯 거리를 유지하며, 서로의 입술 앞에서 아슬아슬하게 멈추라 했다. 사랑에 빠져 금방이라도 뜨거운 키스를 퍼부을 것처럼.

내가 그런 걸 저 사람, 준수 같은 사람 앞에서 하게 될 줄은 꿈에도 생각지 못했다.

저절로 몸이 굳었고, 표정이 얼었다.

"자, 다시 하자."

허 작가가 박수를 치며 의욕을 다졌다.

"힘들어?"

나의 팔을 잡으며 우빈이 걱정스레 물었다.

"……어."

난 솔직하게 그에게 말했다.

"조금 쉬었다 하자 그럴까?"

"아니."

쉬었다가 해봤자 어차피 해야 할 일이다. 끝낼 때까지 반복해야
될 일이다. 다시 마음을 다부지게 먹었다.

촬영이 재개됐다. 쥰스이의 시선은 렌즈로 가려졌다.

너는, 당신은 그 렌즈 속에서 나를 보고 있겠지. 그 속에서 나는
어떤 모습으로 비춰질까?

당신은 렌즈를 통해 나를 어떻게 보고 있을까?

나의 어디를 보고 있을까?

궁금하다. 당신의 눈, 당신의 시선.

당신이 정말 준수가 아닐까? 당신이 정말 준수일까?

궁금하다. 너의 존재, 너의 진짜.

우빈의 다정한 팔이 내 허리를 끌어안았다. 그의 그려놓은 듯
잘생긴 입술이 다가왔다. 난 눈꺼풀을 닫았다. 그리고 입술을 살
며시 벌리며 그를 기다렸다. 그의 입술이 아슬아슬하니 닿을 듯
말 듯한 거리에서 멈췄다.

감고 있는 눈꺼풀 너머로 환영이 보이는 듯했다.

카메라를 놓은 네가 내게 걸어온다. 그리고 내 앞에 선다. 나의
허리를 끌어안고, 너의 고개가 숙여진다.

나의 콧잔등을 스치는 너의 반듯한 콧날…….

나의 입술에 닿는 너의 따스한 입술…….

너의 뜨거운 숨…….

너는 렌즈를 통해 나를 보고, 나는 너를 느끼며, 너를 생각하며

움직인다.

"좋아! 그렇지! 진작 그렇게 하지! 자기, 너무 좋았어."

소름이 끼친다는 듯 허 작가가 오버액션으로 몸을 떨며 목소리를 한 톤 높였다.

허 작가가 모든 촬영이 끝났다는 신호로 박수를 쳐댔다. 어시스트와 스텝들이 박수를 치며 '수고하셨습니다' 하고 인사했다.

그러자 쥰스이는 카메라를 든 채, 몸을 휙 돌려 성큼성큼 실내 스튜디오 안으로 들어가 버렸다.

그의 신랄한 등을 난 우두커니 지켜봤다.


까르르 웃어젖히는 경박한 허 작가의 웃음소리가 룸을 가득 채웠다. 톤이 높은 그녀의 음성이 알코올 섭취로 인하여 한껏 더 올라갔다.

"오늘 스타트인데 내가 너무 기분이 좋아. 아까 모니터하면서 봤지? 둘이 정말 잘 어울려."

담배 연기를 후 내뱉으면서 허 작가가 나란히 앉아 있는 우빈과 나를 번갈아 봤다.

"안 그래도 같이 서 있기만 해도 화보인 두 사람이 이렇게 컨셉에 맞춰서 잘해주니까 난 너무 행복해."

"선생님, 아주 멋진 웨딩화보 같지 않아요?"

허 작가 옆에 있던 메인어시스트 인우가 끼어들었다.

"맞다, 맞다. 그래, 웨딩화보 같다. 이참에 둘이 결혼해라. 그러면 아주 좋겠다. 홍보도 잘 되고 말이야."

"그럴까요?"

우빈이 씨익 웃으며 글라스를 들었다. 평소보다 우빈의 술 마시는 속도가 빨랐다. 오늘따라 스텝들의 술도 잘 받아 마시고, 쉼 없이 넘겨주는 허 작가의 술도 거부하지 않았다. 그래서인지 그는 벌써 취기가 오른 듯했다.

허 작가 옆에 앉아 술잔을 기울이는 쥰스이는 술자리에 낀 듯 안 낀 듯 조용히 있었다. 깊은 상념을 빠진 듯 그는 글라스 안의 갈색의 액체만 주시하며 대화에 끼지 않았다. 누군가가 그에게 말을 건네도, 간략하게 대답만 하고 시선을 다시 내리깔았다. 술을 마시지도 않았다. 슬쩍 입술만 축일 뿐이었다.

건조한 그의 시선 끝이 어디인지 신경 쓰며 나도 목구멍에 넘어가지 않는 술을 마시지 않고 받아만 뒀다.

"우리 그럴까?"

우빈이 내게 눈을 돌려 부드럽게 웃었다. 그의 눈동자가 약하게 흔들렸다.

"그래! 이참에 해버려! 뭐 하러 미루나? 이렇게 좋은데?"

허 작가가 크게 소리쳤다.

"올해 안에 해버릴까?"

우빈이 넘기듯 가볍게 말하며 나의 어깨를 팔로 감싸 안았다.

움찔. 그의 말을 들으며 맞은편에 앉은 준스이를 의식했다. 그는 여전히 우리를 보지 않았다. 나 같은 건 보지도 않았다.

나쁜 자식. 설사 준수가 아니라도 나한테 적어도 가식 정도는 떨어줄 순 있잖아.

또 울컥 분노가 치밀어 올랐다.

호랑이 시집가는 날의 변덕스러운 날씨처럼 이랬다저랬다 하는 마음의 갈피를 잡을 수 없었다. 문득문득 서러웠다가, 뜬금없이 화가 나고 그랬다.

"그래! 그래라. 빠르면 빠를수록 좋지. 어차피 할 건데."

맞장구치며 허 작가가 설레발을 쳤다.

그들의 틈에서 이런 대화를 계속 이어가는 것이 곤혹스러웠다.

"우빈 씨, 노래 하나 해주시면 안 돼요?"

다행히 스텝 하나가 끼어들었다.

우빈이 고개를 흔들며 거부했다.

"그래! 우빈 씨가 또 노래도 끝내주잖아. 하나만 불러주라. 우리 라이브로 들어보게."

허 작가가 방정맞게 웃으며 호들갑을 떨었다.

우빈이 계속 거부하자 스텝이 다가와 우빈의 팔을 잡아당겼다. 어쩔 수 없다는 듯 우빈이 일어나 반주 기계 앞으로 몸을 이동했다. 선곡을 고민하던 그가 스텝에게 노래 제목을 말했다.

잔잔한 노래 반주가 찬찬히 시작되었다.

"우리 지이에게."

그가 나를 향해 그윽하게 웃으며 마이크를 들었다. 룸에 모여 있는 사람들이 환호하며 호응했다. 시끄러웠던 룸이 일순간 잠잠해지며 모두의 시선이 우빈에게 쏠렸다. 쥰스이의 시선만 제외하고.

그는 깊은 눈길로 글라스 안의 술만 응시하고 있었다. 나는 우빈을 보다 그를 곁눈질로 살폈다.

"멋있다, 정우빈."

허 작가가 중얼거리더니 테이블 너머로 길게 몸을 뻗어 별안간 내 팔을 잡아당겼다.

"뭐 해? 자기, 나가야지."

"아, 아니에요."

난 당황해서 고개를 흔들었다.

"나가요, 언니."

윤희가 나의 팔을 잡고 일으켰다.

그녀의 힘에 어쩔 수 없이 억지로 일어나 우빈 곁으로 천천히 이동했다.

*그대를 비운 자리에*
*헝클어져 버린 추억들 사이로*

내가 다가가자 우빈이 가까이 왔다. 취기가 더 오른 듯 우빈의 행동이 대담해졌다. 그가 노래를 부르며 돌연 두 팔을 길게 뻗어 내 목을 감쌌다. 순간 당혹스러워 주춤하는데, 그의 팔이 강하게 날 끌어당겨 안았다. 그가 내 어깨 뒤로 마이크를 들고, 귓가에 입술을 대고 노래를 불렀다. 나에게 바치는 노래를.

*그대라서, 그대라서, 그대라서*
*이 사랑이 아파도*
*그대라서, 그래서 놓을 수 없죠.*

귓가에 우빈의 뜨거운 숨결이 느껴졌다. 그의 감미로운 노래가 내면 깊숙이에 울리듯 잔잔하게 퍼졌다. 얕은 숨을 고르며, 난 숨죽여 멈춰 있었다.

*그대를 비운 자리에 그대가 아닌 다른 그 무엇도*
*아무리 애를 써도 채워지지 않네요.*

그럼에도 나는 등 뒤의 시린 시선을 느꼈다. 가슴이 벅차오르고, 눈시울이 뜨거워졌다.

*그대라서, 그대라서, 그대라서*
*이 사랑이 아파도*
*그대라서, 그래서 놓을 수 없죠.*
*두 번 다신 없을 사람이라서*


—김연우 「**그대라서**」


내가 이렇게 너를, 당신을 느끼는지 아는지.

당신은, 너는 나를 보고 있는지.

너는, 당신은 왜 나를 외면하는지.

왜 내게 이러는지.

정말 준수가 아닌 건지.

우리 준수는 어디 있는 건지.

나를 기억이나 하는지.

나에게 왜 오지 않는지.

어디 있는 건지.

이렇게 기다리는 나를 모르는 건지.

이미 너무 늦은 건지.


심장이 오그라드는 것 같았다.

등줄기를 타고 흐르는 떨림이 내 온몸을 휘감았다.

우빈이 내게 하는 노래를 나는 등 뒤에 너에게, 그에게 전한다. 내 속을 그에게 전달할 수만 있다면. 그에게 전할 수만 있다면 얼마나 좋을까……

서글펐다. 통하지 않음에 이미 손끝으로 빠져나간 투명한 물줄기처럼 잡을 수 없는 것 같아 서글펐다.

그때,

"언니, 전화 왔는데요."

윤희가 내 옆에 와서 휴대폰을 흔들었다. 그녀가 이 상황에서 나를 구해줬다.

난 가까스로 터질 것 같은 심장을 가라앉히고, 우빈에게 입모양으로 '잠시만' 하고 벗어났다.

휴대폰을 받아 들고 돌아서니 쥰스이의 자리는 비어 있었다.

언제 나갔는지 모르겠지만, 그는 이 공간에서 나가고 없었다.

그는 없었다.

휴대폰이 계속 징징거렸다. 정현이었다.

난 룸에서 나왔다.

"어."

〈어때? 오늘 상황은?〉

룸에서 멀리 떨어져 여자 화장실로 들어갔다. 정현은 부리나케 궁금한 것부터 물었다.

"모르겠어."

〈준수 같아? 오늘 다시 보니? 확실히?〉

"⋯⋯어."

퉁명스럽게 대답만 했다.

〈내가 가서 봤어야 했는데, 일만 아니었으면⋯⋯.〉

정현이 아쉬움을 토로하더니 말을 이었다.

〈내가 야마다 준스이에 대해서 조금 알아봤거든? 태어난 곳은 도쿄인데 정보가 많지 않아.〉

"그래? 도쿄에서 태어났대?"

준수는 어디서 태어났는지⋯⋯ 나는 그것조차 모른다. 정말 유지이, 너무한다. 자조적인 웃음이 픽 나왔다, 한심해서.

〈고등학교 정보는 없고, 대학 정보만 있어. 대학 다닐 때부터 사진 콘테스트 같은 공모전은 빠짐없이 참여했다더라고. 그때마다 수상했고. 그런데 시상식에는 나타나지 않아서 이름만 유명했고, 얼굴 아는 이는 별로 없었나 봐.〉

무슨 얼굴 없는 가수도 아니고, 포토그래퍼도 그런 게 있어?

비뚤어진 마음이 다시 튀어나와 이죽거렸다.

〈특히 사진작가이면서도 본인 사진을 찍는 걸 질색해서 흔한 인터뷰 사진 하나 없어.〉

혹시 이마의 상처 때문은 아니었을까? 작은 희망을 품으며 그녀의 설명을 마저 들었다.

〈야마다 준스이는 순수작품도 찍고, 광고사진도 찍고, 재능이

뛰어난 모양이더라고. 그런데 무엇보다도 광고나 패션사진에 감
각이 좋대. 그래서 나이가 어린데도 불구하고 3년 전부터 일본 광
고계에서 주목을 받기 시작했다더라.〉

3년 전이면 스물여섯 때다. 내가 스물일곱일 때다.

〈그런데도 광고계로 오진 않았나 보더라고. 잠잠히 지냈나 봐.
그러다 1년 전에 불쑥 광고계로 본격적으로 뛰어들어서 열렬한 환
영을 받았대.〉

갈증이 났다. 마른침을 꿀꺽 삼켰다.

〈야마다 준스이가 미래의 일본 광고계를 이끌어갈 천재라는 평
가도 있어. 그래서 이번에 허 작가도 콜을 한 모양이더라고.〉

치. 천재 좋아하시네.

"다른 건?"

〈없어. 개인적인 정보가 전혀 없어. 그냥 대학하고 수상 내역과
광고계를 통해서 들은 정보뿐이야. 프로필하고 거의 똑같아.〉

마당발인 정현이 이 정도 말하는 것을 보면 더 이상의 그의 정
보는 알 수가 없다는 거다.

"혹시 부모님이 요정 같은 거 하시진 않는데?"

〈그런 것까지 어떻게 알아?〉

쿡 웃는 정현의 웃음소리가 들려왔다.

당신은 대체 누구이지? 야마다 준스이? 어떤 사람이지?

〈넌 어때? 얘기는 해봤어?〉

"······아니."

얘기라 할 것도 없었다. '왔어요'와 '준비하시죠'가 전부였으니까.

〈자세히 다시 한 번 보지? 준수가 맞는지?〉

맞아, 라고 95% 정도의 확신의 말을 딱 잘라 하고 싶었지만 못하고 우물쭈물했다.

"정현아."

〈응.〉

"진짜로 준수가 아니면 어떡하지?"

불현듯 떠오른 5%의 불안감을 조심스레 내뱉었다.

〈······있지, 지이야.〉

"응."

〈세상엔 나랑 똑같이 생긴 사람이 세 사람은 있대. 정말 똑 닮은 사람 아닐까?〉

정현의 말에 난 바짝 말라가는 입술을 축였다.

정말 차라리 닮은 사람이었으면 좋겠다. 3분의 1의 확률이라면.

준수가 내게 저렇게 나쁘게 하는 게 더 싫으니까.

그녀와 전화를 끊고 화장실을 나오는데 입구 쪽에서 복도를 걸어오는 쥰스이와 마주쳤다. 나를 발견한 그의 한쪽 눈썹이 실룩거렸다. 내켜하지 않는 듯.

그의 냉혹한 반응에 심장이 울컥했다.

솟아오르는 짜증에 그에게서 등을 휙 돌리는데 발이 꼬였다. 비틀거리는 나의 팔을 재빠른 쥰스이의 손이 잡았다. 아슬아슬 넘어지기 직전 그가 나를 구했다.

불현듯 아련한 추억의 장면이 뇌리를 스치고 지나갔다.


"넘어질 뻔했잖아."

"네가 잡아줬잖아."


옥상에서 비틀거리는 나를 잡아주던 준수. 놀란 그를 향해 웃던 나.

나의 팔을 잡은 그의 손바닥에서 전해오는 맥박의 빠른 박동이 얇은 옷을 뚫고 느껴졌다.

이렇듯 뛰고 있으면서.

고개를 휙 돌려 그를 올려다봤다.

나의 흔들리는 시선을 그는 감정을 알 수 없는 눈동자로 내려다봤다.

아주 짧은 침묵이 흘렀다.

쉼 없이 달리던 시계의 시침이 일순간 뚝 멈춘 듯 그와 나의 시간이 잠시 멈췄다. 마치 백만스물하나, 백만스물둘 하고 열심히 달리던 건전돌이가 방전되듯, 뚝 멈췄다. 내가 내뱉은 얕은 숨과 그가 호흡하는 걸 알 수 있는 가슴의 얕은 들썩임만이 시간이 멈추지 않았음을 알려주었다.

내가 주춤하고 있자 그가 불에 덴 것처럼 빠르게 손을 거뒀다. 얇은 옷을 걸치고 그의 체온을 느꼈던 나의 팔이 아쉬움을 토로했다. 팔에서 사라진 온기에 대한, 팔로 전해지던 맥박의 박동에 대한.

중심을 잃었던 몸을 일으키고 그를 빤히 올려다봤다. 그는 평정심을 잃지 않고 무심한 듯 나의 시선을 외면했다.

"조심해요."

한껏 귀찮다는 듯 내뱉으며 그는 나를 스치듯 지나쳤다. 룸으로 걸음을 옮기는 그의 등을 뚜렷하게 응시하다 난 결심했다. 마른 입술을 축이고 천천히 입술을 벌렸다.

"저기……."

나의 조심스러운 부름에 그의 걸음이 멈췄다. 그의 건조한 눈동자가 내게로 돌려졌다.

"……혹시 예전에 사고 같은 거 당했어요?"

망설이다가 조금은 퉁명스럽게 물었다.

"……네?"

그의 눈썹이 치켜 올라갔다.

"사고 때문에 머리를 다치거나…… 뇌가 손상을 입었거나…… 그래서 기억을 잃었거나……."

자신 없이 오물거리며 시작한 말을 끝까지 해야 했기에, 난 심호흡을 한 번 하고 빠르게 말했다. 나의 중얼거림에 그의 미간이 황당하다는 듯 좁혀졌다. 그러더니 어이없다는 듯 입꼬리를 올리며 조소했다.

"그런 적 없어요."

빈정거리듯 그가 말했다.

"아니면, 아팠어요?"

"아니요."

건성으로 답하며 그가 몸을 돌렸다. 그래도 다행인 것은 대꾸는 해준다는 것이었다. 그가 걸음을 옮기려 했다.

"그럼."

그의 발을 다시 잡았다.

이번엔 그의 고개가 내게 돌려지지 않았다. 내게 등을 돌린 채 그대로 멈춰 있기만 했다.

"어렸을 적에 잃어버리거나 헤어진 쌍둥이 형제가 있진 않아요?"

나의 천연덕스러운 질문에 그의 어깨가 잠시 들썩했다.

웃은 건지 아니면 한숨을 쉰 건지 애매하여, 파악하지 못하고 그의 등만 꿰뚫어 보듯 주시했다. 아주 짧은 호흡을 내뱉은 후 그가 나를 딱딱하게 봤다.

그가 말을 내뱉진 않아도 그의 눈에 담긴 말을 알아들을 수 있었다. '그게 지금 말이 되는 소리냐' 황당하다는 뜻.

역시 웃지 않은 모양이다. 나의 상큼한 조크도 통하지 않는 것을 보니, 그의 심장은 인간의 심장이 아닌 것이 분명했다. 그래도 난 결심한 이상 이대로 물러나진 않을 거다.

그의 딱딱한 시선이 나의 결의에 찬 시선을 흔들림 없이 마주 봤다.

"부모님한테 물어봤어요? 혹시 알아요? 출생의 비밀이 있을지?"

난 기죽지 않고 쌜쭉거렸다.

"심심합니까?"

그가 나를 한심하다는 듯 봤다.

"……내가 지금 장난하는 걸로 보여요?"

그의 말에 확 기분이 상해 앙칼지게 말하며 노려봤다.

"네."

거침없이 그가 대꾸했다.

"진지합니다, 저는."

나는 그의 딱딱한 말투를 흉내 내며 지지 않고 대꾸했다. 그러자 그가 나를 빤히 바라봤다. 난 그의 시선을 피하지 않았다. 당당하게 마주 봤다. 절대 질 수 없으니까.

"제가 정말 많이 닮았나 보네요. 누군지 모르겠지만."

그가 성가시다는 듯 짧은 한숨을 쉬었다.

너잖아.

게슴츠레 눈을 가늘게 뜨고 그를 째렸다.

내가 자신을 놓치지 않고 쏘아봐도, 그의 눈동자는 무덤덤했다. 정말 이 사람은 절대, 절대 준수일 수가 없다. 준수는 단 한 번도 나를 이런 눈으로 본 적이 없다. 그것이 나의 속을 시끄럽게 만들었던 첫 만남 때일지라도.

그의 덤덤한 눈과 나의 원망에 찬 눈이 마주쳤다.

서로의 눈이 마주친 순간 다시 시간이 멈춘 듯 그도 나도 눈길을 피할 수가 없었다. 그와 나는 숨죽이고 서로의 눈만 가만히 바라봤다.

그때였다.

"지이야."

룸에서 약간 비틀거리며 우빈이 나왔다.

그 순간, 그와 나의 시선이 떼어졌다. 그는 그 기회를 놓치지 않고 몸을 획 돌렸다. 그리고 주저 없이 룸으로 빠르게 움직였다.

나에게 걸어오는 우빈과 그의 어깨가 교차되었다. 우빈은 나에게 오고, 그는 내게서 멀어졌다.

자신의 어깨를 지나치는 쥰스이를 우빈이 슬쩍 넘겨다봤다. 우빈의 표정은 특별한 감정이 없었다. 취한 우빈의 시선은 내게 돌아왔다. 그의 눈동자가 여릿하게 일렁거렸다.

조금은 위태롭게 보인다고 느낀 순간, 우빈이 빠른 걸음으로 다가와 내 어깨를 와락 끌어안았다. 전혀 예상하지 못한 그의 갑작스런 행동에 난 화들짝 놀랐다. 심장이 따끔했다. 우빈의 따스한 손이 내 등을 안았다. 나를 가슴에 품은 그의 심장박동이 거세게 뛰었다.

"오빠."

"어디 갔다 와. 오빠 너무 취했다."

우빈이 토해내듯 낮게 중얼거렸다.

룸의 문을 열고 들어서는 쥰스이가 우빈의 어깨 너머로 보였다.

안으로 들어서기 직전, 그의 턱이 약간 내 쪽으로 기울어졌다. 그러나 이내 안으로 사라졌다.

"지이야."

나를 꽉 끌어안은 우빈이 얼굴을 내 어깨에 묻으며 속삭였다. 그의 음성이 젖은 듯 물기가 어렸다.

"사랑해."

조금은 힘겹게, 조금은 달콤하게 그가 말했다. 나의 어깨를 끌어안은 우빈의 팔힘이 강해졌다. 심장이 따끔따끔 아파왔다. 가시가 돋친 우빈의 심장이 나의 심장을 짓누르듯이.

"사랑해, 지이야."

깊은 곳에서 쏟아져 나오듯 우빈이 내게 속삭이고 또 속삭였다.

난 눈을 감았다. 답답함이 몰려왔다. 우빈의 달콤한 말에 대한 것이 아니라 지금의 상황에 대한 답답함이었다.

난 그의 마음을 안다. 나를 애타게 기다려 온 그였다.

5년 전, 내게 달콤한 고백을 했던 그였다. 그리고 지금까지 기다려 온 그였다. 대외적인 여자로라도 곁에 있어달라고 하는 우빈이었다.

난 얼마 전까지 이젠 우빈의 손을 잡기로 결심했었다. 그랬었다.

난 이제 얼마 후 우빈에게 가려 했었다. 정말 그랬었다.

그런데 그 모든 것이 송두리째 흔들리기 시작했다. 나의 사고가, 나의 결정이 뿌리째 위태롭게 흔들렸다.

저편 벽 너머 있는 사람 때문에.

기대하고 살았음에도, 기대하지 못하게 만들었던 세월이 흐른 지금에서야 나타난 저편 벽 너머 그를 닮은, 그 같은 사람 때문에.

지금도 달려가 저편 벽 넘어 사람에게 네가 정말 준수냐고, 내 애달팠던 사랑이냐고 묻고 싶다.

이렇게 나를 안고 있는 우빈을 두고서.

이렇게 내게 애달파 하는 우빈을 두고서, 나는 저편 벽 너머 사람에게 애달파 한다.

우빈의 애타는 손을 잡지도, 놓지도 못하는 내가 나쁜 걸 안다.

그를 이렇게 둬선 안 되는 걸 안다.

그럼에도 나는 본다, 저편 벽 너머 있는 사람을.

그의 어깨 너머, 그 벽 너머 있는 사람을 찾는다.

나의 등을 안은 우빈의 팔힘이 더욱 강해졌다. 다시 심장이 따끔거렸다. 그의 심장 가시는 나의 심장을 자극한다. 내게 멈추라고.

## 12화_ 숨은그림찾기

가을의 아침은 상쾌함을 동반한 시원함이다. 폐에 맑은 공기를 주입시키는 양, 코와 입을 통해 들어온 공기에 취해 난 입술을 늘리며 오랜만에 즐거워지는 기분을 맛봤다.

스케줄도 없고 한가한 주말인 탓에 어슬렁거리다 집 안을 정리하기 시작했다. 창문도 활짝 열어젖혀 환기도 시키며 부산스럽게 다녔다. 이렇듯 직접 청소한 것이 얼마 만인지 기억도 나지 않는 걸 보면, 내가 양심이 없는 것이 맞긴 했다.

엄마와 살 때는 이런 집안일이야 신경조차 쓰지 않아도 될 일이라고 인식했었는데. 역시 독립이라는 것은 편한 듯하며 귀찮은 것이다. 물론 나야 집안일은 거의 안 하고, 일주일에 세 번 오는 도우미 아줌마와 정현이 해주곤 있지만.

우빈 덕분에 드라마로 연예계 복귀 후 한 1년은 섭외가 더 이상 들어오지 않았었다. 그렇기에 세상 밖으로 나온 것이 햇수로 6년은 맞지만 실제론 5년이라 말하는 것이 정확했다.

5년 전에 재웅의 소속사로 합류하면서 비로소 완전히 연예계에 복귀해 모습을 드러내게 되었다. 그제야 '유지이'가 다시 연예인이 되었다.

재웅은 그때, 절망의 나락에 빠지기 직전이었다고 훗날 토로했었다. 모든 것이 허무하고, 자포자기한 심정으로 하루하루를 버티고 있었다고 했다. 그래서인지 나의 결정에도 반가워하지 않던 재웅이었다.

"지이야, 다른 데 가. 우빈 씨가 좋은 데 소개시켜 줄 텐데……. 이왕 복귀하는데 이런 데 와서야 되겠어?"

재웅은 그렇게 나를 만류했었다. 그런 그에게 나는,

"오빠가 날 제대로 못 돌봐서 이렇게 일이 됐다고들 하잖아. 그러니 오빠가 끝까지 책임져야지?"

툴툴거리며 모든 상황을 끝냈다.
그 후 나를 따라 우빈이 재웅의 소속사에 들어온 것은 정말 상상조차 못했던, 말도 안 되는 일이었다. 대형 기획사 중에서도 탑 기획사 소속이었던 우빈의 선택은 세간의 이목을 끌었고, 덕분에 재웅의 막혔던 길이 순탄하게 뚫렸다. 그리고 나까지.

그러고 보면 우빈은 나뿐만 아니라 재웅까지 살렸다. 그 후 난 정현을 불러들였다. 그다음부터 정현이는 내 분신처럼 곁에 있었다. 일이 있건 없건 붙어 다니는 우리를 재웅은 틈만 나면 연애하느냐고 타박했다. 마침내 우리가 독립을 하여 함께 살게 되자 재웅은 '이번엔 동성애로 스캔들을 터뜨리려고 하냐?' 하고 농담을 해댔다.

가끔은 나랑 붙어 있는 게 지긋지긋하다고 외치는 정현이지만, 하루만 보지 않아도 '너 언제 오냐'고 재촉하는 그녀였다. 그건 나도 마찬가지였다. 그러면서 우리는 서로를 보며 '우리, 그만 집착하고 서로를 놔주자' 하고 까르르거렸다.

그리고 난 5년 동안의 힘겨웠던 시간을 보내고, 5년 만에 일상을 찾았다. 때론 즐겁게, 깔깔 웃을 수 있는 일상.

정현은 어제 새벽녘에 들어오더니 아직까지도 늘어지게 자고 있었다.

근래 들어서 그녀의 귀가가 늦어지는 횟수가 늘었다.

물론 마케팅이 주 업무라 접대 때문에 늦어지는 날도 있긴 했지만, 재웅의 배려로 접대는 대부분 마케팅 부서 남직원들이 돌아가면서 했다. 그렇기에 실장인 그녀가 굳이 나서서 접대까지 할 필요는 없었다. 그래서 나는 접대가 아닌 다른 것이라 의심을 했지만 특별한 물증이 없어 모른 척하고만 있었다.

소파에는 그녀가 대충 던져 놓은 핸드백과 재킷이 널브러져 있었다. 집에 들어오면서 툭 내던졌을 모습이 상상되었다. 핸드백을 집어 올리는데, 지퍼가 벌려져 있던 핸드백 안의 내용물이 쏟아졌다.

귀찮아하며 그녀의 소지품을 대충 핸드백 안으로 쑤셔 넣는데, 낯익은 물건이 눈에 들어왔다. 그걸 집어 들어 명확한 정체를 확인했다. 난 눈을 가늘게 뜨고 그걸 꼼꼼히 살펴봤다.

벌떡 몸을 일으켰다.

"야야, 안정현."

정현의 방으로 들어가, 입을 한껏 벌리고 잠든 그녀의 옆구리를 발가락으로 쿡쿡 찔렀다.

"으으……."

잠에 흠뻑 취한 정현이 고개를 흔들어대며, 이불을 끌어당겨 뒤집어쓰고 웅크렸다.

난 휙 그녀의 이불을 걷어 젖혔다. 내가 이불을 젖혔음에도 그녀는 자궁 속의 태아처럼 팔다리를 웅크린 채 끝까지 고집스럽게 잠에서 깨어나질 않았다. 그래서 그녀의 옆구리를 발가락으로 간질였다.

"아씨, 왜?!"

결국 정현이 눈을 부라리며 성깔을 부렸다.

"누구야?"

그녀 면전에 손안의 물증을 들이밀었다.

잠이 덜깬 그녀의 눈동자가 내가 내민 물건을 빤히 봤다. 뿌연 시야가 걷힌 후, 그녀가 손을 번쩍 들어 빼앗아가려 했다. 그 찰나를 놓치지 않고 난 잽싸게 손을 거두었다. 아슬아슬하게 증거물을 사수할 수 있었다.

"내 백을 왜 뒤져?! 이년아!"

정현이 되레 일갈했다.

"안 뒤졌어. 그냥 얘가 보였어."

분홍색 피임약을 흔들어대며 난 눈을 가늘게 떴다.

"누구냐고? 어?"

"있어."

정현이 머리를 긁적거리며 내 날카로운 시선을 회피했다. 일회용이라는 의미가 아니었다. 꾸준히 만나는 사람이 있다는 의미.

"있다니? 누구인데? 언제부터인데? 빨리 말해!"

속사포 같은 나의 질문이 시끄럽다는 듯 정현은 새끼손가락으로 귀만 팠다.

"너, 너."

후 하고 새끼손가락을 불어대며 무시하는 그녀를 매섭게 쏘아 봤다.

"혼자만 즐기고 다니니 좋아? 어? 이게 한두 번이 아닌 모양인데? 아주 쭉 드셨구만."

콩알보다도 작은 피임약은 3분의 2 이상이 뜯어져 텅 비어 있었다. 비어 있는 공간을 손가락으로 훑으며 말을 이었다.

"쭉 하셨어. 어?"

허리를 기울여 그녀 얼굴 가까이 내 얼굴을 들이밀며 취조했다.

"아니야, 이년아. 넌 안 먹어봐서 모르겠지만 그게 한 번 먹으면 그 달은 끝까지 먹어야 돼."

"먹어봤거든? 장기촬영 나갈 때?"

그녀의 무시에 난 당당하고 자신 있게 말했다.

"그거야 일시적으로 생리 막는 거고……. 암튼 일찍 발라당 까진 년이 그것도 몰라."

침대에서 내려오며 정현이 내게 무안을 줬다. 그러면서 '내놔' 하고 멈칫해 있는 내 손에서 피임약을 낚아채듯 빼어갔다.

"근데 생각해 보니 너희 그때 피임은 했었냐?"

피임약을 화장대 서랍에 휙 넣다 말고 정현이 문득 떠오른다는 듯 물었다.

"그걸 왜 뜬금없이 물어?"

예상치 못하고 날아든 질문에 민망해져 퉁명스럽게 말했다.

"안 했구만. 겁도 없는 년. 그러니까 어른들이 뭐라 한 거야, 이년아. 준비도 안 된 것들이……. 운 좋은 줄 알아."

정현의 검지가 내 이마를 확 밀었다.

"뭐…… 그랬으면 안 헤어졌겠지."

입술을 비쭉거리는 나를 정현이 기도 안 찬다는 듯 쳐다봤다.

"암튼! 그게 아니잖아?! 화살이 왜 나한테 돌아오는데? 누구냐고? 누구야?"

다시 시작된 나의 총알 같은 질문에 정현이 듣기 싫다는 듯 손사래를 치며 방에서 빠져나갔다.

그녀의 뒤를 졸졸 쫓아갔다.

"왜 말 안 해줘? 너만 밖에서 이러고 다니면 좋냐?"

"그럼 너도 우빈 오빠랑 해."

정현은 끝내 내게 답을 주지 않고 욕실로 들어가 버렸다.

저게.

목표를 이루지 못하고, 내 치부만 까발려졌다. 성질이 나서 그녀가 욕실로 들어가면서 벗어놓은 애먼 슬리퍼만 발로 찼다.

＊　＊　＊

딩동.

자신 있게 왔음에도 엘리베이터가 청명한 도착음을 내자, 돌연 긴장이 되었다. 스르륵 열리는 엘리베이터가 잘못이 없음에도 문을 심각하게 노려봤다. 크게 심호흡하고, 찌푸려지는 미간을 애써

펴고 밖으로 한 발 내딛었다. 뒤의 엘리베이터가 내 행동이 답답하고 느렸다는 듯 재빨리 입을 닫아버렸다.

마주 보이는 계단을 난 지그시 올려다봤다. 얼마 되지 않는 계단이다. 기껏해야 1층 높이다. 그런데도 까마득하게 보였다.

괜찮아. 내가 이길 거야.

다시 한 번 가슴이 크게 들썩일 정도로 심호흡을 했다. 그리고 결심하고 계단을 한 발, 한 발 디뎠다. 가는 길이 천 길처럼 멀게만 느껴졌다.

힐을 신은 발끝이 내딛을 때마다 약하게 부르르 떨렸다.

그리고 마지막 계단을 오르는 순간, 소심해지는 마음에 독려하듯 고개를 크게 주억거렸다. 바싹 메마른 입술을 혀로 축였다.

숨죽이고 있던 심장이 스타트 준비를 하며 불끈불끈 요동쳤다.

눈앞에 보이는 철문에는,

—ヤマダ じゅんすい STUDIO

라고 써진 심플한 검은색 명패에 새겨진 하얀 글씨 아래 작게,

—사전 방문 예약 없을 시, 출입을 금합니다.

라고 쓰여 있었다.

어째 한 자, 한 자 다 냉정해 보였다.

쳇.

딱딱한 안내 문구를 보자 되레 의욕이 불타올랐다.

경고 문구 같은 건 무시하고, 난 철문을 벌컥 열었다.

옥상은 가을의 햇볕이 내리쬐는 가운데 한없이 평온해 보였다. 환한 햇살이 화사하게 날 반겨주었다. 햇살도 나를 반겨주는데, 이까짓 문구쯤이야 무시해도 될 듯싶었다. 낯선, 예약 없는 방문자를 내쫓을 만큼 냉혹해 보이지 않았다.

불끈거리던 심장이 돌길로 발을 내딛자마자 용솟음치며 마구 달리기 시작했다.

성큼성큼 짐짓 자신 있는 척 닫힌 유리문 앞에 섰다. 다시 어깨가 들썩일 만큼 크게 심호흡하고 초인종을 눌렀다. 초인종을 누르는 손끝이 바르르 떨렸다.

얼마나 시간이 흘렀을까?

안은 침묵했다.

일부러 안 나오는 거 아냐?

우습게도, 나는 그가 당연히 이 공간 안에 있을 것이라 단정하고 있었다. 그가 외출했을 가능성에 대해선 추호도 생각지 않고, 당연히 내가 오면 그가 있을 것 같은 기분이 들었다. 그래서 문이 열리지 않는 것이 나의 방문 탓이 아닌지 의심했다.

용기를 내어 이번엔 신경질적으로 초인종을 꾹 눌렀다. 그런데 내 예상대로 첫 번째 초인종 소리로 인터폰 화면으로 나의 방문을 확인하고 날 무시했다는 생각이 들게끔, 두 번째 초인종이 울린 지 얼마 지나지 않아 그가 유리문 너머로 나타났다.

준스이의 눈은 여느 때와 마찬가지로 메마르고 차가웠다.

유리문 사이로 마주 보고 있는 나를 보며 눈썹조차 꿈틀대지 않았다.

"무슨 일입니까? 연락받은 적 없는데요."

문은 열지도 않고, 유리문 너머로 그가 무뚝뚝하게 물었다. 그는 바지 주머니에 손을 꽂은 채 뺄 생각을 안 했다.

저런, 나쁜 자식. 문을 열고 말해도 될 것을.

"그래서 안 열어주시려고요?"

기죽지 않고 그를 쏘아보며 물었다.

준스이의 한 손이 바지에서 빠졌다. 나는 왜 이 별것도 아닌 모션 하나만으로도 감동하는지. 이런 내가 참 우습기도 하고, 신기했다. 문득 아주 오래전 내 가슴을 두근거리게 했던 순간이 떠올랐다. 그것도 준수와 함께였던 순간이었다. 내 팔목을 잡고, 이어 내 손을 잡고 깍지를 끼우던 그의 손.

그가 버튼을 눌렀다.

유리문이 스륵 부드럽게 열리고, 그와 나 사이를 가로막았던 장벽이 사라졌다. 이제 그와 나 사이가 오픈되었다.

내가 안으로 쓱 발을 내딛으려는 순간, 원치 않는다는 듯 그가 한 발 성큼 다가왔다.

움찔. 난 뒤로 물러났다.

"왜 왔어요?"

여전히 싸늘한 그가 위축된 내 어깨를 지나쳐 밖으로 나왔다. 그는 긴 다리로 성큼 내 뒤로 이동했다.

"그냥 지나는 길에 들렀어요."

난 태평한 투로 건들거리며 그가 이동한 방향으로 몸을 틀었다.

나의 태연한 행동에 그의 시선이 잠시 되돌아왔다. 무슨 의도냐는 뜻이 눈동자에 담겨 있었다. 내가 천연덕스러운 표정을 짓자 그는 성가시다는 표정을 지었다. 미간을 좁히며 그가 무시하듯 내게서 등을 돌렸다.

그의 행동 때문에 깊은 곳에서 울컥하고 뜨거운 것이 치밀어 올랐다. 내가 자신을 흘기고 있는 것을 알고 있을 것이다. 그럼에도 그는 날 돌아보지 않았다. 여유로운 걸음으로 옥상 끝부분에 위치한 테이블 쪽으로 이동했다.

절대 지지 않을 거야.

괜스레 위축되는 마음을 다져 먹고,

"야마다 쥰스이 씨."

그의 등을 쫓으며 그의 이름을 강조해서 강하게 불렀다. 마치 이름을 새기듯.

그가 걸음을 멈췄다.

"야마다 작가님이라고 불러야 하나요? 아니면 쥰스이 작가님이라고 해야 하나?"

깐죽대듯이 총총 걸어 그의 옆에 탁 걸음을 멈추고 한껏 턱을 치켜 올렸다.

"편하게 쥰스이 씨라고 해도 되죠? 나보다 한 살 어린데."

그에게 '난 아주 편하다'는 가식적인 미소를 지어 보였다. 그런 내게 쥰스이의 무표정한 시선이 내리꽂혔다.

"편한 대로 하세요."

툭 내뱉는 어투가 '네 마음대로 하세요'의 뜻이 내포되어 있었다.

"그럼 쥰스이라고 불러도 돼요?"

나의 도발적인 말에 그의 눈썹이 실룩거렸다.

내 속은 '준수라고 불러도 되나?'였다.

그가 실룩거리는 눈썹으로 위압적으로 나를 내려다본 탓에 살짝 기가 죽어 나는 바로,

"쥰스이 씨라고 부를게요."

라고 정정했다.

그의 두 손이 다시 바지 주머니에 꽂혔다. 이젠 절대 빼낼 생각도 없고, 내 근처에 있기도 싫다는 듯 그는 걸음을 옮겼다.

"그런데 여기 다 공사하셨다면서요? 돈이 많으신가 봐요."

그는 앞만 보고 걸으며 대꾸하지 않았다.

충분히 무시당할 것이라 예상했던 질문이므로 난 상관없다는 듯 그를 뒤따랐다.

"그런데 아무리 그래도 공사를 어떻게 이렇게 금방 해요? 지난 달에 오셨다면서요?"

"몇 달 전 잠시 들렀을 때부터 시작한 겁니다."

이번엔 그가 덤덤히 대답해 줬다.

몇 달 전에도 한국에 왔었다는 이야기였다. 그렇다는 것은 그전 에도 왔을 가능성이 있다는 것이었다.

"그럼 준스이 씨는 한국에 자주 오세요?"

"……가끔이요."

감정 없이 그가 대꾸했다.

며칠 전, 술집에서도 느낀 거지만 그는 나를 한껏 성가셔 하면 서도 대꾸는 해줬다. 물론 나의 질문들 중 골라서 하는 대꾸였지 만. 잘해준다고 할 수는 없지만 완전히 무시당하는 기분은 아니었 다. 어쩌면 그가 나를 조금은 배려하는 것이 아닐까라는 기대 심 리가 생겼다.

"길게 쭈우욱 있었던 적은 없으세요?"

'쭈우욱'을 길게 늘어뜨리며 묻는 질문에 그가 테이블 앞에서 걸음을 멈추더니 천천히 돌아섰다. 그의 눈동자가 텅 비어 있었 다. 사뭇 그의 눈동자에서 공허함이 비춰졌다. 오래전 사람들을 보던 그 눈동자였다.

난 멈칫했다. 어째서 너는, 당신은 그때의 눈빛으로 돌아간 거지? 어째서 그렇게 전부를 잃은 양 텅 비어버린 거지?

"지금, 심문합니까?"

그의 무미건조한 어조가 낮게 울렸다.

"그냥 궁금해서."

그의 눈동자에 떠오른 공허함이 나를 서늘하게 만들었다. 그래서 난 부러 외면하려고 어깨를 으쓱하며 그의 시선을 회피했다. 그리고 울적해지는 마음을 다독였다.

"근데 길은 왜 저기서 멈추나?"

태연자약하게 길로 시선을 돌렸다. 안 그러면 금방이라도 눈물을 쏟을 것 같아서.

바닥에 깔린 돌길은 유리문부터 직진하다 유선형처럼 돌아 옥상 벽에 딱 붙듯이 끝이 났다. 난 뒤꿈치를 들썩거리며 길을 따라 걸었다. 징검다리 건너듯 뒤꿈치를 들썩이며 하나의 돌을 건너 하나의 돌을 디뎠다. 길이 반가워하고 인사하듯 매끄럽게 나를 맞이했다.

"용건이 없으면 가시죠, 작업 중이었는데."

뒤에서 지친 어조로 쥰스이가 말했다.

"무슨 작업 중이었는데요?"

그를 뒤돌아보진 않고 태평하게 물었다.

뒤에서 그의 짧은 숨이 느껴졌다. 이젠 정말 대꾸도 싫은 모양이었다.

만약 누군가 제삼자가 이 상황을 보고 있다면, 저 여자 참으로 이상하다, 하고 혀를 찼을 것이다. 그래도 상관없다. 나는 오늘 여기를 낱낱이 살피고 그를 자극하러 왔으므로. 당신이 정말 누구인지를 파악하러 왔으므로.

물론 한편으론 불안하다. 내가 준수를 본 시간이 얼마 되지 않기에 어쩌면 나에게 준수는 거의 환상적인 존재가 된 것이나 다름없었다. 그렇기에 10년이 훌쩍 넘은 준수를 실제로 맞이했을 때, 그의 변화를 눈치채기 쉽지 않을 것이란 생각을 한 적이 있었다. 하지만 단정 지을 수도 없다.

내가 정말 그를 눈치채지 못할까? 내가 그를 발견하지 못할까?

나는 못해도, 내 심장은 알지 않을까?

난 돌길이 끝나는 옥상 벽에 딱 붙었다.

가슴 아래까지 오는 벽에 배를 대고 서니, 확 트인 도시가 한눈에 다 들어왔다.

"와, 여기 전망이 좋네요, 쥰스이 씨."

능청스러운 나의 행동에 그는 조금 지치고 피곤해 보였다.

그럼에도 나를 내치지도 않고 있어서 난 한결 기분이 좋아졌다. 오는 내내 난 75%의 확률로 그에게 쫓겨날 것이라고 생각했다. 왜 확률이 그런 숫자가 나왔는지는 모르겠지만, 어쨌거나 내 눈엔 준수가 아닌 야마다 쥰스이는 악독해 보였으므로.

준수 껍데기만 가진 인간. 못된 놈.

아, 혹시 외계인인가?

실없는 상상을 하며 마주 보이는 빌딩숲을 훑었다. 문득문득 자신 없어지는 마음을 심호흡하며 애써 가다듬었다.

가을의 바람이 내 곁으로 불어와 내 웨이브 진 긴 머리카락을 슬그머니 간질였다.

도시는 포근한 바람을 동반하고, 오후의 시간을 즐기고 있었다. 한가로이 도시를 내다보는 것도 나쁘지만은 않았다.

10년 전 너와 함께 내다보던 학교 옥상 같은 느낌이다.

그곳엔 네가 있고, 내가 있었다.

이곳엔 내가 있고, 당신이 있다. 너인 듯한 당신이.

"어?"

그 순간, 나의 시선을 사로잡는 것이 있었다.

딱 마주 보이는 곳엔 키가 높은 빌딩들이 나란히 있었다. 그런데 조화가 맞지 않게도 두 개의 빌딩 사이에는 키가 낮고 작은 빌딩이 하나 있었다. 그 키 낮은 빌딩으로 인한 좁은 틈으로, 몇 블록 떨어진 곳에 있는 백화점이 시야에 들어왔다.

자세히 보니 내가 전속하고 있는 백화점이었다. 난 저 백화점에 3년째 전속모델이었다. 2개월 전 여름에도 가을 패션에 맞춰서 광고 촬영을 했었다.

움찔. 그 순간 용솟음치다 멈췄던 심장이 다시 발동을 시작했다.

나다.

백화점 외벽을 가득 메운, 내가 여름에 촬영했던 광고 사진이 보였다. 검지를 살포시 입가에 대고, 누군가를 보며 행복한 미소를 짓는 내 얼굴이었다. 이 자리, 지금 내가 딛고 있는 돌길이 끝나는 이 지점에서 내 얼굴이 명확하게 보였다.

사진 속 나의 미소가, 나를 향하고 있었다. 사진 속 나의 눈동자의 초점이, 나를 보고 있었다.

설마…….

심장이 두근두근 뛰기 시작했다.

이건 말도 안 돼…….

당신이 만들어놓은 이 길이 끝나는 지점에서, 우연히 내가 보일 확률이 얼마나 될까? 만약 당신이 준수가 아니라면, 정말 말도 안 되는 일 아닌가? 당신이 나를 보기 위해 만든 길이라고 내가 착각해도 할 수 없는 거잖아, 이건.

내 옆으로 쥰스이가 느긋하게 다가왔다. 조금의 간격을 두고 그가 걸음을 멈췄다.

닿지 않을 정도의 거리였는데 어깨끼리 마주 닿은 양, 내 왼편 어깨에 싸한 전율이 흘렀다. 공기 너머로 그의 기운이 내게 닿은 듯 오소소한 소름이 끼쳤다.

그의 무표정한 눈동자도 옥상 밖의 도시에 꽂혔다. 그의 시선이 어느 지점에 가 있는지는 모르겠다.

그는 내가 저 사진을 눈치챘음을 알고 있을까?

그는 혹시 저 사진을, 나를 보고 있을까?

묻고 싶다, 준수냐고.

입술을 벌려야 하는데, 두근거리는 심장 때문에 떨어지지 않았다. 넋을 놓고 멀리 보이는 내 얼굴만 지켜봤다.

용기를 내어 물으려다 움츠러들었다.

묻고 싶은 욕구보다 아니라는 대답이 돌아올까 더 두려웠다.

나는 그를 악독하다 하면서도, 그가 준수이길 바라고 있었다.

그래서 그가 아니라 하면 무너질 것 같아서 무서웠다.

쾅! 그 순간, 아래에서 둔탁하고 무서운 소리가 났다.

"어? 사고 났다."

슬쩍 보니 횡단보도 앞에서 승용차와 택시가 범퍼끼리 서로 맞대고 있었다. 뒤의 승용차가 앞의 택시의 뒤를 추돌한 모양새였다.

"와, 많이 찌그러졌네."

호기심에 저 아래 사고 현장을 자세히 보기 위해 고개를 아래로 쑥 내밀었다.

그때였다.

"위험해."

툭 내뱉으며, 불쑥 다가온 그의 손바닥이 내 이마에 대고 밀었다.

심장이 철렁했다.

난 움찔했다. 그도 약하게 움찔했다. 그가 재빨리 손을 떼고 물러났다.

실수를 했다는 듯 그가 몸을 획 돌려 성큼성큼 스튜디오 건물로 향했다.

"가세요."

그가 등 뒤에서 싸늘한 어조로 뱉으며 큰 걸음으로 유리문으로 갔다.

난 옥상 벽에 배를 기댄 채 그대로 얼어붙었다.

"······준수야."

천천히 낮게 그를 불렀다.

우뚝, 그가 멈췄다.

그와 나 사이에 서늘하면서도 포근한 바람이 불어와 스치듯 느리게 지나갔다.

"준수야······."

다시 그를 불렀다. 애타게.

지나갔던 바람이 되돌아와, 그와 나를 빙그르르 감쌌다.

걸음을 멈췄던 그가 다시 다리를 움직였다. 그리고 문의 방범키 번호를 누르고 안으로 들어가 버렸다.

천천히 몸을 돌렸다.

그가 가버린 곳을 보기 위해 몸을 돌렸다.

멀거니 그가 들어간 곳을 지켜봤다.

깊은 곳에서 숨이 올라왔다. 가슴이 들썩이고, 어깨가 들썩일 정도로 크게 숨을 내쉬었다.

잠자고 있던 전율이 등줄기를 타고 올라와 내 어깨를 넘어, 가슴으로 전달되었다. 쥐어짜는 듯한 전율의 고통이 폐를 숨 쉬지 못하게 했다.

가슴을 들썩이며, 공기를 애타게 빨아들이며 기다렸다.

시간이 흘렀다.

그는 나오지 않았다.

시간이 계속 흘렀다.

그래도 그는 나오지 않았다.

내가 밖에 있든 없든 상관없는 듯했다. 눈이 시려왔다. 가슴이 저며왔다.

오랜 시간이 흘렀다.

그는 나의 존재조차도 망각한 모양이었다.

정말 늦은 모양이었다.

결국 나는 기다리는 것을 포기하고 옥상 벽에서 몸을 뗐다. 입구로 가려 한 발 옮기다, 아쉬움에 한 번 더 유리문을 응시했다. 몸을 튼 탓에 사선 방향으로 유리문 안쪽이 여릿하게 보였다. 그 순간, 내가 놓칠 뻔한 것을 발견했다.

유리문 옆 복도 바닥에 언뜻 튀어나온 그의 신발 앞코. 마치 숨은 그림 찾기처럼 그의 신발 앞코가 시야에 잡혔다.

그가 숨듯이 복도 벽에 등을 기대고 있었다. 가지 않는 나를 느끼며.

픽 웃음이 나왔다.

찾았다, 준수.

✳　✳　✳

끈적거리는 호흡을 길게 내뱉은 허스키한 여가수의 노래가 공간을 채운다. 유려한 재즈 선율과 어우러져 들리는 여자의 노래는 이 밤의 이 공간의 열기를 잔잔히 가라앉힌다.

깔끔하고 샤프한 검은색 조끼슈트를 차려입은 바텐더가 마주 앉은 여자 손님에게 푸르스름한 칵테일을 내놓는다. 그의 얼굴에 능숙한 예의 바른 미소가 번진다.

비즈커튼 너머로 보이는 남자의 얼굴을 보며, 공연히 나 혼자 히죽 웃었다.

혹여 우리의 대화를 누가 들을까 우려스러운 탓에 숨어 있듯 비즈커튼이 쳐진 구석 테이블에 자리를 잡고, 은밀하게 바텐더의 얼굴만 훔쳐봤다.

바텐더의 잘생긴 얼굴을 보면서도 그와 닮지 않은 사람을 떠올리며 다시 히죽 웃었다.

"그래서 이렇게 기분이 좋아?"

"어."

씨익 웃으며 술잔을 들이켜는 나를 정현이 기막혀 했다.

"그래, 준수가 맞는다고 쳐. 근데 너 진짜 준수가 널 왜 모른 척하는진 생각해 봤어?"

"……아니."

"왜 걔가 널 모른 척하는 것 같아?"

"글쎄……."

준스이가 준수임을 알았다. 그런데 정현의 정곡을 찌르는 질문에 난 답을 못하고 헤맸다.

"솔직히 10년 전에 그렇게 가고 일절 연락 없던 것도 이상한데, 10년 만에 나타나서 널 생전 처음 보는 사람처럼 대한다며? 그건 정말 이해가 안 되잖아. 이유가 없잖아? 마음이 식어서? 그렇다고 모른 척해?"

"……미안해서 그런가 보지."

나는 변명하듯 나직하게 중얼거렸다.

"누구한테, 너한테?"

"그것밖에 더 있겠어? 혹시……."

"뭐?"

불현듯 떠오른 끔찍한 상상에, 난 입을 다물고 미간을 찌푸렸다. 정현이 재촉했다.

"결혼했나? 일본에서?"

"야마다 쥰스이 싱글인 건 나도 알고 일본도 알아."

정현이 한심하다는 듯 눈을 가늘게 떴다.

"아……."

그제야 안도하며 한숨을 내뱉었다.

"설사 결혼했다고 해도 왜 널 모른 척하냐고. 이상해, 그건."

"내가 아는 척하기도 싫을 만큼 싫나?"

"그럼 다행이고. 네가 이렇게 방황할 필요도 없을 거 아냐."

"그게 왜 다행이야?"

정현의 똑 부러진 말이 서운해 불평하며 입술을 삐죽거렸다.

"넌 어쩌고 싶은 건데?"

"뭐가?"

"준수가 널 싫어하지 않는 거면 넌 정말 어쩌고 싶은 건데?"

"뭘 어째?"

그녀의 질문이 이상해 난 미간을 찌푸리며 반문했다.

"널 어쩌면 좋니?"

정현이 깊은 숨을 내쉬며 술을 마셨다.

"왜 자꾸?"

심드렁한 그녀의 반응이 의아했다.

"준수가 지금은 모른 척하지만 안 그렇게 되면 어떡할 거냐고. 그럼 준수 만날 거야? 우빈 오빠는 어쩔 거야? 넌 우빈 오빠한테 미안하지도 않아?"

그녀의 입에서 튀어나온 우빈의 이름에 난 움찔했다.

준수의 스튜디오에서 나온 후부터 난 오로지 준수 생각뿐이었다. 조금 전까지도 오직 준수만 생각하며 들떠 있었다.

"너 정말 철딱서니 없다. 그래, 둘이 죽고 못 살 정도로 좋아했다 치자. 그게 벌써 언제니? 10년 전이야. 10년이면 세월이 얼마인데? 게다가 너희 그때 질풍노도의 십대였어. 너, 내일모레면 서른이야. 삼십대라고. 그게 얼마나 다른지 모르니?"

"다르긴 뭐가 달라? 난 그대로인데?"

"그래, 넌 사고가 열아홉에서 멈췄으니까."

정현이 정색하며 질책했다.

소리 지르며 욕하지 않는 정현의 모습은 엄하고 겁이 난다. 난 아무런 항변도 못하고 듣기만 했다.

"보통은 말이야, 십대 때 보는 세상과 삼십대 때 보는 세상은 좀 다르거든? 십대 땐 단순해 보이던 것도 삼십대 땐 좀 더 복잡하게 느껴지고, 좀 더 현실적으로 받아들이고 그래. 좀 더 두려워하고 무섭고 그래. 왜인지 아니? 나이를 먹으니까. 세상 무서운지 아니까."

답답하다는 듯 정현이 술잔을 마저 비웠다.

"근데 너희는 십대 때 죽고 못 살다 어쩔 수 없이 헤어졌다 그래. 근데 기껏해야 그 기간이 얼마였니? 3, 4개월 정도 아니었니?

그런데다 10년이 지났어. 넌 열아홉이 아니라 스물아홉이라고."

정현이 한숨을 푹 쉬더니 말을 이었다.

"그런 너희들이 지금 만난다고 그때의 그 감정을 유지하며 잘 만날 수 있을까?"

"나이가 어리고 기간이 짧은 것에 대해서 단정 짓지 마. 그건 감정의 차이야. 너도 우리의 감정을 풋사랑 정도로 생각하니?"

정현의 말이 송곳으로 찌르는 듯 아파서 들떴던 감정이 소멸되며 억울해졌다.

10년 전 언론에서 말했듯, 엄마가 말했듯, 그녀 또한 우리의 사랑을 질책한다. 우리 사랑의 깊이를 의심한다.

정말 우리의 사랑은 얕은 것일까?

난 안 그러는데 왜 다들 그렇게 보는 거지?

속상해서 가슴이 저려왔다.

"그게 아니라 세월이 흘렀다고. 강산도 변한다는 10년이야. 그럼 사람의 감정은? 사람의 성격은? 사람의 생각은? 안 변했을까? 넌 아직도 열아홉 지이로 사고하고 산다 해도, 준수는? 그대로일까? 아니기 때문에 너한테 그렇게 매몰찬 거 아닐까?"

어쩌면 정현의 말이 맞는지도 모른다. 그의 감정도, 그의 생각도 모두 변해서 내게 이러는 거라는 생각이 들자 기가 죽었다. 갑자기 서럽지도 않고, 화나지도 않고, 그저 기가 죽었다. 비어 있는 술잔을 채워 마셨다.

길을 잃은 심정이다. 길이 막힌 심정이다.

"지이야, 10년을 꾸준히 사랑해도 사랑은 변하는 거잖아. 사랑이 변해서가 아니라 사람이 변해서."

그녀가 손을 뻗어 내 손을 잡았다.

"네 감정 좀 정확히 봐. 네가 진짜 무엇을 원하는지. 넌 그저 지나간 사랑의 이별이 아파 아쉬워하는 거 아닐까? 그저 추억으로 남은 그 사랑이 이미 네 마음에서 떠났는데, 넌 그것도 인지 못하고 미련을 갖고 있는 거 아닐까?"

그녀의 손을 치우고 술을 또 마셨다.

"지이야, 만약 다시 시작했는데 아니면 어쩔래? 너희의 감정은 이미 오래전 묵혀 사라졌던 거면 어쩔래? 그리고 지금까지 너 하나만 보고, 너만을 지키려고 했던 사람을 보낸 것에 대해 후회하면 어쩔래?"

"……너도 우빈 오빠 편이야?"

"누가 편이야. 이런 게 편 가르기가 돼? 넌 정말 언제 철들래?"

정현이 한숨을 푹 쉬더니 핀잔했다.

"지이야, 제발 지나간 첫사랑에 애달파 말고, 항상 널 지켜주려고 애쓰는 사람 좀 보면 안 돼? 우빈 오빠 생각은 진짜 안 하니?"

"나도 우빈 오빠 생각해. 안 하는 줄 아니?"

거짓말이다. 준수를 생각하고, 준수를 보고, 준수를 보고 와서는 우빈을 생각하지 않았다. 단 한 순간도 우빈을 떠올리지 못했다. 그를 배려하지 않는 이기적인 나이기에. 난 내 감정만 소중하기에. 그에게 난 못된 여자이기에.

"우빈 오빠, 너 없으면 어찌 될 것 같니? 네가 그 지나간 첫사랑 때문에 몸 달아 있는 거 알면 어떨 것 같니?"

"······알아. 아는데, 나도 어쩔 수가 없는 걸 어떡해? 내 감정이 내 마음대로 되지 않는 걸. 미치겠는데 어떡해? 하루 종일 준수 생각만 난단 말이야. 나보고 어쩌라고? 내가 준수랑 어쩌고 싶어서 그런 게 아니라, 그냥 답답하고 미치겠단 말이야. 준수가 왜 나한테 이러는지······ 답답해. 알고 싶어."

솔직하게 털어놨다. 그래, 나는 우빈 오빠까지 보듬을 정신이 없다. 이미 내 혼은 준수에게 모두 홀렸으니까.

"정말 어쩌고 싶어서 그런 게 아니야? 그럼 넌 지금 저울질하는 거야? 우빈 오빠랑 준수 사이를?"

"아니야. 그런 게 아니야. 단순히 그런 게 아니야. 정현아, 그냥······ 모르겠어. 정말 알고 싶어, 준수를. 날 왜 모른 척하는 건지······ 왜 10년 동안 단 한 번도 연락이 없었는지······ 왜 지금 이렇게 나타났는지."

"그게 뭐가 중요하니? 네가 마음이 없다면, 그거 별것도 아닌 거잖아! 네가 가진 그 지긋지긋한 미련 때문인 거잖아. 기껏 그 세월 보내놓고······ 이렇게 오래 지났는데······ 왜 아직도······."

정현이 빈 잔에 술을 따르며 이해 안 된다는 듯 고개를 흔들었다.

"난 우빈 오빠가 너무 안쓰럽다, 정말."

나는 안쓰럽지 않으냐고 묻고 싶었지만, 돌아오는 화살을 맞기 싫어 참았다.

우리의 풋사랑은, 우리의 지나간 사랑은 이것밖에 안 되니까.

기껏해야 십대 시절, 철없이 사랑한 몇 개월이니까.

우리의 사랑은 이만큼이니까.

까마득한 10년 전 풋사랑에 불과하니까.

아무도 인정 안 해준다. 내가 가장 사랑하는 사람들조차도. 엄마도, 정현도. 그 누구도 인정해 주지 않는다.

준수야, 너도 그래? 그래서 우리의 철없던 풋사랑을 잊어 나를 외면하는 거야?

술잔을 비웠다. 쓰디쓴 술이 달다. 너무 달아서 서글프다.


"우리 2차 하자! 어? 편의점 갔다 와, 어서."

"넌 이 야밤에, 요즘 세상이 얼마나 흉흉한데 날 편의점으로 보내려고 해? 이년아, 아무리 이래도 나도 여자거든. 그리고 작작 마셔."

택시에서 내리며 정현이 타박했다.

"그럼 같이 가자."

"유지이, 술쟁이라고 동네방네 떠들고 싶냐?"

정현의 말에 입술을 삐죽거리며 아쉽지만 포기했다. 아파트 현관으로 들어서는데 휴대폰이 울렸다.

발신자를 보니 허 작가였다.

〈자기야, 우리 술 마시는데 올래? 한잔 들어가니까, 자기가 너무 보고 싶다.〉

허 작가의 꼬인 목소리에 반색했다.

"선생님 혼자예요?"

분명 우리라는 말을 들었음에도 확인했다.

〈아니, 쥰스이랑 우리 스텝 몇 명. 올래?〉

난 씩 웃었다.

"가야죠, 그럼. 선생님이 부르시는데."

전화를 끊자마자 정현이 내 팔을 신경질적으로 잡았다.

"어디 가? 너? 이 시각에."

"허 작가한테. 같이 가자."

"미친년. 거기 준수 있지? 너 가지 마."

그녀가 카랑카랑하게 성질내며 팔을 잡아당겼다. 그런 그녀를 흘겨보고 휙 팔을 뺐다. 그리고 막 출발하려는 택시로 달려가 지붕을 두들겼다. 뒤에서 말리는 정현을 내버려 둔 채 난 그에게로 향했다.

"안녕. 에브리원."

문을 벌컥 열고 내가 활짝 웃으며 등장하자, 허 작가는 호들갑
스럽게 반가워했고, 남아 있는 스텝 두 명은 즐거워했고, 역시 준
수는 질색했다. 나를 보자마자 미간이 잔뜩 일그러졌다.

"어머, 야마다 쥰스이 작가님도 계시네요."

스텝 옆에 앉아 있는 준수의 옆으로 가 내가 천연덕스럽게 털썩
앉으며 환히 웃자, 그의 눈썹이 꿈틀거렸다.

"자기도 이미 많이 마신 것 같네?"

"어어. 좀 마셨어요."

"그럼 지이 씨, 더 못 마시겠네요."

메인어시스트 인우가 말했다.

"아니, 아니, 나 줘."

술잔을 달라고 손짓하는 나를 옆의 준수가 못마땅하다는 듯 내
려다봤다. 그리고 내가 밀착해서 앉은 것이 거북한지 한 뼘 떨어
졌다.

"야마다 쥰스이 작가님."

난 술잔을 받아 들고 그에게 시선을 돌리며 또박또박 이름을 불
렀다.

"한잔해요. 건배."

테이블에 놓인 그의 잔에 퉁 하고 글라스를 부딪쳤다. 어차피
그가 잔을 들고 내 건배에 응하지 않을 것이라는 것을 알기에, 난
바로 술을 들이켰다.

"우와, 지이 씨. 저번엔 안 드시더니 술 잘하시네요."

내 빈 잔에 술을 채우며 인우가 말했다.

"그럼. 내가 좀 해요."

"어머, 자기, 술 취하니까 애교도 있네."

허 작가도 이미 많이 취한 상태였다.

"평소에도 있어요. 그죠? 야마다 쥰스이 작가님?"

내가 뜬금없이 고개를 돌리고 묻자, 준수가 흠칫 당황했다.

"쥰스이가 그걸 알아?"

허 작가는 농담으로 듣고 깔깔거렸다.

"우빈 씨는 심야 촬영이래. 너무 아쉬워."

깔깔거리는 웃음을 거두며 허 작가가 말했다. 그러면서 그녀가 내게 술잔을 내밀었다. 난 가볍게 그녀의 잔에 부딪치며 '건배' 하고 또 쭉 비웠다.

이것저것 화제가 돌아가는 동안 난 마셔댔고, 준수는 가끔 누군가 건배 제의할 때만 마실 뿐 크게 호응하지 않았다. 그의 어깨에 여릿한 긴장감이 어려 있었다. 예기치 못한 나의 방문 탓인지, 내가 곁에 앉은 탓인지 모르겠다. 하지만 한 가지 확실한 것은 나로 인한 긴장이었다.

"지이 씨, 건배!"

한껏 취한 인우가 내게 술잔을 높이 들었다.

"건배, 건배."

테이블에 놓인 술잔을 들려는데 불쑥 큰 손이 내 손목을 잡았다.

"그만 드시죠. 많이 취했는데."

준수가 단조로운 어조로 나에게 말했다. 취한 탓인지 그의 손의 온기가 느껴지지 않았다.

"무슨 상관이래?"

휙 치우란 듯 손목을 들며 술을 마셨다.

뒤늦게 그가 내 손목을 잡았다는 사실을 인지했다. 술을 많이 마시는 나를 걱정한다는 것을 인지했다. 히죽 웃음이 나왔다.

시간이 꽤 흘렀다.

룸에서 나와 비틀거리며 화장실로 갔다. 화장실 거울에 비친 내 얼굴은 양 볼이 불그스름하고 화색이 돌았다. 술에 잔뜩 취한 탓인지 준수 곁에 있는 탓인지 분간이 가지 않았다.

피식 웃으며 화장실에서 나와 비틀거리며 복도를 꺾으려는데, 벽에 기대고 서 있는 준수와 맞닥뜨렸다.

"어, 야마다 쥰스이 작가님."

내가 반갑다고 손까지 들어주자 그가,

"그만 마셔요. 나가죠. 데려다 줄게요."

감정 없이 말하곤 몸을 돌렸다.

그를 급하게 뒤쫓으려다 비틀거리고 말았다. 그가 몸을 휙 돌려 내 팔을 잡았다. 취기로 어지러움이 느껴져 난 등을 탁 벽에 기댔다. 그리고 그를 올려다봤다.

그가 나를 내려다보다 시선을 회피하며 내 팔을 잡은 손을 놓았다. 그리고 가려 했다. 난 재빨리 손을 뻗어 그의 팔을 잡았다.

"준수야."

토해내듯 나직하게 그를 불렀다.

그가 행동을 멈췄다. 그의 어깨가 긴장해서 굳어졌다.

멍하니 그를 올려다봤다. 그의 시선이 느리게 내게 돌려졌다. 감정 없던 눈동자가 흔들렸다. 마른 호숫가에 가뭄을 달래는 빗방울이 떨어져 잔잔하게 일렁이듯 그렇게 약하게 흔들렸다.

두 손을 뻗어 그의 두 팔을 움켜쥐고 잡아당겼다. 예상치 못한 나의 힘에 그가 내 앞으로 바짝 다가왔다. 그의 들썩이는 가슴이 내게 닿을 듯 가까웠다. 턱을 한껏 더 젖혀 그를 올려다봤다.

"준수야……"

그의 두 팔을 힘없이 잡고서 나의 눈동자는 그의 눈만 들여다봤다. 내 눈앞에 어른거리는, 내 애타던 사랑을 봤다. 오래전 그를 보듬었던 그날처럼 애타게 조심스럽게 봤다.

나는, 여기. 너도, 여기.

지금 우린 함께이지 않는가. 지금 우린 이렇게 마주 보고 있지 않는가.

입안에 맴돌던 뜨거운 숨이 토해져 나왔다.

그가 얕은 숨을 내뱉었다.

미간을 좁힌 그의 눈동자가 부르르 떨렸다.

"……키스해 줘."

나는 속삭였다.

나의 속삭임에 그의 눈썹이 꿈틀했고, 그의 가슴팍이 크게 들썩거렸다.

그의 팔을 잡은 손아귀에 힘을 줬다. 그의 팔이 단단해졌다.

"준수야……."

그리고 다시 뿌옇게 보이는 그를 애타게 불렀다.

뜨거운 숨을 뱉는 그의 미간이 더 좁혀지고 목울대가 움직였다. 그의 입술이 더 굳게 다물어지고, 그의 몸이 단단히 굳었다.

내게서 눈을 떼지 못한 채 그가 거친 숨을 몰아쉬었다.

"키스해 줘."

입술을 벌리며 애걸하듯 그를 올려다봤다. 나의 초점 없는 눈동자에 촉촉한 액체가 스며들었다. 스며든 액체가 눈가를 적셨다.

일그러진 그의 눈동자가 심하게 흔들렸다. 그의 가슴팍이 금방이라도 터질 듯 들썩거렸다. 나에게 잡힌 그의 팔이 금방이라도 심줄이 터질 것처럼 더 단단해졌다. 그의 몸이 부들부들 떨렸다.

"제발……."

그 순간 더 이상 참지 못하겠다는 듯 그의 두 손이 올라와 내 뺨을 감싸며, 그의 입술이 나의 벌어진 입술을 거칠게 덮쳤다.

순식간에 그의 입안을 가득 채웠던 뜨거운 숨이 내 입안으로 쏟아져 들어왔다. 그의 뜨거운 혀가 나의 입안으로 들어와 나의 혀를 감았다. 망설이지 않고 그를 받아들였다. 그리고 그처럼 나도 그를 찾았다. 그와 나의 거칠고 뜨거운 숨이 엉켰다. 토해내듯 그의 입술이, 나의 입술이 서로를 탐했다. 미칠 것처럼 터질 것 같은 심장의 박동을 느끼며 입술을 겹치고, 혀를 엉키며, 서로를 묶었다.

애타게, 거칠게, 뜨겁게.

## 13화_ 너는 있다

　관자놀이를 누르는 고통이 마치 수많은 다리가 달린 지네가 약 올리듯 맴도는 것처럼 찝찝하고 기분 나쁘다. 엉켜 있는 듯 머리카락의 한 올, 한 올이 무겁고 거치적거린다. 뇌가 혈액이 부족하다고, 산소가 부족하다고 투덜거린다.

　뇌에서 외쳐 대는 산소 부족으로 감고 있음에도 뜨고 싶고, 뜰 수 있음에도 감고 싶은 눈꺼풀을 억지로 들어 올렸다.

　그러자 관자놀이에 지끈 하는 강렬한 통증이 일었다. 저절로 미간과 이마가 일그러졌다.

　"지이야, 괜찮아?"

　눈을 뜨자 기다렸다는 듯 부드러운 음성이 귀에 꽂혔다. 흠칫 놀라 들려온 목소리 방향으로 고개를 휙 돌렸다.

우빈.

초점 없는 내 눈동자에 넥타이를 하지 않은 샤프한 재색 슈트 차림의, 여느 때와 마찬가지로 금방이라도 브라운관에서 튀어나온 듯한 현실적이지 않은 남자, 우빈이 있었다. 그의 갑작스러운 등장에 난 내가 꿈을 꾼다고 생각했다.

어째서…… 오빠가?

"괜찮아?"

내가 멍하니 있자 우빈이 걱정스러운 눈빛으로 되물었다.

현실이었다. 분명 내 눈앞에 우빈이 있었다. 그가 나의 어깨에 다정히 손을 얹으며 나를 보고 있었다. 괜찮냐고 묻고, 되물으며.

준수는?

그는 어디 갔지?

겹쳐지는 혼란스러움에 난 재빨리 공간을 훑었다.

난 차 안에 있었다. 우빈의 차 안. 그의 고급스런 외제차 보조석에 약간 기울어져 앉아 있었다. 나를 위한 배려로 보조석 등받이를 뒤로 슬며시 젖혀놓은 상태였다. 내가 일어나자 그가 팔을 길게 뻗고 몸을 숙여 등받이를 세워줬다. 그의 친절한 배려를 받으며, 난 차창 밖으로 시선을 돌렸다.

밖은 깜깜했다. 칠흑 같은 어둠 속에 유일한 빛은 아파트 현관을 밝히는 조명뿐이었고, 멀리 경비실에 켜진 형광등뿐이었다. 아파트 현관 모양새가 우리 집이다. 나와 정현이 사는 아파트.

이상했다. 뇌에서 기억하는 장소와 현재 내가 있는 장소가 부합하지 않고 어긋났다.

나의 뇌는, 나의 기억은 준수를 찾는다.

나는 분명 준수와 함께였다.

화장실 근처, 룸으로 향하는 꺾어지기 직전 복도 벽에서 우린 마주 보고 있었다.

분명, 나는……

그의 손길…… 그의 입술…… 그의 터질 듯한 심장박동. 아직도 이렇게 생생한데…….

떠오르는 영상은 뚜렷했다. 모든 것이 방금 느꼈고, 방금 했던 것처럼 선명하고 생생했다. 그런데 어떻게?

내가 순간이동을 한 것도 아니고, 지금 꿈을 꾸는 것도 아님이 분명한데 준수는 어디 갔고, 우빈이 왜 내 눈앞에 있는 건지 도무지 기억이 나지 않는다.

지끈거리던 관자놀이가 심하게 두들겨 댔다. 심술이 난 망치가 정신 차리라고 일갈하면서 마구 두들겨 댔다. 혼란스러움은 어지럼증을 동반했다. 통증을 느끼며 관자놀이에 저절로 손가락이 갔다.

"머리 아파?"

내가 손가락으로 관자놀이를 짓누르자, 우빈이 물었다. 그가 부스럭거리더니, 숙취해소제를 꺼내 뚜껑을 따서 넘겨주었다. 고맙다는 말도 못하고 기계적으로 받아 마셨다.

쓴 액체가 입술을 적시고, 혀를 적시고, 목구멍을 적셨다. 그의 입술이, 그의 혀가 스치고 지나간 자리를 아프게 훑고 채찍질하듯이 쓰게 넘어갔다.

숙취해소제를 마시고 나니 갈증이 심해졌다. 마른침을 꿀꺽 삼키며 깊은 숨을 토해내자, 우빈이 마치 내 속을 들여다본 듯 생수병의 뚜껑을 열고 건네주었다. 떨리는 손으로 그가 내미는 생수를 마찬가지로 기계적으로 받아 마셨다. 시원한 물이 입술을 적히고, 혀를 적시고, 목을 축이며, 쓰디썼던 자리를 달랬다.

심한 갈증으로 멈추지 못하고 생수를 꿀꺽꿀꺽 마셨다. 그런 나를 우빈이 안타까운 눈빛으로 가만히 주시하다가 시선을 차창 밖으로 돌렸다. 어둠 속 어딘가를 보는 그의 서글서글한 눈매가 깊어졌다.

내가 입에서 생수병을 떼고 간신히 잔잔한 호흡을 시작하자, 그의 눈이 내게 돌아왔다. 깊었던 눈매가 사라지고, 여느 때와 마찬가지로 다정한 눈빛이 나를 봤다.

"이제 좀 나아?"

난 그의 다정한 말에 고개만 주억거렸다.

"무슨 술을 그렇게 마셨어? 얼마 전에도 정현이랑 많이 마셨다면서?"

걱정스러움이 침식된 듯 그가 질책하는 어투로 말했다.

"오빠는……."

조금만 긴장을 놓쳤다면 나는 어쩌면 투덜거렸을 수도 있었다. 어째서 준수가 아니고 오빠가 내 눈앞에 있느냐고, 서운해하며 투정을 부렸을 수도 있었다. 못돼 처먹은 나는 기껏 생각하는 게 이것밖에 안 된다.

"촬영 끝나자마자 전화했더니 인우 씨가 받더라. 얼마나 놀랐는지 알아?"

"그랬어?"

멋쩍어 자그마하게 웅얼거렸다.

"인우 씨가 너 취해서 잔다 하기에 부랴부랴 데리러 왔어. 기억도 안 나지?"

"나 자고 있었어?"

그의 말에 흠칫 놀라 반문했다.

"룸에서 자고 있더라. 얼마나 마셨으면 그런 데서 잠이 들어?"

"……룸에서?"

"푹 자더라고……. 내가 안아서 데려왔어."

우빈의 설명에 할 말을 잃고 난 다시 멍해졌다. 내가 룸에서 잠들었나? 전혀 기억이 나지 않는다. 나의 끊긴 필름 마지막 장면은 준수였으므로.

조심스럽게 핸드백에서 휴대폰을 찾았다. 우빈의 시선을 느끼며 휴대폰을 꺼냈다.

3시 14분. 벌써 3시가 넘었다. 통화내역을 보니 1시 43분에 우빈의 전화가 왔었다. 누군가 받은 것은 확실했고, 나는 받은 기억이 없다. 내 기억에 의하면 난 1시 30분쯤 화장실을 가기 위해 룸에서 나왔다.

누군가 '벌써 1시가 넘었다' 라고 말했었고, 무심결에 취기 어린 시선을 휴대폰에 뒀던 기억이 난다. 그때 확인한 시각이 1시 30분쯤이었다. 그리고 난 화장실에 갔고, 준수를 만났다.

"지이야?"

내가 휴대폰 액정화면만 넋 놓고 보고 있으니, 우빈이 불렀다.

나, 준수를 만난 것이 맞나?

내리깔았던 눈꺼풀을 들어 올려 우빈의 얼굴을 차근히 봤다.

시간이 맞지 않는다. 우빈의 말마따나 1시 43분쯤 전화했을 때 내가 룸에서 자고 있었다면, 내가 10분 만에 화장실에 갔다가 그 앞에서 준수를 만나 그와 키스하고 룸에 들어와서 잠들었다는 말인데 말이 안 된다. 시간이 모자란다. 시간이…… 부족하다.

"왜 그래?"

"……나 자고 있었대? 오빠 전화했을 때?"

"어. 인우 씨가 취해서 잠든 지 좀 됐다고 하던데? 왜?"

것도, 좀 됐다고?

허탈한 웃음이 나왔다.

"필름이 완전히 끊겼어?"

그가 물었다. 난 힘없이 고개만 주억거렸다.

시간이 어긋난다. 내가 기억하는 것과 우빈이 말하는 정황이 다르다.

그럼 난 화장실만 갔다 온 건가? 아님 화장실도 안 간 건가? 난 준수를 화장실 앞에서 만나지 않은 건가? 난 그럼 뭐 한 거지?

나 꿈꿨나?

뇌리에 선명하게 남고, 입술에 생생하게 박힌 아린 감촉은 꿈이었던 건가?

그의 뜨거운 숨, 그의 뜨거운 입술이 다 꿈이었다고?

내 뺨을 잡은 그의 뜨거운 손바닥에서 전해오던 불끈거리던 맥박이 모두 꿈이었다고? 터질 듯 들썩거리던 그의 가슴이 다 꿈이었다고?

슬며시 팔을 들어 내 입술을 손가락으로 지그시 눌렀다.

아리고, 아프다.

꿈이라는 걸 인지해서 아픈 건지, 실제로 아픈 건지 헷갈린다. 하지만 계산이 맞지 않음에 꿈이 아니라고 단정 지을 수도 없다.

손을 내리고 가슴에 주먹을 대었다.

격렬한 통증이 왔다. 꿈이라는 사실보다, 현실처럼 진했던 그 키스의 여운이 잊히지 않아 통증이 왔다.

"속이 안 좋아?"

내가 가슴에 손을 얹자 우빈이 물었다.

"어?"

난 아니라는 듯 고개를 흔들었다. 우빈의 눈동자가 불안하게 일렁거렸다.

"지이야, 무슨 일 있었어?"

"……아니야…… 없어……. 미안해, 오빠."

난 얼버무리듯 작게 중얼거렸다.

내가 둘러대고 침묵하니 그의 다정한 손길이 올라왔다. 그가 내 머리카락을 다정히 넘겼다.

"그럼 들어가."

"조심히 가."

조용히 내뱉으며 조수석 문을 열고 밖으로 나왔다. 새벽 공기가 차갑게 내 피부에 닿았다. 시리도록 차가웠다. 차가워서 허탈했다. 허탈하고, 어이없고, 기막혔다.

어쩌자고 그런 꿈을……. 정말 꿈인가?

"지이야."

우빈이 운전석에서 따라 내렸다. 등을 돌리려다 말고 그를 봤다. 그가 침잠한 표정으로 나를 지그시 봤다.

"좀 걸을까?"

우빈이 천천히 내 곁으로 나가와 축 늘어져 있는 내 손을 잡았다. 손바닥을 통해서 그의 따스한 온기가 느껴졌다.

이런 사람을 두고, 너는 그런 꿈이나 꾸는 거야, 유지이? 또 다른 내가 한심하다고 힐책했다. 그를 가만히 올려다봤다. 속상하다. 오빠를 보는 나도, 나를 보는 오빠도 속상하다.

우린 왜 이렇게 되어가고 있지? 내가 문제인 거지? 이런 꿈이나 꾸면서 우빈을 마냥 애타게 만들고……. 내가 문제다. 정말 문제다.

천천히 고개를 주억거렸다. 그가 다정히 내 어깨에 팔을 감쌌다. 그와 나란히 아파트 근처 공원으로 이동했다. 새벽의 공원은 고요했다. 공원에 심어진 나무들이 내뱉어내는 향으로 인해 공기에서 풀 향이 묻어나고 있었다. 빛이라곤 띄엄띄엄 세워져 눈을 뜬 가로등이 전부였고, 인적 없는 길만이 그와 나의 느린 걸음을 지켜봤다.

"문득문득 너를 데리러 갔을 때가 생각이 나."

고요한 침묵을 깨고, 역시나 고요하게 우빈이 입을 열었다.

"나는 아직도 그때 허무하게 텅 비어버린 너의 눈동자를 잊을 수가 없어."

어둠의 깊은 곳을 응시하며, 그의 깊은 말을 잠잠히 들었다. 그도 길의 끝 지점쯤을 응시하며 나를 보지 않았다. 그와 나란히 걷고 있음에도 우리는 각자 다른 생각을 가지고 각기 다른 사람과 있는 양, 따로인 양 낯선 듯 낯설지 않은 듯 있었다.

"너는 그때, 그대로 두면 사라질 것 같았어. 부서질 것 같았어."

그의 발이 움직임을 멈췄다. 나도 따라 멈췄다. 우빈이 몸을 틀어 나를 마주 봤다. 난 잠자코 그를 올려다봤다.

"그래서 더 널 놓고 올 수가 없었어."

"오빠……."

"지이야."

그가 팔을 잡아당겼다. 그리고 끌려온 나를 품 안에 다정히 안았다.

"내가 널 지켜줄 거야."

나의 등을 포근히 감싸며 우빈이 낮게 속삭였다.

"그것이 내 욕심이라고 해도 널 놓지 않을 거야. 그러니까 기다릴 테니까, 난 아직도 기다리니까 언제든 와. 괜찮으니까. 천천히 와도 괜찮으니까……."

우빈의 나지막한 저음이 가슴을 먹먹하게 만들었다. 뜨거움이 용솟음치며 나를 휘감았다. 나의 심장이 따끔거렸다.

따뜻하다. 우빈의 손도, 우빈의 가슴도 따뜻하다.

너무 따뜻해서 슬프다. 너무 슬퍼서 아프다.

촉촉하게 젖어드는 눈에 가까스로 힘주어 감정을 억눌렀다. 넌 울 자격도 없다고 질책하는 다른 나에게 수긍하며, 난 마른침도 삼키지 못하고 얕은 호흡만 했다. 그런 나를 우빈이 한없이 부드럽게 안았다.

이런 사람을 두고 그런 꿈을 꾼 건가, 나는…….

그럼에도 꿈이 아니길 바라는 이 위선적인 미련은…….

어둠을 밝히는 가로등이 그와 나를 지그시 지켜봤다.

주변의 공기가 지그시 그와 나를 감쌌다.

※　※　※

〈이제 곧 출발해.〉

우빈의 목소리는 사뭇 담담했다. 평소의 다정함과는 약간의 거리가 있었다. 나와 며칠 떨어져 있어야 한다고 이렇게 가라앉지는 않았을 것이다. 어제의 무거웠던 분위기의 연장선이라는 생각이 들었다.

"2박 3일 일정이라고 했나?"

나도 담담히 물었다.

우빈은 오래전부터 예정되어 있던 베이징 행사에 참석하기 위해 출국 예정이었다. 며칠 전에 전달받았음에도 난 그가 공항에서 전화했을 때서야 상기할 수 있었다.

내가 준수의 등장에 우빈을 완전히 등한시하고 있음을 역력히 인지해 버렸다. 정현의 말처럼 이래선 안 되는 줄 아는데 마음이 뜻대로 움직이지 않는다.

어제 새벽, 우빈의 조용한 속삭임은 다시 한 번 나를 채찍질했다.

난 우빈을 너무 오래 기다리게 했다. 그는 너무 오래 나를 지켜 줬다. 그런데 아직도 괜찮다고 한다. 아직도 기다리니까 내게 천천히 와도 된다고 한다. 그의 진짜 마음은 아닐 것이다. 내게 어서 와달라고 간곡하게 부탁하는 것이다. 내게 빨리 와달라고 매달리는 것이다.

안다, 내가 이렇게 흔들려서는 안 된다는 것을.

하지만 내가 어떻게 해야 되는 것인가. 중심 없이 갈피를 못 잡고 있다.

나는 지금 준수와 우빈을 두고 저울질을 하는 것일까? 아니다. 저울질이라고 할 수도 없다. 저울질을 할 수도 없다.

난 그저 내 잃어버린 사랑을 봤고 다시 만났다. 그리고 오랜 세월 날 지켜준 사랑을 곁에 두고 있다. 그것뿐이다. 내가 사고할 수 있는 건 내 마음 같은 게 아니라 현재의 상황뿐이다. 이 상황을 어찌해야 할지 모르겠다. 어디로, 어떻게 가야 할지도 모르겠다.

누군가, 정현이가, 내게 어서 결정하라고 독촉한다면, 난 자조적으로 웃고 말 것이다.

나에게 그런 선택의 권한이 있을까? 내가 과연 그들을 선택할 권한이 있는 것인가?

내가 뭐라고…….

〈일정이 길어질지도 모르겠네. 모레, 중국 고위층 VIP 파티에 참석하게 되어 있대.〉

"역시 오빠는 멋지다."

씁쓸함을 애써 감추며 편하게 대화를 이끌었다. 평소처럼 그와 나는 아무렇지 않은 듯 가볍게 말했다. 서로의 감정은 숨기고.

〈너도 곧 이 대열에 합류할 텐데, 뭘.〉

우빈이 피식 웃으며 말을 이었다.

〈올해 말에 작년 드라마 중국 진출한다고 하던데.〉

"난 부담스러워, 오빠. 지금도 오빠 때문에 중국하고 일본에 조금 알려진 것도 부담스러운걸. 이런 거 보면 난 천직이 아닌가 봐."

한류스타인 우빈 덕분에 그의 연인이라 알려진 나까지 중국과 일본에 인지도는 조금 있었다. 그런데다 작년에 내가 여우주연상을 수상한 드라마가 올해 말이나 내년 초에 중국과 동남아에 진출한다는 소식까지 있었다.

보통은 그렇게 된다면 다들 기뻐하는데 난 가슴이 꽉 막힌 듯 갑갑한 것을 보면, 정말 지금 우빈에게 투정하듯 난 어쩌면 연예인이라는 직업이 적성에 맞지 않는다는 생각이 들었다.

〈막상 촬영에 들어가면 그 누구보다 집중하면서.〉

연거푸 그의 웃음소리가 들려왔다. 대화가 한결 가벼워졌다. 무거웠던 마음이 한결 여유롭게 흘러갔다.

"그래도 오빠, 난 아직도 갑갑하고 답답해. 벗어나고 싶을 때도 많아."

〈그건 나도 그래.〉

"정말? 말도 안 돼. 오빠 완전 태생이 스타인데?"

나의 말에 우빈이 그제야 호탕하게 웃었다. 그의 듣기 좋은 웃음소리가 전화기 너머로 들려왔다.

〈오빠도 사람이야. 이제 들어가 봐야 돼.〉

웃음기를 담고서 우빈이 말했다.

"조심히 다녀와."

〈전화할게.〉

"그럴 시간이나 있겠어? 한류스타께서?"

내가 장난스럽게 이죽거리자 우빈이 기분 좋게 쿡쿡 웃었다.

〈그렇긴 해. 들어간다.〉

"어."

가볍게 인사하고 전화를 끊었다. 그와 나는 언제나 편하게 대화한다. 부담스러운 대화를 하다가도 금세 자연스럽게 대화가 바뀐다. 그것은 지난 5년간 함께한 세월의 영향도 컸다. 같은 일을 하고 같은 소속사에 있으며 매일 봐오던 시간의 영향일 것이다.

우빈과 대화하면 편하고 좋다. 좋은 것은 분명하고 편한 것은 분명하다.

이런 사람도 없을 것이다. 아마도 평생 이런 사람은 만나기 쉽지 않을 것이다.

그런데 내 심장은 아무래도 머리가 나쁜 모양이다.

왜 그런 걸 기억해 두지 않는지 모르겠다.

내 심장이 기억하는 건 오래전 옥상에서 깍지 끼고 앉아 서로를 보며 대화하던 순간뿐이다. 그 순간의 설렘뿐이다. 편하고 좋고 설레었던 순간뿐이다.

정말 내 심장은 용량이 작은 모양이다. 여태 그것만 담고 있으니. 휴대폰을 멍하니 내려다보며, 난 혼란스러운 기분에 싸였다. 휴대폰 액정이 꺼졌다.

✳   ✳   ✳

초록의 잎을 서서히 잠식시키던 노랑이 어느새 완연히 초록을 먹어버렸다. 간결한 길이로 줄맞춰 보도블록에 박힌 은행나무의 노랑 행렬이 깊어가는 가을의 시간을 알려준다. 짙은 가을의 색을 입은 도시는 10년 전이나 10년이 지난 지금이나 같은 색이다. 항상 그대로인 색. 자연의 색은 그대로인데 사람은, 삶은 변한다.

사람도 계절 같으면, 간결하게 줄맞춰진 가로수 같으면 얼마나 좋을까. 그럼 복잡하지도 않고 항상 그대로 그 자리에서 제 색만 내면 될 텐데. 그럼, 감정도 복잡하지도 않을 테지. 그럼, 뭐든 간단하지 않을까?

신호 대기가 끝났다. 차를 출발시키면서 멀어져 가는 노랑의 길에서 눈을 뗐다.

점심을 집에 들러 먹으라는 엄마의 성화에 정현이가 놓고 간 차를 끌고 나왔다. 정현이는 요즘 부쩍 차를 놓고 다닌다. 아마도 그녀의 발이 대신 되어주는 사람 때문일 것이다.

평일 정오가 가까워지는 시각이기 때문인지 도로는 한산한 편

이었다. 가을의 도시를 훑으며, 문득문득 떠오르는 상념을 떨쳐낼
수가 없다.

준수와의 시간도, 우빈과의 시간도 찬찬히 떠올랐다.

정현의 말마따나 준수와 나의 시간은 상기시킬 것도 그리 많지
않은 짧은 시간임이 분명했다. 우빈과의 긴 6년의 세월과 비의하
면 우스울 정도이긴 하다.

그런데 그 아무것도 아닌 것이 내게 절실한 건 왜일까.

우빈과의 시간이 평온함 아늑함으로 상기된다면, 준수와의 시
간은 아련함이기 때문일까?

그와의 그 짧았던 시간이 아직도 가슴 한편을 일렁이게 하고,
뜨거움이 꿈틀거리게 해서일까?

난 과거에 너무 집착하고 있는 건가?

현실을 망각하고 과거에만 집착하는 건가, 나는?

어제의 우빈과 오늘 오전에 통화한 우빈과의 대화로 인해, 나는
더 이상 혼란스러워해서는 안 된다는 것을 깨달았다.

선택의 권한은 내게 없더라도 내 감정에 대한 결정을 해야 됨을
깨달아간다. 내가 그들을 선택하는 것이 아니라, 내 감정을 선택
해야 함을.

그들의 감정에 따라 내가 결정할 문제는 아니다.

나의 감정이 중요하다. 우빈의 감정이 어떻든, 준수의 감정이
어떻든, 우빈이 날 사랑하더라도, 준수의 마음이 이미 식었더라도

관계없이 선택해야 한다. 결정해야 한다.

나를 위해서나 우빈을 위해서나.

그리고 준수를 위해서나.

설사, 그것이 모두 각자만의 길을 가는 것이라 하여도.


오랜만에 들른 나를 반기는 건, 엄마보다도 식탁 위에 한 상 가득 차려진 많은 음식들이었다. 나가서 맛있는 걸 먹자고 말한 것이 무색하게 내가 좋아하는 것들로 가득한 식탁을 보며, 이걸 하면서 땀을 뻘뻘 흘렸을 엄마 모습이 상상되어 절로 미소가 지어졌다.

정현이가 이걸 알게 되면 혼자 갔다고, 나쁜 년이라고 욕을 해댈 것이다.

"엄마, 어차피 많이 먹지도 못하는데…… 너무 많아."

"먹어. 그리고 꼭 챙겨가서 정현이도 주고."

엄마의 말에 입을 함박만 하게 벌릴 정현의 얼굴이 오버랩됐다.

"엄마는 외롭지 않아?"

음식을 오물거리며 마주 앉은 엄마에게 조곤하게 물었다. 엄마는 많은 음식을 해놓고는 내 수저 위에 반찬을 올려대기만 바빴지 막상 몇 젓가락 뜨다 말았다.

내가 왜 안 먹느냐 타박하니, 음식 냄새 때문에 헛배가 불렀다며 웃었다. 엄마란 항상 손해보는 사람 같아서 어쩔 땐 웃는 엄마를 보는데도 짠하다. 엄마가 도망가고 싶었을 때 자고 있는 나를 내려다보던 기분도 이랬을까?

"엄마가 왜 외로워? 너도 있고, 이모랑 같이 살고 있고."

엄마가 빙그레 웃었다.

내가 정현과 함께 살 거라고 독립선언을 했을 때도, 엄마는 가만히 알았다고만 했다. 엄마는 그 사건 이후에 내가 다시 살아난 것만으로도 감사한 모양인지, 내가 원하는 것은 다 해주려고 애쓰셨다. 가끔은 '그래서 내가 버릇이 점점 나빠지지' 하고 농담해도, 엄마는 '그래도 할 수 없지, 내 딸인데' 하고 말했다.

혼자 있을 엄마를 위해 마흔다섯이나 되었음에도 노처녀로 혼자 사는 이모를 붙였다. 이모는 처음엔 불편한 기색을 보이다가 지금은 집안일을 책임져 주는 엄마 덕분에 살이 올랐다며 즐거운 투정을 부렸다.

"그래도 여자잖아."

"엄마가 아직도 여자로 보여? 고맙네? 우리 아가씨."

올해로 쉰다섯이 된 엄마다. 내가 다섯 살 되던 해 아빠랑 헤어졌으므로, 싱글로 산 지가 24년이다. 스물네 해나 여자의 삶을 포기한 채 엄마의 자리로만 있을 수도 있을까? 라는 의문을 내게 해봤다. 여자는 엄마가 되는 순간부터 여자가 아닌 건가? 그렇게 살 수도 있을까?

나는 우빈도, 준수도 없이 혼자 살 수 있을까?

자신이 없다.

그래도 나는 살고 싶으니까, 내가 원하는 사람과.

"치. 괜히 민망하니까."

입을 삐죽거리는 나한테 엄마가 고기를 집어 내 밥 위에 올려놓았다.

"하긴 엄마는 문제가 아니다. 이모가 문제지. 이몬 진짜 시집 안 간데? 이모 낼모레면 쉰이야. 그럼 진짜 안 팔릴걸? 지금도 팔리긴 어렵겠지만. 이모 성격상 완벽한 독신주의자도 못 될 텐데."

"걔 고집은 절대 못 꺾어."

진저리를 치듯 엄마가 고개를 흔들었다.

"진짜 첫사랑 때문에 시집 안 가는 거야? 이모한테 무슨 문제 있는 건 아냐?"

"문제는 무슨……. 네 이모 정도면 얼씨구나지. 요즘 이모네 약국 건너편 소아과 의사가 자꾸 이모한테 호감을 보이는 모양이던데."

"진짜? 싱글은 아닐 테고, 돌싱이야?"

"응. 그렇다더라고. 애도 없대."

"잘됐네. 후딱 해치우라고 해."

"해치우긴……. 걔가 말을 들어? 관심도 안 보여."

"이모도 참. 어떻게 첫사랑을 아직까지도 못 잊어?"

얼마 전 정현이 나한테 했던 질문을 했다. 답을 듣고 싶어서. 이모한테 물으면 진짜 답을 들을 수 있을까?

"……가슴이 너무 아파서. 미안해서…… 못 잊는대."

"왜 미안해? 그 사람은 이미 이모 잊었을 텐데……."

"……안 잊었을 거야."

자그마하게 엄마가 말했다. 엄마의 시선 끝은 식탁 언저리 어딘가에 멈췄다.

"왜? 어떻게 알아?"

슬픔이 내포된 엄마의 눈빛을 빤히 주시했다.

"……죽었거든."

엄마의 말에 놀라서 나는 한동안 말을 잃었다.

"네가 몇 살 때였더라. 이모가 스물네 살이었으니…… 네가 여섯 살이었나 일곱 살이었나……. 벌써 이십 년이 넘었네."

저 아래에서 쏟아내듯 엄마가 깊은 한숨을 내쉬며 말을 이었다.

"참…… 괜찮은 청년이었어. 성실하고 온순하고…… 네 이모를 끔찍이 아끼고. 그런데…… 사고였어. 청혼까지 받아놓았던 상태였어. 상견례 날짜 잡자고 호들갑 떨 때……."

아직도 가슴이 먹먹하다는 듯 엄마의 눈가에 눈물이 어른거렸다.

"이모는…… 따라 죽으려고까지 했었어, 몇 번이나. 겨우겨우 마음 붙들어놓고, 이모가 사람처럼 살기 시작한 게 한 5년이 걸렸나, 6년이 걸렸나……. 그래서 네 외할머니랑 엄마는 나중에 이모

가 시집가든 안 가든 죽지 않고 사는 것만으로도 다행이다 했었
어."

허공에 젓가락질을 멈춘 채 난 숨죽이고 엄마의 말을 들었다.

"물론 엄마도 이모가 새로운 사람과 잘살면 좋긴 하겠지만, 그
것만큼 바랄 것도 없지만…… 어쩌니…… 사람 마음이 마음대로
안 되는 걸."

가슴에 시큰한 전율이 흘렀다.

이모가 그랬구나. 그래서 나한테 자세히 말 안 해준 거구나.

이모의 사랑은 정말 아팠겠구나.

"이모는 다른 건 다 필요 없대. 그 사람이 살아 있기만 해도 좋
겠대. 차라리 이모한테 마음이 식어, 멀리 떠난 거였으면 좋겠대.
죽은 것보다 낫다고……."

엄마의 말을 듣는데 속이 울렁거렸다.

죽은 것보다 낫다는 말이…….

"엄마."

"응?"

"집안 내력인가 봐."

"무슨 말이야?"

흘리듯 중얼거리는 내 말에 엄마가 의아한 듯 고개를 갸웃했다.

"아니야, 그냥. 이거 너무 맛있다."

오징어볶음을 집으면서 무거운 분위기를 깨려 화제를 얼른 돌

렸다.

　한때는 연락이 전혀 없는 네게 혹시나 나쁜 일이 생겼을까 불안
했던 적도 있었다. 네가 그렇게 일절 연락이 없는 걸 받아들일 수
없어서. 그리고 너무 무서운 생각이라 떨쳐 내려 얼마나 애썼는지
모른다.

　그래. 10년 만에 멀쩡히, 더 멀끔히 나타난 건 다행인 일이다.
다행인 일인 거다. 네가 나한테 마음이 식었다 해도 죽은 것보다
나으니 다행인 거다.

　네가 있으니까, 다행인 거다.


　그래서 나는 죽은 것보다 나은 멀끔히 살아 있는 준수 앞에 섰
다.

　"드세요. 혼자 사는데 밥은 잘 챙겨 드세요?"

　황당해하는 그 앞에 정현이 묶인 도시락을 올려놓으며.

　이래서 친구는 다 필요 없다고 하나 보다.

　정현이 불같이 화낼 모습이 뇌리에 스치고 지나갔지만, 내가 맛
있는 거 사주면 된다고 외면했다. 안 들키면 되니까.

　준수는 햇살이 좋은 날이라 그런지 옥상 원목 테이블에 노트북
을 올려놓고 뭔가를 하고 있었다. 내가 불쑥 옥상 문을 열고 들어
서자 인기척에 무심히 고개를 돌리던 그가 깜짝 놀랐다. 그는 바
로 외면하듯 노트북으로 고개를 돌렸다. 그리고 깊은 눈길로 깊은

생각을 하듯 빤히 노트북 모니터만 응시했다.

나는 아랑곳하지 않고 들썩거리며 다가갔다. 내가 가까워지자, 그는 그제야 노트북을 탁 닫고 시선을 돌렸다. 일말의 흐트러짐이 없는 그의 눈길은 무덤덤했다. 내가 테이블에 도시락을 놓으며 태연히 말하자, 그의 눈썹이 여릿하게 실룩거렸다. 그러나 이내 무시하듯 대꾸조차 안 했다.

"야마다 쥰스이 작가님, 어제는 잘 들어가셨어요?"

나는 그가 앉아 있는 앞의 테이블에 엉덩이를 기대며 짐짓 능청스레 물었다.

나는 어느새 그와 '야마다 쥰스이 놀이'를 하는 것에 재미가 들린 모양이다. 이젠 그를 야마다 쥰스이라고 부르는 것도 익숙하고 나름 편했다. 그리고 그와, 쥰수와 언제까지 '야마다 쥰스이 놀이'를 해야 하는지 모르겠지만, 이젠 내가 먼저 그에게 굽히지 않을 것이라 결심했다. 그가 어떠한 이유로, 어떠한 사정으로 내게 자신이 쥰수임을 밝히지 않는지 궁금하고 답답해서 미치겠지만, 내가 매달리지 않기로 결심했다. 그가 먼저 털어놓을 때까지 지켜보기로.

"……네."

딱딱하게 쥰수가 대답했다. 나와는 말도 섞기 싫다는 아우라가 그의 온몸에서 퍼져 나왔다. 그래도 난 꿋꿋하게 버티고 서서 그를 내려다봤다.

"제가 기억이 안 나서 그러는데요. 혹시 어제⋯⋯."

우리 키스했어요? 하고 묻고 싶었다. 하지만 나는,

"제가 실수한 건 없죠?"

라고 억지로 환하게 웃어줬다.

나의 말에 그의 눈썹이 짧게 꿈틀했다.

"그렇겠죠."

이어 빈정거리듯 잠시 냉소하더니 내게 시선조차 주지 않고, 짧은 한마디만 던졌다.

그렇겠죠? 애매한 답이 돌아왔다. 그 답이 나 혼자 꿈꾼 키스라는 것이 명확해지는 듯해, 은근히 기대했던 내가 한심하고 비참한 기분까지 느껴졌다.

난 정말 발정 난 암고양이도 아니고, 그런 꿈을 꾸다니⋯⋯.

다시 그 거칠고 뜨거웠던 키스가 뇌리에 떠오르자, 볼이 후끈거렸다. 그 상대방이 내 눈앞에 있으므로 더더욱.

"그런데 뭐 하시던 중이세요?"

사뭇 태평한 척 툭 넘기듯 물으며, 난 걸치고 있던 엉덩이를 아예 테이블로 올렸다. 내가 테이블 위에 앉아 다리를 까닥거리자, 그가 어이없다는 표정으로 날 올려다봤다. 그런 그를 나는 태연자약하게 내려다보며, 씩 웃어주는 배려까지 해줬다. 약 올리듯이.

"일하던 중이었어요. 용건 없으면 가시죠."

나의 미소에 준수는 신경질을 부리듯 빠르게 말했다.

"뭐 하시던 중이었는데요? 왜 노트북을 닫았어요? 뭘 보고 있으셨기에? 이상한 거 봤죠?"

그의 신경질적인 반응을 눈치 없는 척 외면하고 천연덕스럽게 말했다. 이렇게라도 장난스런 나의 농담으로 네가 잠시라도 웃으면 얼마나 좋을까? 잃어버린 네 미소가 보고 싶다. 너의 그 특유의 기분 좋은 미소가 그립다.

난 엉덩이 바로 옆에 놓인 노트북에 손을 대려고 뻗었다. 그 순간 그가 닿는 것조차 싫다는 듯 확 옆으로 치웠다. 그는 어제의 준수보다 한껏 더 냉담해 보였다. 마치 화난 사람처럼 미간이 잔뜩 일그러져 있었다.

"유지이 씨."

그가 잠시 짧은 숨을 고르더니 잠잠히 나를 불렀다.

"돌아가세요."

내뱉는 어투가 단호하고 냉정했다. 그러면서 휙 고개를 들어 그 어느 때보다도 더 냉혹한 눈빛으로 날 봤다. 소름이 끼치도록 냉혹한 눈빛이었다. 난 그의 눈에서 벗어나지 못하고, 넋을 놓고 내려다봤다. 등줄기에 오싹함이 흘렀다.

어째서 당신의 눈이 이렇게 더 얼어버린 거지? 어제까지만 해도 이 정도는 아니었잖아, 당신.

뭔가, 이상하다.

내가 뭘 잘못했나?

나 어제 뭐 실수했나? 그에게?

심각한 침묵이 흘렀다. 누군가 건드리면 금방이라도 폭발할 것 같은 극도의 긴장감이 흘렀다. 내 아래의 있는 그는 하늘에서 쏟아지는 강렬한 햇살 속에 있었다. 내 등 뒤에 존재하는 햇살이 그의 얼굴에 가득 쏟아졌다. 강렬한 빛 속의 그는 눈부시도록 환했다. 그의 얼굴이 빛처럼 반짝거렸다.

그때, 빛으로 인해 희미하게 나타난 그의 이마에 있는 자국을 발견했다. 몇 번의 시술로 깨끗이 지웠지만, 그럼에도 흔적이 남아버린 자국. 빛으로 인해 드러난 자국. 얇은 바늘이 그어놓은 듯 희미한 자국이 그의 이마를 가로지르고 있었다.

준수의 자국.

터질 것처럼 심장이 부풀어 올랐다.

난 숨을 크게 몰아쉬었다.

너의 상처. 어루만져 주고 싶은 너의 상처.

순간, 무심결에 그의 이마를 향해 손을 뻗었다.

나의 손이 자신의 이마 가까이에 불쑥 다가오자, 그가 움찔하며 뒤로 물러났다. 그런데 갑작스런 그의 이동에 나는 중심을 잃고 휘청했다. 내 몸이 그대로 거꾸로 바닥으로 고꾸라질 뻔했다. 그 순간 준수가 화들짝 놀라며 팔을 뻗어 안다시피 내 허리를 감았다. 나의 눈동자와 그의 눈동자가 강렬하게 부딪쳤다. 중심을 잡기 위해 반사적으로 손을 얹은 그의 팔뚝이 단단해졌다.

“준······.”

내가 입을 벌려 이름을 부르려 하자, 그가 정신을 차린 듯 서둘러 나를 일으켰다. 그리고 테이블에 바로 앉혀놓고 성가시다는 표정으로 재빨리 떨어졌다.

“돌아가요.”

노트북을 챙겨 벌떡 일어나며 그가 차갑게 말했다. 그의 얼굴에 화난 기색이 어렸다.

“······야마다 쥰스이.”

그를 불렀다. 그의 냉정한 눈길이 내게 왔다. 난 테이블에서 내려와 그를 똑바로 보고 섰다.

“한국 이름은 서준수.”

나도 딱딱한 시선으로 그를 쏘아봤다. 이렇게 나는 또 참지 못하고, 매달리지 않기로, 먼저 아는 척 안 하기로 한 결심을 몇 분 만에 깼다.

“맞잖아, 너.”

“그게 누군데?”

조소하듯 그의 입술이 비뚤게 일그러졌다.

“내가 방금 확인했거든?”

난 타다닥 빠른 걸음으로 가까이가 손가락을 번쩍 들어 그의 이마를 가리켰다.

“다시는 업무적인 일 외의 방문은 허락지 않습니다. 가세요.”

준수는 움찔조차 안 하고 매몰차게 말하더니 휙 몸을 돌렸다.

"모레 촬영 때 뵙죠."

그가 문으로 향했다.

"야! 서준수! 너, 나 왜 모른 척하는 건데?!"

그의 등에 대고 쏘았다.

나의 외침을 무시하고 그는 안으로 들어가 버렸다. 그의 등은 화가 나 있었다. 화가 잔뜩 난 등이었다. 왜 대체 나한테 화를 내는 건데? 내가 뭘 잘못했는데?! 뒤쫓아가서 소리치고 싶었다. 그러나 그 자리에 우뚝 멈추고 말았다. 주춤거리다 결국 멈추고 말았다.

정말, 자신이 없다. 너는 대체 내게 왜 이러는 걸까?

내가 미운가?

아는 척하기도 싫을 만큼 미운 거였나?

점점 위축이 된다, 나는. 너에게.

서늘한 바람이 곁에 와서 나를 간질이듯 위로했다.

## 14화_ 너의 시선

　정현이 외근 나간다고 일찍 나가서 들어오지 않은 탓에 할 일 없이 집에 있기도, 소속사에 있기도 무료해서 혼자 백화점 쇼핑을 나갔다. 여느 때처럼 매니저가 따라오려는 것을 쉬라며 거부하고 혼자 나섰다.

　하지만 역시 사람 많은 백화점은 적응이 되지 않았다. 백화점은 사람들의 시선도 그렇고 조명도 너무 환하다. 일제히 유지이가 쇼핑 왔다고 위부터 아래까지 훑으며 나름대로의 점수를 매겼다. 나의 외모뿐만 아니라 내가 걸치고 있는 것들까지.

　얼마 전까진 이렇듯 혼자 쇼핑 해본 적도 없었다. 아니, 쇼핑 자체도 해본 적이 거의 없다. 어차피 내가 필요한 것은 코디나 매니저 혹은 정현이 사다 주므로.

나는 항상 매니저, 코디, 혹은 정현과 동반했다. 그곳이 어느 곳이든.

난 오래전 면허를 따놓고는 혼자 운전해서 다녀본 적도 거의 없었다. 아니, 아예 없었다는 표현이 맞았다. 나 혼자 운전해서 다닌 것도 얼마 되지 않았고, 그것조차 횟수가 몇 안 되었다.

항상 보호자들과 대동하게 된 이유는 역시나 거부감이 들 정도로 달려드는 언론의 영향이 컸다.

4년 만에 복귀했을 때 언론은 다시 내게 있어 상어가 되었다. 나를 먹어 삼키려고 눈에 불을 켜고 달려들었다. 그 덕에 우빈과의 복귀작이 끝난 후, 난 한동안 다시 숨어 있었다. 한참 만에 재웅의 소속사에 들어갔고, 한동안은 손가락 빨 정도로 한가했다. 그러다 어느 순간 바빠졌던 기억이 난다. 갑자기 여기저기서 내게 손짓을 했다. 영화 제의가 들어오고, 패션지, 드라마 출연이 끊임없이 들어왔다.

마치 한 번 터지기 시작한 봇물이 멈추지 못하듯 한 번에 다 짠 것처럼 막혔던 나의 길이 별안간 확 트였다. 내가 유명세를 타자 곱지 않은 시선과 언론이 잠잠해졌다. 곱지 않음이 고와졌다. 그 변화로 한 가지 깨달은 것은 힘이 없는 것과 있는 것의 차이가 크다는 것이었다.

그렇게 바빠지기 시작한 다음부터 재웅은 내게 항상 보호자를 동반하게 했다. 처음엔 보호자가 있는 것이 불편했다. 그러나 어느 순간부터는 당연하게 여겼고, 익숙해졌다. 오히려 이젠 없으면 허전할 정도였고 겁부터 났다. 그렇기에 이렇듯 결심하여 혼자 쇼핑을 오기라도 하면 위축부터 들었다.

그래도 친절한 언니들이 계시니 참을 만은 했다.

"너무 예뻐요, 유지이 씨."

하고 내게 웃어주며 옷을 추천해 주는 언니들이 있으니.

느긋하게 백화점 쇼핑을 했음에도 불구하고, 밖으로 나와 시계를 확인하니 저녁도 안 된 시각이었다. 집으로 가봤자 또다시 혼자 암울한 상념에만 빠질 듯해 한가로이 커피 전문점에 앉아 백화점 지하 서점에서 구입한 에세이를 읽었다.

그럼에도 시간이 잘 가지 않았다. 에세이집에 나열된 텍스트들조차 뇌에 입력되지 않았다. 읽고는 있는데, 눈으로만 읽지 뇌는 기억하지 못했다. 문득 계속 같은 줄을 반복해서 읽고 있다는 것을 깨달았다.

에세이를 덮었다. 그리고 테이블에 놓인 아메리카노만 홀짝거렸다.

시간이 너무 더뎌 답답했다.

나의 마음속 시간은 벌써 내일로 흘러가 있는데, 실제 시간은 더뎠다. 마음이 초조하다. 내일이 가까워짐에 따라 초조하다.

한편으론 시간이 빨리 가길 바라면서, 한편으론 시간이 더디게 가길 바란다. 그것은 그와의 대면이 기대되면서도 어렵기 때문이었다.

내일은 준수와의 촬영 날이다.

내일은 준수를 본다.

멍하니 창밖으로 시선을 돌렸다.


밤이 시작되고 있었다.

세상이 모두 어둑해지고 잠잠해지는 시간이 되어서야 집으로 돌아왔다. 이미 늦은 시각이라 지하주차장은 차들로 꽉 채워져 있었다. 저마다 퇴근하여 집으로 돌아오고, 즐거이 저녁 식사를 끝내고 잠자리에 들거나 여유로운 시간을 가질 시간이었다.

정현은 아직 들어오지 않았을 것이다. 카페에서 전화했을 때, 그녀는 '드링킹 약속'이 있다고 둘러댔다. 그녀의 늦은 귀가가 드링킹 때문이 아님을 나는 알고 있었다. 아직도 여지없이 술 약속이라고 핑계를 대지만, 새벽녘에 들어올 때 그녀는 술 냄새 대신 향긋한 스킨향을 풍기곤 했다.

그것이 그녀가 현재 진행 중인 열렬함임을 알고 있다. 아마도 그녀의 핸드백에 있는 물건은 곧 새로운 것으로 교체해야 될 것이다.

아직까지 그녀는 자신의 '놈'에 대해선 말하지 않고 있다. 내가 집요하게 캐물으면 '그냥 그런 놈이다'라고 에둘러대기만 했다. 놈이라고 표현하는 걸 보면 '연하'이거나 '동갑'이라는 소리였다.

그러다 난 얼마 전부턴 아예 묻지 않았다.

서운하기도 했지만 내가 정현에게 언제까지 매달릴 수도 없는 노릇이기에.

주차를 하고, 백화점에서 쇼핑한 쇼핑백을 들고 내렸다. 힐을 또각거리며 엘리베이터로 향하는데 덩치가 큰 재색 RV자동차에 엉켜 있는 남녀의 모습이 슬쩍 시야에 들어왔다.

보조석에 앉은 여자와 운전석에 앉은 남자가 부둥켜안은 채, 키스를 하고 있었다. 남자의 팔이 여자의 등을 감싸고, 여자의 팔이 남자의 목을 감고 있었다.

열렬하시구만.

힐끗 그들을 보고 피식 웃었다.

그리고 엘리베이터로 가다 우뚝 걸음을 멈췄다. 난 휙 그들에게 고개를 돌렸다.

남자의 목덜미를 감싼 여자의 팔을 뚫어지게 주시했다. 올라간 소매 탓에 손목이 드러난 여자의 손목에는 반짝이는 백금 팔찌가 채워져 있었다.

내가 올봄에 정현에게 생일 선물한 팔찌다.

툭툭 자동차로 걸어갔다. 그리고 고개를 기울이고 앞 유리 너머 그들을 빤히 살폈다. 그들은 서로를 탐하느라 나의 시선 같은 건 아예 느끼지 못했다. 언뜻 보이는 턱 선이 정현이 맞았다.

주먹을 들어 앞 유리를 노크하듯이 톡톡 두들겼다.

격렬하게 키스하던 둘이 화들짝하며 동시에 고개를 틀었다.

한창 진행 중이었던 탓에 둘의 시선이 게슴츠레하고 흐릿했다.

"……지이야!"

짧은 틈이 지나 날 발견한 정현이 기겁하며 남자에게서 떨어졌다. 난 손가락만 까닥거리며 나오라고 신호했다.

정현이 죄지은 사람처럼 내 눈치를 살피며 내렸다. 남자에겐 나오라 신호 안 했는데, 남자도 운전석에서 내렸다.

덩치가 큰 남자였다. 남자 냄새가 물씬 풍기는 듬직한 사람이었다. 잘생겼다 할 순 없지만, 터프한 남자다운 이목구비였다. 그리고 눈빛이 선했다. 그런데 웬일인지 낯이 익었다.

"아니, 호텔들을 가시지 여서 뭐 하십니까? 경범죄예요."

이왕 남자까지 나온 김에 난 팔짱을 끼고 둘을 번갈아 훑어보며 샐그러지게 입술을 일그러뜨렸다.

"아니면 나한테 들어오지 말라 하시던가? 어?"

상체를 불쑥 정현에게 기울이며 따졌다.

정현이 자신의 얼굴 가까이 다가온 내 얼굴을 보며 흠칫했다.

"집에…… 올라가려던 길이었어……."

먼 산을 보듯 내 시선을 회피하며 정현이 둘러댔다.

"아하, 네네. 이해합니다. 헤어지시기 아쉬웠겠군요."

고개를 끄덕끄덕 거려주고 휙 남자에게 시선을 돌렸다. 긴장하고 있었는지 남자도 흠칫했다.

"근데! 나는 왜, 이제야 이분을 뵙지? 내가 이 정도 위치밖에 안되나? 이렇게 봐야 할?"

다시 정현에게 눈을 돌려 쏘아보니 그녀가 쭈뼛쭈뼛했다.

"……인사가 늦었네."

남자가 먼저 계면쩍어하며 인사했다. 그러더니,

"……오랜만이야."

하고 어렵게 덧붙였다.

오랜만?

"네?"

의아함에 남자의 얼굴을 자세히 살폈다. 낯은 익는데 도통 기억이 나지 않는다. 내가 이 남자를 본 적이 있던가?

"……태주야."

그때, 정현이 속삭이듯 웅얼거렸다.

"응? 누구?"

"……태주…… 이태주."

내가 바로 못 알아듣자 정현이 반복했다. 태주…… 이태주. 그녀의 말을 되새기다가 내가 알고 있는 여드름 얼굴 가득했던, 그래, 덩치가 딱 이만큼 컸던 이태주의 모습이 뇌리에 스쳐 지나갔다. 설마…….

"뭐?!"

이태주?! 진짜?!

순간 나도 모르게 한 발 뒤로 물러나며 경악한 눈으로 내 앞에 수줍은 듯 손을 꼼지락거리고 있는 남자를 올려다봤다. 아, 멀끔하게 여드름이 사라진 태주. 여드름이 사라져 깔끔한 남자다운 외모가 드러난 태주의 얼굴이 확 눈에 들어왔다.

"어떻게……."

난 혼미해지는 정신을 가까스로 부여잡으며 충격에서 벗어나지 못하고 중얼거렸다. 그런 나를 보며 태주는 어색한 미소를 흘렸다.


나의 충격은 거실에서 죄인마냥 무릎을 꿇듯 앉아 있는 태주와 그 옆에 당당히 앉아 있는 정현의 말에 겨우 사라졌다.

"편히 앉으라니까."

시큰둥한 나의 말에도 태주는 사람 좋게 웃으며 괜찮다고 말했다. 이 녀석이 한때는 학교를 장악했던, 그 사악하고 포악했던 이태주가 맞단 말인가.

정현의 설명에 의하면 태주는 고등학교를 졸업하고 뒤늦게 공부를 시작하여 대학에 들어갔으며, 신문방송학과를 전공했다고 했다. 그리고 공익 제대 후, 졸업하고 올해 초에서야 스포츠 기자가 된 사회초년생이었다. 그러다 얼마 전, 정현이 친분 있는 연예부 기자와 함께한 자리에서 대학 후배라면서 소개받은 것이 태주였다.

고등학교 때 일진이었다고 해서 미래에도 비슷한 삶을 살아가는 법이란 없다는 것을 내 눈앞에 곰처럼 순하게 앉아 있는 태주를 보며 깨달았다. 본인이 본인의 삶을 어떻게 이끌어가느냐에 따라 인생은 달라진다는 것을. 그 출발이 남들보다 조금 늦었다는 차이일 뿐.

"그래도 어떻게 둘이……."

"어…… 쩌다 보니 그렇게 됐어."

정현이 머쓱한 웃음을 흘리며 변명했다.

"어쩌다?"

"뭘 꼬치꼬치 물어? 민망하게…… 그럴 수도 있지."

"애, 완전히 나쁜 놈이었잖아!"

내가 손가락질까지 하며 태주를 가리키자 정현은 오히려 '야!' 하고 소리쳤다.

"왜?! 정현이 너, 애한테 뺨 맞았던 거 기억 안 나?"

그리고 우리 준수도 때렸다고.

뚱하니 태주를 보며 내가 하는 말에 태주의 어깨가 움찔했다.

"넌…… 그게 언젯적 얘기인데……. 질풍노도의 십대였다고……."

되레 정현이 변명하듯 말했다. 맞긴 자기가 맞았으면서 자기가 왜 두둔하는 건데?

나한텐 질풍노도의 십대 시절 풋사랑이라고 해놓고는, 자기는 질풍노도의 십대 시절 이유 없는 반항 같은 건 용서할 수 있다는 건가?

위선자.

내가 잡아먹을 듯이 그녀를 노려보자,

"잘못했습니다. 깊이 반성하고 있습니다."

어이없게도 태주가 존대어까지 쓰며 내게 사과했다.

기도 안 차서 코웃음만 나왔다.

"장난하는 거지, 너 지금? 폭력은 제일 나쁜 거야!"

내가 엄하게 말하자 정현이 나를 노려봤다. 입모양으로 '그만 좀 해라, 적당히 해' 하고 오물거렸다. 버럭 성질머리가 나오지 않는 걸 보니, 태주 옆에서 그녀가 여자이긴 한가 보다.

"아니, 아니, 절대. 잘못했다. 미안하다. 앞으론 절대 그럴 일 없어. 안 그래, 이젠."

태주가 난감해하며 빠르게 둘러댔다.

"진짜?"

내가 의심스러운 눈빛을 보내자,

"절대. 진짜, 나도 그때를 생각하면 쪽팔려."

"좋아. 그럼, 우리 정현이를 어떻게 하고 싶은 건데?"

단도직입적인 나의 질문에 정현이 당황해서 '야!' 하고 소리쳤다.

"허락해 준다면 열심히 만나볼게. 최선을 다해서."

그런데 마치 부모님께 결혼 허락을 받으러 온 사람처럼 태주가 내게 한 치의 흐트러짐 없이 또박또박 대답했다. 특히 '최선을 다해서'에 핏발이 서도록 악센트를 주면서. 그 모습에 정현과 내가 더 놀랐다. 그의 진솔한 눈빛과 어투에.

"좋아. 이 몸이 허락하지요."

선심 쓰듯 내가 도도를 떨자, 태주가 고맙다, 하고 마무리 지었다. 곁의 정현이 그런 태주를 뿌듯하게 보는 것이 내 눈에 잡혔다. 그녀의 눈이 말해주고 있었다. '이 남자가 내 남자구나' 하고.

그런 그녀를 보는 내 입가에도 미소가 머금어졌다.


"왜 오버야?"

집을 나서는 태주에게 정현이 타박했다. 태주가 '유지이 보니까 나도 모르게 긴장이 돼서. 잘못한 것도 있고'라고 속닥거렸다. 그러자 정현이 '쟤도 별것 없어. 지나 잘하라고 해'라고 내 험담을 했다.

저게.

뒤에서 그들의 대화를 들으며 기도 안 차서 흘겼다. 닫히는 현관문 사이로 나란히 어깨를 맞대고 엘리베이터를 기다리는 둘의 모습이 보였다. 나란히 서 있는 뒷모습이 의외로 잘 어울리기도 했다. 태주의 듬직한 등이 정현을 포근히 감싸줄 것 같았다.

그럼에도 쿡 웃음이 나왔다. 아무리 그래도 이상한 조합이다.

아마도 준수가 들으면 재미있다고 웃었을 것이다. 10년 전 우리 준수라면.

정현의 봄은 괜스레 나까지 기분을 좋게 만들었다. 그녀의 봄바람이 내게로 불어온 듯 마음이 한결 따스해졌다.

문득 시계로 시선이 갔다. 자정이 가까워지고 있었다.

이제 곧, 내일이다.


정현이의 봄으로 인해 한결 기분이 좋아졌다. 덕분에 상쾌한 가을의 아침 공기가 맑게 느껴졌다. 뒤꿈치까지 들썩거리며 가뿐한 걸 보니 일진이 아주 좋을 것 같은 기분까지 들었다.

물론 'ヤマダ じゅんすい STUDIO'라고 쓰인 명패를 보자, 나의 뒤꿈치까지 들썩이게 했던 상쾌함은 급속도로 사그라졌지만.

이 녀석, 오늘 또 날 얼마나 냉혹한 눈초리로 훑을 것인지.

그래도 절대 지지 않을 거다.

주먹을 불끈 쥐고 문을 열어젖히고 옥상으로 들어섰다. 스튜디오 내 촬영이라고 들었는데, 옥외정원에는 스텝들의 모습이 단 한 명도 보이지 않았다. 이미 안에서 준비 중인 모양이었다.

크게 심호흡하고 유리문으로 가 초인종을 눌렀다.

"잠깐 들어와서 기다려요."

인터폰을 통해 준수의 사무적인 말투가 들려오고 동시에 유리문이 열렸다.

안으로 들어섰는데 옥외정원과 마찬가지로 스튜디오는 스텝은 커녕 텅 비어 있었다. 준수만 복층 계단을 올라가면서, 내게 손짓으로 소파를 가리켰다. 소파에서 기다리라는 의미였다.

위의 사무 공간에 올라간 준수는 뭔가를 준비하고 있었다.

"다른 사람은?"

검은색 소파에 앉으며 그에게 물었다.

"없어요."

바쁘게 준비하면서 준수가 간명하게 대답했다.

내가 의아해서 턱을 높이 들고 올려다보자, 그의 무심한 시선이 잠깐 내게 왔다.

"어제 소속사로 팩스 보냈는데 못 봤어요?"

"……온 건 들었고, 안 보고 나왔는데요?"

그에게 호응하듯 심드렁하게 대꾸했다. 그래, 일이니까 네가 그렇게 사무적으로 한다면 나도 기꺼이.

준수는 반응하지 않고 가방을 어깨에 메고서는 2층에서 내려왔다. 그러더니 내게 기획서 바인더를 탁 넘겼다.

"이동하면서 읽어요."

얼떨결에 받아 든 내게 무뚝뚝하게 말하고 그는 문으로 걸어갔다.

"가죠."

멀뚱거리고 앉아 있는 나를 뒤돌아보며 그가 말했다.

"어디요? 여기서 촬영하는 거 아니에요?"

나의 질문에 그의 눈동자가 두 번 말하기 싫다는 듯 내 손에 쥐고 있는 기획서로 옮겨졌다. 여전히 그는 저번과 마찬가지로 화가 난 듯 보였다.

"네…… 네."

치사해서 건성으로 대답하고 그를 따라나섰다.

준수는 내가 오든지 말든지 신경조차 쓰지 않고 성큼성큼 입구로 걸어갔다. 배려 없는 그의 행동에 뒤통수만 노려보며 난 총총 그를 뒤쫓았다.

우리 준수는 나를 이렇게 혼자 뒤따르게 하지 않는데. 나쁜 놈.

원래는 스튜디오 내 촬영이 예정이었다. 기존대로 코디와 함께 스튜디오에 방문하면 되는 것이었다. 한데 갑작스럽게 어제 늦은 오후에 스튜디오 측에서 코디를 동반하지 말고, 옷도 평상복으로 입고 화장과 헤어도 내추럴하게 하라는 통보를 받았다. 바뀐 콘셉트가 적힌 기획서가 팩스로 들어왔는데 난 어차피 크게 달라지지 않았을 것이라는 판단 아래 살펴보지 않았었다. 장소까지 바뀐 것인지는 몰랐다.

그런데 코디는 왜 빼놓은 거지? 스타일리스트만으로 된다는 건가? 의아함을 느끼며 엘리베이터 안에서 옆의 준수를 힐끔거렸다. 그는 내게 시선조차 주지 않았다. 가벼운 안부 인사도 없었고, 그저 앞만 보고 있었다. 나의 시선을 느꼈음에도 단 한 차례 고개를 돌리지도 않았다.

주차장으로 간 그는 본인의 자동차인지 검은색 SUV 차량에 오토키로 시동을 걸었다. 그러면서 보조석 문을 활짝 열어젖히더니 빙 돌아서 운전석으로 갔다. 내게 보조석에 타라는 의미였다.

침묵 속에서 그는 어딘가로 운전하고 난 변경된 콘셉트 기획서만 살폈다.

바뀐 콘셉트는 거리에서 하는 촬영이었다. 뭐, 거리에서 찍나 보네. 건성으로 콘셉트를 훑으며 난 곁눈질로 운전하는 준수의 옆모습만 연신 힐끔거렸다.

한 손으로 여유롭게 핸들을 잡고, 앞과 백미러를 살피며 운전하는 그의 여유로운 모습에서 물씬 남자다움이 느껴졌다.

핸들과 연결된 그의 긴 팔과 어깨, 그 선을 따라 올라가는 목덜미, 야무진 턱 선 그리고 내가 좋아하는 그의 다물어진 입술과 반듯한 콧날. 왠지 섹시하기도 하고 늠름하기까지 했다.

신기하다. 우빈의 운전하는 모습은 허구한 날 보면서도 이런 기분을 못 느꼈는데. 왜 새삼 남자의 운전하는 모습이 이렇게 매력적이지? 열여덟의 준수가 훌쩍 커서, 남자가 되어 있어서 그런 건가?

별안간 내 얼굴이 뜨거워지는 건지 차 안의 공기가 뜨거워지는 건지 알 수 없는 열기가 올라와, 난 슬며시 보조석 창문을 열었다.

"더워요?"

힐끔 나를 보며 그가 건조하게 물었다.

"아니, 그냥 좀 답답해서."

내 말이 끝나기 무섭게 그가 운전석 창문도 조금 열었다.

기분이 묘하다. 그와 단둘이 데이트하러 가는 것 같다.

나쁜 기분은 아니다.

배시시 흘러나오는 미소를 숨기며, 난 차창 밖으로 시선을 돌렸다. 나의 옆모습을 힐끔 보는 그의 시선이 느껴졌다. 그의 시선이 의식된다.

정말 나쁜 기분은 아니다.

그런데 촬영 장소는 놀랍게도 명동이었다.

뜻밖의 장소에 난 놀라 유료주차장에 차를 주차 중인 그를 쳐다봤다. 주차장 내 그 어디에도 스텝들의 모습은 보이지 않았다. 이미 거리에 나가 세팅 중인가?

"다른 스텝은요?"

그들이 어디 있느냐는 질문을 했다.

"단둘이 촬영이라고 명시되어 있을 텐데요."

제대로 보지 않았냐는 듯 귀찮다는 표정으로 그가 대답했다.

어? 그랬나? 나 제대로 봤어야 했나 보다. 건성으로 보다 만 기획서에 기재되었던 텍스트가 내용은 떠오르지 않고 이미지화만 되어 뇌리에 스치고 지나갔다.

"사람들이 많을 텐데요? 아직 시간이 이르긴 하지만…… 그래도 명동인데…… 어떻게 둘이 찍어요? 스텝들도 없이?"

"상관없어요. 당신은 그냥 걷고 구경하면 돼요. 날 의식하지 말고."

단조로운 어조로 말하며 그가 운전석에서 내려 재촉하지 않고 나를 기다렸다.

"사람들은 어떡하고……."

그를 따라 차 밖으로 나오며 난 걱정스러운 맘에 혼잣말처럼 중얼거렸다.

"인사해요, 편하게."

대수롭지도 않다는 듯 그가 등을 돌려 앞서 갔다.

칫. 너는 연예인이 아니라서 그런 말이 나오지.

그의 등을 노려보며 어쩔 수 없이 뒤따랐다.

평일 오전 9시가 넘어가는 시각이고 아직은 가게들이 오픈하기엔 이른 시각이지만, 벌써 오픈하는 곳도 몇 군데 있었다. 한산하긴 했지만, 그래도 명동은 명동이었다. 일반적인 거리보단 인파는 상당수 되었다.

주차타워에서 나와 거리를 보며 내가 긴장한 채로 발을 떼지 않고 있자, 준수는 곁에 서서 카메라 세팅을 하며 긴장이 풀릴 때까지 차분히 기다렸다.

그러다 시간이 어느 정도 흘러도 내가 미동하지 않자, 준수가 무덤덤하게 내려다봤다.

"먼저 가요."

"나 혼자?!"

기겁하며 겁이 나서 그를 후다닥 올려다봤다. 준수는 흔들림 없이 고개만 주억거렸다. 눈동자에 일말의 인간미도 없었다.

지난 10년 동안 나 혼자서 사람들 틈에 툭 나가 본 적은 없었다. 백화점도 아니고 그것도 거리에. 사람들이 이렇게 많은데.

나의 정해진 울타리 속에서는 이렇게 혼자 거리를 활보하는 것은 상상조차 할 수 없었다. 나의 울타리 밖은 항상 보호자가 있어야 하는데……. 내가 여길? 혼자?

두려움으로 거리를 휘둘러봤다. 명동은 몇 번 와본 적이 있었다. 촬영일 때도 있었고, 매니저와 코디와 함께 백화점 행사 때문에 들른 적이 있었다. 그러나 이렇게 거리에 나온 적은 없었다.

그런데 그는 지금 내게 여기에 혼자 발을 디디라 한다. 겁이 났다. 사람들 틈에 있는 게 아직도 무섭다. 물론 준수가 같이 있지만 나 혼자 먼저 가라니. 과연 내가 여길 혼자 다닐 수 있을지, 그것이 가능한 건지 가늠이 되지 않았다.

내가 쭈뼛거리고 있자 그의 손이 내 등을 살며시 밀었다.

난 주춤대며 하는 수 없이 걸음을 거리로 옮겼다. 결국 난 결심할 수밖에 없었다. 일이지 않은가.

선글라스도 없고 모자로 가리지도 않고 마스크도 쓰지 않은 내가 명동 만남의 광장 거리에 섰다, 혼자서. 발끝이 두려움으로 딱딱하게 굳는 것 같았다.

딱딱한 걸음을 기계적으로 옮기며 어깨가 저절로 움츠러들었다. 준수가 날 따라오는지 확인하기 위해 조심스레 뒤돌아봤다. 그는 아직 사진을 찍지 않고 조용히 내 뒤를 따르고 있었다. 그러다 뒤돌아본 나를 무표정하게 보면서 고개를 흔들었다. 마음에 안 든다는 듯.

치……. 나보고 굳어 있지 말라는 의미였다.

긴장을 풀기 위해 깊숙한 곳으로 숨을 끌어들여 길게 호흡했다.

그래, 일이야. 연기를 해야지.

난 자연스럽게 웨이브 진 긴 머리카락을 손가락으로 넘기며 짐짓 자신만만한 척 걸음을 옮겼다. 오픈되지 않은 가게들의 간판들을 훑어보고 건물의 모양새도 살폈다.

명동이 이렇게 생겼구나. 바쁜 촬영도 아니었고 그저 걷고 구경하며 둘러보는 거리 모습에 새삼 감회가 새로웠다. 내 관찰의 시선을 받고 있는 거리가 내게 반갑다고 인사하는 듯했다. 낯선 듯하면서 낯익은 이곳이 돌연 좋아졌다. 붉은 간판, 하얀 간판, 검은 간판 등 색색의 간판들이 즐비한 이곳이 왠지 마음에 들었다. 마치 처음 온 길인 양 신기하면서.

그러다 불현듯 이렇게 평범하게 걷는 나를 유심히 보는 사람들이 없다는 것을 깨달았다. 생각보다 사람들이 나를 보지 않았다. 아니, 내게 관심을 두지 않았다.

그제야 '아, 다들 바쁜 사람들이니까' 라는 생각이 들었다. 바쁘게 돌아가는 세상 속에 뚝 떨어진 나는 오히려 그들의 바쁨에 감사했다. 피식 웃음이 나오며 긴장이 풀렸다.

휙 뒤돌아보니 준수가 나를 잘 따라오고 있었다. 느리게 걷는 나를 여유롭게 뒤쫓고 있었다. 이제 그의 눈은 렌즈 너머에 있었다. 카메라로 가려진 그의 얼굴이 보이지 않았다.

다시 거리로 시선을 옮겼다. 바쁜 사람들이 보였다. 가을 분위기의 멋스런 옷을 입은 멋쟁이 언니도 있었고, 깔끔한 슈트를 입은 남성도 지나갔다. 오픈한 가게의 유리창을 열심히 닦는 점원도 보였고, 이어폰으로 귀를 막고 백팩을 멘 남학생도 지나쳤다.

이곳이 거리다. 이 속에 내가 있다. 즐거워지는 기분으로 저절로 입가에 미소가 지어졌다.

부지런한 주인이 펼쳐 놓은 간이가판대가 시야에 잡혔다. 난 가판대로 다가갔다. 간이가판대 위에 깔끔하게 진열된 액세서리를 살폈다.

아기자기하고, 현란하고, 세련되고, 예쁘고, 멋있는 것들이 가득 깔려 있었다.

태어나서 간이가판대에서 이런 작은 녀석들을 즐거이 본 적은 단 한 번도 없었다. 그것도 나 혼자서. 물론 뒤에 준수가 있었지만.

귀여운 귀고리 한쪽을 들며 흘러나오는 미소를 머금고, 가판대 위에 놓인 거울을 들여다봤다. 아기자기한 귀고리가 내 귀 위에서 대롱거렸다. 슬쩍 웃는데 거울을 통해 뒤편에 멀거니 있는 준수가 보였다.

그때 렌즈로 눈을 가린 그의 입가에 슬며시 미소가 떠올랐다. 그 특유의 기분 좋은 미소가.

심장이 울렁거렸다, 온몸에 소름이 돋으며.

그가 웃었다. 얼마나 그리웠던 그의 미소인가. 얼마나 보고 싶었던 그의 웃는 입술인가. 순간 감격으로 인해 눈시울이 시큰해졌다.

조금 전까지 화난 기색이던 그가 나를 지켜보며 웃는다.

그가 정말 웃는다. 나를 보고, 나를 보며.

아린 기쁨이 가슴속에 여울졌다.

"혹시 유지이 씨세요?"

거울 속의 그의 미소에 멈춰 있던 내게 가판대 주인이 호기심 어린 눈초리로 물었다. 내가 너무 평범하게 있어 헷갈리는 모양새였다.

"네."

난 화사하게 웃어줬다.

"어? 정말 유지이 씨세요?!"

믿을 수 없다는 듯 그의 목소리 톤이 올라갔다. 그러자 무심하게 걷던 바쁜 몇몇 사람들의 시선이 일제히 쏠렸다. 사람들의 동공이 커졌다. '유지이네?', '어머, 웬일이니?' 하면서 일순간 근처에 있던 몇몇이 순식간에 내 곁으로 몰렸다. 갑작스럽게 예고 없이 몰려든 사람들로 난 기겁하며 놀라 위축이 되었다. 그러나 나의 당황과는 상관없이 준수는 사진만 찍어댔다.

뭐지, 저 녀석? 슬쩍 그를 노려봤다.

"언니, 너무 예뻐요."

"우와, 저 팬이에요."

이른 시각이라 많은 사람이 날 둘러싸진 않았지만 그래도 나 혼자 감당하기엔 벅찼다. 앞에서 가로막아 주는 보디가드도 매니저도 없었기에 멈칫하고 주춤했다. 겁이 나고 두려웠다.

도와주지 않는 준수를 원망하던 찰나, 사람들의 눈동자가 그제야 들어왔다. 나의 등장만으로 오늘의 일과가 즐거워진 눈빛. 그들의 재미있어하고 신기해하는 호기심 어린 시선들이 나를 향해 웃고 있었다.

이상하고 오묘한 감동이 일었다. 순간 나를 위축하게 했던 두려움이 사그라지면서 즐거워지는 기분을 맛봤다. 그러자 긴장되었던 몸이 유연하게 풀렸다. 그래서 손을 내미는 사람들도 맞잡고 날 밀치듯 다가온 사람에게 아프다고 엄살도 부려주며 웃었다.

"어? 촬영 중이세요?"

눈치 빠른 누군가가 준수를 발견했다.

"네. 메인 카메라 말고 다른 카메라들이 숨어 있어요. 화보 촬영 중이거든요."

나는 어쩔 수 없이 거짓말을 보탰다. 이젠 조금 벗어나고 싶어서.

"아, 어머. 나도 찍히겠네."

다행스럽게 카메라가 숨어 있고 촬영 중이라는 말에 사람들이 한 걸음 물러났다. 난 안도했다. 그리고 나는 조금 더 자유스러워졌다.

그들에게 꼼꼼히 악수하고, 인사하고 떨어졌다. 몰려들었던 사람들도 가뿐히 내게 웃어주고 물러났다. 바쁜 그들과 나는 각자의 길을 걷기 시작했다.

그 후 나는 가끔 나에게 인사하는 사람들과 인사하고, 간혹 악수를 요구하는 사람과 악수하고, 간혹 포옹하는 학생에게 웃어주며 그들을 받아들였다.

두려울 것이라고만 생각했던 이 시간이 가볍고 즐거워졌다. 그저 내가 사람들 틈에 스며든 느낌, 내가 세상에 포함되었다는 느껌이 들었다. 브라운관의 유지이가 아니라 그저 평범한 유지이인 느낌이 들었다.

자연스러움과 평온함이 공존했다.

조금 더 시간이 지나자 어느새 내가 먼저 손도 흔들어주는 여유도 부렸고, 어느새 내 뒤를 조용히 따르는 준수를 뒤돌아보며 환히 웃어주는 배려도 했다.

너무 재미있다, 준수야.

즐겁다. 너무 행복하다.

길을 걷고 있어서. 사람들 틈에 내가 있어서.

그리고 네가 뒤따라오고 있어서.

네가 날 보고 있어서.

내가 자신을 향해 웃어주자, 렌즈 너머의 준수도 웃었다. 일부러 미소를 거두지 않았다. 그가 나를 보고 웃었다. 렌즈 너머에 있어 눈은 보이지 않았지만, 분명 그의 입술은 웃고 있었다.

그러다 문득 걷던 길을 멈추고 그를 봤다.

순간 그도 카메라에서 눈을 떼고 나를 봤다.

인파들 사이로 거리를 두고 그와 내가 마주 봤다.

준수야.

그를 불렀다.

응.

마치 내게 대답하듯 그의 조용한 시선이 내게 머물렀다. 나의 지긋한 시선이 그에게 머물렀다.

그는 편안한 표정일 뿐 웃지 않았지만, 내 눈엔 그가 웃는 듯한 착각이 일었다. 겉의 그는 나를 향해 웃진 않지만 속의 그는 나를 향해 미소 짓고 있는 듯한 착각.

어쩌면 너는 내게 웃어주고 있을지도 모른다.

나의 바람일진 모르겠으나 왠지 그런 기분이 든다. 왠지 그렇게 느껴진다.

"누나, 저 사인 좀 해주세요."

그와 나의 시선이 떨어졌다. 다가온 대학생으로 보이는 남학생에게 난 웃으며 돌아서서, 그가 내미는 다이어리에 사인을 해줬다. 준수의 시선은 다시 카메라로 가려졌다.

난 길을 다시 걸었다.

그는 내 뒤를 따라왔다.

그와 나의 거리는 그대로 유지되며 같이 걸었다.

언젠간, 우리의 거리가 좁혀질까? 언젠간, 너와 나란히 걸을 수 있을까?

오래전 함께 골목길을 걷던 그날처럼.

서서히 정오가 넘어서며 한낮의 태양이 강렬해졌다. 유난히 강렬하게 쏟아지는 열기를 내뿜었다.

"나, 유지이 씨 나왔던 드라마 팬이었는데."

걷다 다른 간이가판대에서 스카프를 구경하는데, 주인이 나에게 사인을 요구하며 말했다. 난 '감사합니다' 하고 웃어주며 그녀가 내민 종이에 사인했다.

"우리 아들 녀석도 팬이에요. 아들 녀석 이름도 적어줘, 여기에다."

내 사인 밑을 손가락으로 가리키며 주인이 환히 웃었다. 그녀가 불러주는 아들의 이름을 적어주고 건네자, 주인이 서비스로 주겠다면서 하늘거리는 꽃무늬 스카프 하나를 넘겼다. 나는 괜찮다고 손사래 치며 거절했다.

그때 후드득 성급한 소리를 내며 굵은 빗방울이 떨어졌다. 유난스레 한낮의 뜨거움을 내뿜더니, 하늘이 토해내듯 소나기를 퍼부었다.

"아이구, 소나기네."

주인이 하늘로 턱을 올리더니 다급하게 몸을 숙였다. 그녀가 가판대 아래서 분주하게 커다란 천을 꺼냈다. 길을 걷던 사람들이 게릴라 같은 비에 소스라치게 놀라며 부산스럽게 흩어졌다.

나도 턱을 올려 빗방울이 떨어지는 하늘을 올려다봤다. 굵은 빗방울이 뺨에, 눈꺼풀에 떨어졌다. 눈을 질끈 감으며 고개를 숙였다.

그 순간 검은 천 같은 게 내 머리 위에 뒤집어씌워졌다. 화들짝 놀라 눈앞에 덮인 것을 열어젖히는데, 커다란 손이 불쑥 내 손을 움켜쥐었다. 준수의 손이었다.

준수가 내 손을 잡고 휙 큰 걸음을 옮겼다. 자신이 걸치고 있던 아우터를 내 머리 위에 덮어놓고는.

성큼성큼 크게 걷는 그에게 이끌려 종종걸음 치며 뒤따랐다.

비를 피하기 위해 사람들은 쇼핑 건물로 들어서거나 바쁘게 뛰었다.

그들 틈으로 빗속을 뚫고 나의 손을 꽉 움켜쥔 준수의 뒤를 따라 걸었다. 걸으며, 그의 뒤를 봤다. 준수의 뒷모습을 봤다. 비로부터 나를 보호하기 위해 재킷을 벗은 그는 반팔 티셔츠 차림이었다.

가을이 완연히 무르익은 때라 비는 서늘하고 차가웠다.

그의 몸에 굵고 차가운 비가 떨어졌다. 그의 머리카락이, 그의 몸이, 그의 팔이 차가운 비에 젖었다. 그가 차가운 비에 젖어갔다. 시선을 내려 나의 손을 꽉 움켜쥔 그의 손을 봤다. 행여 놓칠세라 내 손을 강하게 잡은 그의 손을.

심장이 두근거리기 시작했다.

그는 자신이 비를 맞는 것에 아랑곳하지 않고 앞만 보고 걸었다.

빗줄기는 차가웠지만 내 손을 잡은 그의 손은 뜨거울 정도로 따뜻했다.

준수가 한산한 골목으로 들어섰다. 붉은 처마로 하늘을 가린 신발가게를 지나치려다 [close up]이라고 문에 붙어 있는 푯말을 발견했다. 그가 처마 밑으로 들어갔다.

그와 나는 굵은 빗방울에서 벗어났다.

머리에 씌워진 그의 재킷을 주섬주섬 내렸지만, 그에게 건네지도 못하고 한 손으로 움켜쥐었다.

두근거리던 심장이 떨렸다.

준수는 내 손을 놓지 않았다. 나도 그의 손에서 벗어나지 않았다.

마치 처음 잡은 것처럼, 놓으면 미안한 것처럼, 놓는 것이 이상한 것처럼, 아니면 놓고 싶지 않은 것처럼, 그렇게 그와 나는 가만히 손을 잡은 채 비를 지켜봤다.

시야를 가리고 있는 비가 세상과 그와 나를 단절시켰다. 그래서 이 좁은 공간 틈에는 그와 나만이 존재하는 듯했다.

그는 나를 보지 않았다. 그저 하염없이 내리는 하늘의 비만 올려다봤다.

나도 마찬가지였다. 그치지 않을 듯 강하게 바닥을 때리는 비만 내려다봤다.

떨림을 동반한 심장이 숨죽이고 빠르게 두근거렸다.

맞잡은 서로의 손바닥에서 불끈거리는 맥박이 느껴졌다.

내 심장이 기억하고 있는 잠자고 있던 설렘이 눈을 떴다.

오래전 준수가 내 손에 깍지를 끼고 '네가 너무 좋다' 하던 때처럼 설레었다.

처마를 두들겨 대는 빗방울 소리와 어느 가게에서 흘러나오는 조용한 발라드 음악 소리가 들려왔다. 잔잔한 설렘이 빗줄기를 타고 흐르듯 주변에 머물렀다.

조용히.

2권에서 계속……